荣 获

新闻出版总署优秀畅销书奖
全国优秀古籍图书普及读物奖
第十七届山西省优秀图书一等奖
第二届山西出版政府奖
山西出版集团2008年度十种好书

全套藏书累计销售500万册

诸子百家卷

《诗经》《尚书》《礼记》《楚辞》《论语·大学·中庸》《孟子》
《老子》《庄子》《荀子》《韩非子》《孙子兵法·尉缭子·鬼谷子》
《墨子》《周易》《山海经》《吕氏春秋》《三十六计》

名家选集卷

《三曹诗集》	《陶渊明集》	《王勃集》	《王维集》	《孟浩然集》
《高适集》	《岑参集》	《李白集》	《杜甫集》	《白居易集》
《刘禹锡集》	《元稹集》	《李商隐集》	《李贺集》	《杜牧集》
《韩愈集》	《柳宗元集》	《李煜集》	《欧阳修集》	《王安石集》
《苏轼集》	《黄庭坚集》	《柳永集》	《秦观集》	《周邦彦集》
《李清照集》	《辛弃疾集》	《陆游集》	《范成大集》	《杨万里集》
《姜夔集》	《文天祥集》	《元好问集》	《唐寅集》	《张岱集》
《三袁集》	《李贽集》	《傅山集》	《纳兰性德集》	《袁枚集》
《郑板桥集》	《龚自珍集》			

史著选集卷

《左传》《国语》《战国策》《史记》《汉书》《后汉书》《三国志》
《资治通鉴》

综合选集卷

《唐诗三百首》《宋词三百首》《元曲三百首》《千家诗》《古文观止》
《汉魏六朝小赋骈文选》 《唐宋八大家文选》 《明清小品文选》

笔记杂著卷

《蒙学六种——三字经·百家姓·千字文·增广贤文·幼学琼林·格言联璧》
《颜氏家训·朱子家训》 《世说新语》 《金刚经·坛经·心经·地藏经》
《曾国藩家书》《菜根谭·小窗幽记·幽梦影》《浮生六记》《闲情偶寄》
《近思录》《徐霞客游记》《古代书信精选》

戏曲小说卷

《元杂剧精选》《西厢记》《牡丹亭》《长生殿》《桃花扇》《今古奇观》
《三国演义》《水浒传》《西游记》《红楼梦》《聊斋志异》《儒林外史》
《封神演义》《话本小说选》《文言小说选》

中国家庭基本藏书 名家选集卷

李清照集

〔宋〕李清照 著 李杜 解评

山西出版集团
三晋出版社

博学工作室

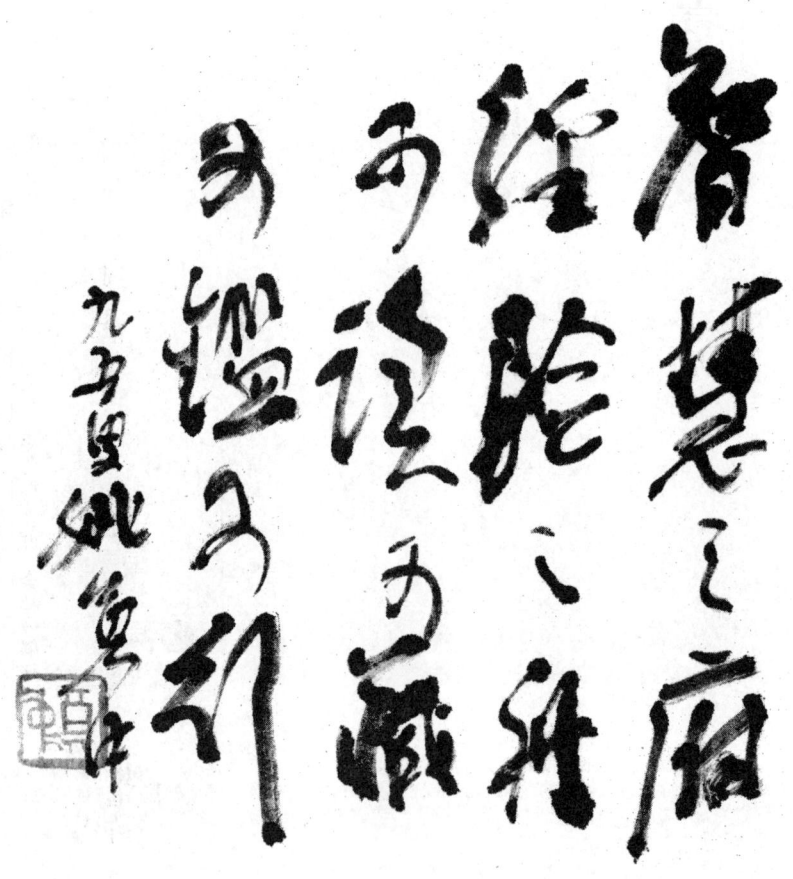

·山西大学教授姚奠中先生为《中国家庭基本藏书》题词

前言

仰慕李清照久矣！

孩提时便喜欢上李清照词。自彼至今，许多年过去了，时非昔时，人非昔人：一切似乎都发生了起起落落难以预见(甚或有时是连自己都难以置信)的变异，唯有对于李清照的崇敬却一如既往，或尤更甚。

一次次地寻觅所能寻觅到的版本；一遍遍地阅读所能读到的诗、词、文，乃至和此相关的各色各样的文字：资料、论著、考据、赏析；长的，不长的；深刻的，不深刻的；有趣的和没趣的……阅读这所有的一切，都让我满足，让我觉得自己是幸运的，是幸福的。

记起1996年。

时年，我受命在晋南的一个小山村"扶贫"，是一套《全宋词》，让我在那里度过了平生最为温馨、最为充实的一年；是宋词，让乡村清寂的夜晚宽大无比、瑰丽无比——

是的，那的确是群星璀璨的词的时代：冲破"花间""艳科"樊篱，从内容和形式上解除词之种种束缚，不仅"指出向上一路，新天下耳目"，而且滥觞"豪放"一派，并最终使词成为"无意不可入，无事不可言"之文学样式的苏东坡；扭转五代词风、完成由小令向长调转变，以至"凡有井水处，即能歌柳词"的柳永；推陈出新、"将身世之感，打入艳情"的秦观；上承柳永、秦观，下开姜夔、王沂孙的北宋末年"婉约派"集大成者周邦彦；名扬南北两宋、独创"别是一家"的"易安体"，进而同李白、李后主一道被后世并称"词家三李"的李清照；独创"稼轩体"、"于唐宋诸家之外""屹然别立一宗"，从而把"豪放派"乃至整个宋词推及高峰的辛弃疾；当然还有将"婉约""豪放"两种词风熔于一炉、进而创建"清劲骚雅"新体的姜夔；还有创作出众多"遗弃旧传统而近于现代化"的"梦窗词"（叶嘉莹《拆碎七宝楼台》）之吴文英……

作为词坛大家，他们各自自有令我艳美之本、之作、之理；但我最喜欢者，却只是个中之三：一是苏东坡，一是李易安，一是辛稼轩。

那是夜半时分，我就站在院内（它是这个山村小学小小的操场）仰望星斗，并把目光长久地投注于"河鼓三星"（民间称"扁担星"；中间一颗俗称"牛郎星"，学名天鹰座α）。我认定离我较远的那颗是苏东坡，中间的那颗是辛稼轩，最近的那颗，是李易安。

这样的认定，当然首先是囿于我对他们"亮度"（就词的成就而言）的认定，但更进一步的理由则是我与他们在感情上的亲疏。

在我的印象中，东坡词确乎倾荡磊落，词超旷而意和平，可谓尽显"王道"；而稼轩词则磊落英多，横竖烂漫：既有不悖王者之"霸气"，或豪壮悲郁，或雄深雅健；又有至情至性之秀骨峭神，丽想奇思。

于是我就喜辛胜苏。于是也就常常想：如果说苏词"全是王道"而辛词"兼有霸气"，那么李词呢？是什么"道"，或者有什么"气"，何以就有如此巨大、如此长久的魅力？后来，我似乎就想通了，是"女孩子气"；是因为李易安以她丰腴的生命、超拔的才华和幽怨的闺情，为我们塑造了一个独步千古的"女孩子"！

"女孩子"高贵、典雅、纯真、善良，不造作，无俗态，荡荡然如一泓清水；"女孩子"脆弱而又有些任性，心思空落而又耽于幻想，娇柔而又固执，复杂而又天真；"女孩子"有些个书卷气，喜也纤细，忧也清丽，愁也妩媚……所谓"女孩子"，或者本就可用李易安的词论和词章作注，曰"妍丽丰逸"且又有"富贵态"（易安曾批评秦观词"譬如贫家女，虽极妍丽丰逸，而终乏富贵态"），"容华淡伫，绰约俱见天真"

（庆清朝慢）。

……

——正是因为乡村的那些夜晚、那些星斗，因为《全宋词》、因为李清照，我才写下了如上之类的文字。

不过，后来想想，这些文字虽情真意切，但究竟太随意、太不"学术"了。李易安的词给了我许多的幸运；而我的这些文字，却显然不能将我的幸运分给更多的人。

于是也就想步王仲闻《李清照集校注》、徐培均《李清照集笺注》之后尘，编撰一部在体例、规模、考据、阐发以及在编之用心、文之严谨等诸方面，都大抵不殊的集子。我把书名定为《李清照集评注》并开始搜集资料。

也是因缘，山西古籍出版社正在编一套《中国家庭基本藏书》，其中"名家选集卷"中的《李清照集》，总编辑张继红兄约我撰稿，于是也就欣然应诺。

我原以为自己是能够早日完成的，没想到随着阅读、撰述的渐次展开，虽亦多有发现的喜悦，但总的来说却仍是愈来愈觉得所知甚少、识见多浅、领悟欠深。

然丛书中其他几本多数问世，继红兄也一再敦促，甚感愧对之馀，也不得不加快节奏。加班加点之后，总算得以完成。

在这里，自然该向继红兄深表谢意：如果不是因为他的关照和敦促，我的愿望很可能不知猴年马月才能实现；当然，同时也该向继红兄表示歉意：误了工期。

在遵从丛书体例的前提下，我尽可能地在如下方面予以格外重视：

一、解评时，尽可能地到位。

二、作品系年。

三、信息量尽可能地大，书末附录"李清照简谱"、"历代李清照词选本举要"、"李清照研究主要著作目录"、"《李清照集》名言警句"（正文中用着重号标注）。

这样一来，篇幅就大了，征得总编继红兄认同，此书仅选词部，诗文及总体评述，留待此后《李清照集评注》一书奉献诸君。

此集以《全宋词》为底本，参考了王仲闻先生《李清照集校注》、徐培均先生《李清照集笺注》；领悟解读时又参引了诸多方家的著述，尤其是陈祖美先生、靳极苍先生的著述。

靳老极苍是我的导师，大学期间曾授教我唐宋诗词，但因我当时年少无知，只热衷创作而多有逃课，以致对靳老及其心中的宋词，都可以说是毫无领会。

也就是说，我对靳老的性情及学识，是在他对李清照的解读中才得以领悟的。

靳老学识渊博，禅悟无拘无束，行文独来独往。许多时候，都很是"小孩子气"，让我艳羡不已。

陈祖美先生尤是，不独有"小孩子气"，更多有"女孩子气"。她才思敏捷，眼光独到，体悟细腻，识见非凡，说理透彻，行文严谨；却也常常显得任性而固执，让你不得不一而再、再而三地面对她和她所提出的话题，甚或一次次地"较劲"。

换言之，如果不是他（她）们的启迪、引导和激励，我真不知道该怎样来做这个"学问"，因而此书（和以后的书）也是万万不可能写出来的。

唯此谨请谅解并深表谢意。

权为前言，实乃小引。

李　杜
2005年中秋谨识
2008年8月重订

一

在我国漫长的封建社会时期，妇女在各方面都受到压迫和歧视。在文艺领域中，当然也不可能有例外。由于封建礼教的束缚和限制，她们在文艺方面原来与男子同样具有的光芒，就很不容易透过层层的障碍而放射出来。

在这种不合理的社会制度之下，妇女作家是少得可怜的。梁钟嵘《诗品》介绍了从汉到梁的诗人一百二十二人，其中女诗人只有四人，比例不到百分之四，这已经是很少的了。梁昭明太子萧统的《文选》三十卷，只选了曹大家《东征赋》一篇、班婕妤《怨歌行》一首，那就更不成比例了。到后来，《全唐诗》九百卷，其中妇女作品，只有九卷，才合百分之一。《宋诗纪事》一百卷，妇女作品只有一卷，比例也是百分之一。明、清人所编的《诗女史》、《彤管遗编》、《彤管新编》、《古今女史》、《林下词选》、《众香词》、《历朝名媛诗词》以及或云托名明钟惺编的《名媛诗归》，等等，为妇女作品专集，且不限于一个时代，然而数量俱不甚多。

妇女作品还受到另一歧视。一般选本，大都是按作家年代先后编次的，独独对于妇女则不然，往往把她们的作品，另辟一栏，编在书末，似乎她们在文学上也不能与男子享有同等地位。这个恶例，开自唐末韦庄编的《又玄集》，五代韦毅编《才调集》继承他的衣钵，后世的编辑和选家，更是变本加厉，竟把妇女作品放在无名氏和神仙鬼怪之后。这一歧视妇女的恶例，一直沿袭下来，直到中华人民共和国成立以后，才与其他封建制度一起消灭净尽。

宋代程朱理学派兴起，大力提倡封建礼教，妇女们所受到的束缚和限制更加深密，因而虽为词的全盛时代，女词人仍是寥寥无几。在今天知名的约一千二百个的宋代词人中，有作品流传下来的女词人则不过五六十人左右，而且大都只有单词流传，没有一个有完整的词集。今天还有较多的作品流传，在我国文学史上占据着重要地位的，只有李清照一人。

二

李清照，自号易安居士，宋代齐州章丘(今山东章丘西北)人。生于宋神宗元丰七年(1084)，死于绍兴二十五年(1155)以后，究竟得年多少，还没有能够考证明白，但可以说，至少活了七十多岁。她父亲李格非，与廖正一、李禧、董荣，人称后四学士。她母亲王氏，也善于写文章。在家庭影响之下，李清照很早就有诗名，为晁补之所赏识。她在十八岁时，与赵明诚结婚。赵明诚青年时候就对金石研究有兴趣，后来成为有名的金石学家，对金石有深刻研究，知识渊博。他除了收藏金石以外，还喜欢收藏书籍、法书、名画。李清照与他志同道合，节衣缩食，帮助他从事收藏和研究。应该说赵明诚的成就得力于清照者不少。张端义就说：《金石录》一书，清照亦曾笔削其间。李清照四十六岁的时候，赵明诚死了。接着金兵侵入浙东、浙西，清照避难奔走，所有收藏的东西几乎全部丧失。绍兴二年(1132)，清照再嫁张汝舟，没有多少时候，就离异了(明清到现在，有不少人考证过，说她没有再嫁。都是没有充分论据的)。她没有儿子，大概以后就孤独地度过了她的晚年。她的平生事迹见于载籍的并不多，前面已有《李清照事迹编年》引述了一些有关记载，这里就不多介绍了。

　　李清照是宋朝最负盛名的女词人。一生从事学术研究及写作活动。她丈夫赵明诚的名著《金石录》，生前大概没有完成，李清照不但曾参加该书的编撰工作，最后还是经过她的手成书、流传的。直到暮年，她还有学术方面的活动（公元1150年，即绍兴二十年左右，她六十六七岁的时候，曾经两度拜访当时年近八十岁的大书画家米友仁，请他为她所收藏的米芾墨迹题字。米友仁是米芾的儿子）。她的才能是多方面的。她能写散文、骈文、诗、词，能作画，能考证金石刻，书法也很好。她的字、画，明朝还有人见过，到清朝就失传了。她的诗文集、词集，宋朝人都有记载；刊刻的版本，亦不止一种。可是，这些本子都没有流传下来，大概在清初或者更早一些时候就消失了。现在我们所能看到的李清照著作，除了一部不是文学作品的《打马图经》是完整的以外，其馀都是前人从各种古书中东鳞西爪地搜集起来的。其中还有不少是伪作或可疑之作，可以确认为李清照作品的，就把所有断篇残句都当作整篇全首来计算，总共也不过七八十篇。大凡只见于伪书元伊世珍《琅嬛记》，只见于明、清人选本如杨慎《词林万选》、长湖外史《续草堂诗馀》、茅暎《词的》、赵世杰《古今女史》、卓人月《古今词统》、周铭《林下词选》、沈辰垣等《历代诗馀》的，都不一定靠得住是清照作品；就是见于明陈耀文《花草粹编》、清朱彝尊《词综》的，也不能说都没有问题。

　　流传下来的李清照作品中既有伪作，又有可疑者，我们进行研究，恐怕只能就那些可以确认是她所写的篇什着手；那些有问题的，似乎应当暂时放在一边，等到有人能够考证确定后再说（伪作更不必研究）。如果把那些伪作或可疑之作当作李清照作品，与其他没有问题的作品来一起研究，来评价李清照在文学史上的地位，这样得出来的结论，它的正确性，恐怕是难以保证的。在1959年各报刊上所发表的讨论李清照作品的论文里面，把有问题的词当作李清照真作而分析评论的情况，就不能说没有。就是1959年出版的北京大学《中国文学史》里，还引了靠不住的《点绛唇》"蹴罢秋千，起来慵整纤纤手"一阕，予以肯定；1961年《文学评论》第四期发表的夏承焘先生《李清照词的艺术特色》一文里所说"敢于写少女爱情：'眼波才动被人猜'，敢于写夫妇的幽情：'今夜纱橱枕簟凉'"等词，也不见得都是李清照的作品。作品真伪，必须首先辨别清楚；否则，结论的科学性，免不了要减低，对于读者，免不了要造成误会。

　　根据当时的历史情况，和李清照一生的经历，她个人的历史，可以分作两个时期：上一时期，是在北宋的时期，是生活安定、专心研究金石、从事创作活动的时期；下一时期是在南宋的时期，国家民族濒于危亡，本人则失去了丈夫、失去了所有的书物和生活依据，颠沛流离，孤独无依的时期。

她的作品，也可以依照她一生的经历，分作两个时期：上一个时期，是在中原的时期、北宋的时期；下一个时期是在江南的时期、南宋的时期。大致以建炎元年(1127)为分界线。她的作品，在不同时期，有不同反映。下面就依照这样的时期划分，对李清照的作品，试图做一个分析。

在分析之前还得说明一点：李清照的作品，过去最有名的是词。她的诗、文，流传下来的比较少，也不被大家注意。为了对李清照的作品有个比较全面的认识，她的诗、文，必须和词同时研究。像过去那样只谈她的词而不谈她的诗、文，也免不了有些片面之弊。因之，也恐怕不容易得到正确、公允、全面的结论。

三

北宋自从结束了五代的分裂状况，统一了中原以后，人民生活比较安定。对于辽和西夏，统治者采取了屈辱求和的政策，每年送去很多的岁币，暂时维持着相安无事的局面。矛盾暂时缓和，生产力也就得到了一定的发展。工业方面如印刷、建筑、制瓷、制茶、制糖等技术，达到了新的高峰；与此相应，各种旧的学术部门发展了，新的部门创立了。出现了沈括的《梦溪笔谈》、李诫的《营造法式》，刘敞、李公麟、欧阳修、曾巩创立了金石考古之学。名画家、名书家大批涌现。继欧阳修文学革新运动之后，出现了曾巩、王安石、三苏、黄庭坚等大散文家、大诗人。词则于花间、南唐一派之外，苏轼开创了新的豪放一派，一新耳目，晏几道、秦观、贺铸、周邦彦等也分道扬镳，各成一家。清照生在这个文艺和学术上极为昌盛的时期，得以饱吸文艺与学术空气，她的父母又是能文的人，在他们的熏陶之下，她具有高度的文学修养和学术研究的才能，是一点也没有什么奇怪的。因此，她在文艺上有多方面的发展；与她的丈夫共同进行的金石学方面的研究，也取得了相当的成就。但由于那时妇女们社会地位的限制，清照所能接触的世界，毕竟是不够宽广的。因而反映在李清照作品里面的，多数是安闲的生活，与夫妇、姊妹等离别之情，也就不难理解了。

李清照第一个时期的作品，流传下来的较少。其中要算词最多，诗很少，文大概只有一篇词论。

反映她生活安定的，如《如梦令》"昨夜雨疏风骤"，《浣溪沙》"淡荡春光寒食天"等，这些词与晏殊、欧阳修、秦观、周邦彦的作品相比，是丝毫没有逊色的。描写离别之情的《蝶恋花》"泪湿罗衣脂粉满"一词，是她宣和三年(1121)从青州到莱州，路过昌乐寄宿馆驿中所作，寄给在青州的姊妹的。此词所表达的姊妹间感情，是深厚的、诚挚的，不是寻常泛泛应酬的作品。

还有几首向来有名的词，如《一剪梅》"红藕香残玉簟秋"，《凤凰台上忆吹箫》"香冷金猊、被翻红浪"等，有人说是清照寄给赵明诚的。如果不错的话，那么，她是把他们二人志同道合，甘心老于学术之乡的深厚感情很真实很细致地表达出来了。

李清照在这个时期的诗作的题材较词要宽广。赵明诚的父亲赵挺之做到了尚书右仆射(宰相之一，当时除了尚书左仆射蔡京是首相以外，赵挺之的官职最高)，李清照献给他一首诗，可惜现在只剩一句了："炙手可热心可寒。"她对赵挺之的升官似是不以为贺而以为惧。又如《浯溪中兴碑》，自黄庭坚、张耒两大篇之后，宋人多认为绝唱难继的了，李清照这时却和了张耒二首，表示了自己对于历史事实的看法。此外如：

少陵也自可怜人，更待来年试春草。

两汉本继绍，新室如赘疣……所以嵇中散，至死薄殷周。

在这些诗中，作者跳出了封建时代妇女生活的狭窄天地，发表了对社会、政治的一些见解。莫怪后来理学家朱熹也说："岂寻常妇人所能！"(朱熹指的"两汉本继绍"一首而言。此诗作于何时，不可知，姑且在此提及。)

她还有一篇评词的论文，全面而系统地批评了北宋的词人。宋朝人评词的，较早的晁补之只评了几个人，也没有什么系统(晁评见于《能改斋漫录》，恐怕就是《骩骳说》的一部分)。李之仪也评过词，所评虽比晁补之有系统，仍不如李清照的全面(李评见《姑溪居士文集》前集卷四十《跋吴思道小词》)。晁、李二人是李清照的前辈。后来只有王灼《碧鸡漫志》所评的范围较广，但就系统性、理论性来讲，也仍不如李清照。虽然李清照所评，不免或有偏见。对于北宋词人，她没有一个是满意的。但这一篇论文，仍旧不失为研究宋词的重要参考资料。

四

在李清照的第二个时期里面，由于统治集团对外政策的软弱，北方的女真族乘机进逼，淮水以北的广大区域沦陷。当时广大人民纷纷起义，抗击金人，宗泽一声号召，就有几十万人在黄河以北响应。终以朝廷的昏庸无能，起义人民得不到支援，最后还是被金人残酷地镇压了下去。宋朝人所记载的当时惨状，是这样的：

> 自靖康丙午岁，金狄乱华，六七年间，山东、京西、淮南等路，荆榛千里，斗米数十千，且不易得。盗贼、官兵以至……更互相食。人肉之价，贱于犬豕。（宋·庄绰《鸡肋编》卷中）

不但上面所说的沦陷了的地方（现在的山东、河南、苏北、皖北）如此，所有金人到过的地方，如扬州（即现在的扬州市）、明州（现在的宁波市）、平江（现在的苏州市），也都遭到了极大破坏，遇难的人民，不知道有多少。北宋统治集团中的成员，除了大部分在东京（现在的开封市）被金人俘虏北去，少数成了民族败类，甘心做卖国贼以外，剩余下来的纷纷逃亡到长江以南，有的继续坚决抗敌，甚至为抗战而贡献出了自己的生命；有的却不顾国家的危险，继续他们的骄奢淫逸的生活。宋徐梦莘《三朝北盟会编》、李心传《建炎以来系年要录》等书，对当时史实有详细记载。

东晋时候，中原完全沦陷，偏安江左，与南宋情况相类似。《世说新语》里面有这样的一段记载：

> 过江诸人，每至美日，辄相邀新亭，藉卉饮宴。周侯中坐而叹曰："风景不殊，举目有山河之异。"皆相视流泪，唯王丞相愀然变色曰："当共勠力王室，克复神州，何至作楚囚相对邪！"（此处文字据《晋书·王导传》，略改数字。）

王导要克复神州，当然有非常积极的意义。就是周颛中坐而叹，不忘国家民族，为此惊心，也是爱国的心理。李清照后期的作品有表达了中坐而叹的思想的，也有表达了克复神州的愿望的。它们反映了作者对国家民族危亡的关切，如：

> 南渡衣冠少王导，北来消息欠刘琨。

当时正是主张抗敌的宰相李纲被免职了，昏庸低能的黄潜善、汪伯彦当了宰相，他们虽然掌握了大权，却无御敌之计；留守东京的爱国抗敌英雄宗泽死了，继任的是后来投降敌人的杜充。李清照这两句诗谴责了这些投降分子，说他们既不是要勠力王室、克复神州的王导，也不是隔阂华戎、志在本朝的刘琨，也就是说，南宋那时的将相大多都不以兴复为念。

如果说，上面那两句诗，笔触还没有碰到最高统治者赵构，那么，下面这两句诗，就不是这样的了：

> 南来尚怯吴江冷，北守应悲易水寒。

说南来的人，不应当忘记被俘北去的赵佶、赵桓，就直接谴责了赵构的害怕父兄回来，自己做不了皇帝，而把国家民族的大仇，置之度外。

清照在另一首诗中说：

> 至今思项羽，不肯过江东。

当时的赵构节节南逃，正是一日蹙地千里。年近七十的宗泽，留守东京，不断地请赵构回到东京去号召抗战，前后上疏二十八次，而年轻的赵构始终置之不理。太学生陈东上书，说主张抗敌的宰相李纲不应当免职，并请赵构回到东京去练兵杀敌。赵构不但没有考虑他的意见，反而把这个热爱祖国的人杀了。这大大地违反了全国人民的意愿，激起了爱国人民填膺的愤怒。在作者看来，宁肯一死以谢江东父老的项羽还是可敬的，辱国害民的赵构却是可耻的。所以对项羽的颂扬，也就是对赵构的谴责。这谴责虽意在言外，却是很容易体会到的。

绍兴三年(1133)，赵构派韩肖胄、胡松年二人到金国去，李清照作了两首诗，一首中说：

> 夷狄由来性虎狼，不虞预备庸何伤。衷甲昔时闻楚幕，乘城前日记平凉。

指斥金人的反复无常。另一首结尾说：

> 长乱何须在屡盟。

用《诗经》里的"君子屡盟，乱是用长"，批评了赵构的屈辱外交政策。她还说：

> 想见皇华过二京，壶浆夹道万人迎。

这不仅歌颂了人民永远不会对敌人屈服的爱国主义精神，清照殷切希望恢复失地、拯民水火的热烈感情，也充分流露出来了。

在一篇游戏的文章《打马赋》里，她说：

> 今日岂无元子，明时不乏安石。

希望南宋能够像东晋那样偏安江左的时候，还有桓温、谢安这样的人，或者能够出击，收复部分失地；或者敌人前来进犯，能够击溃他们。她又说：

佛狸定见卯年死。

可见她对抗敌前途也是抱着乐观态度，有胜利信心的（那时金人正在向南宋发动进攻，李清照自己也从杭州逃到了金华）。在这篇文章最后，她还说：

老矣谁能致千里，但愿相将过淮水。

当时淮水以北，土地全部沦陷，她说自己老了，没有什么远大的志向，只希望大家一起回到淮水以北去，也就是赶走金人，恢复河山。我们不能不承认：它们代表了当时爱国者的强烈的呼声，表示了爱国精神。

有的本子载这一篇《打马赋》，末段还有"木兰横戈好女子"一句，这一句的来源不很清楚，不一定是清照的原文。如果确实是她写的，那更可以说明她直欲拿起武器来驰赴保卫祖国的前线了。

在封建制度之下，妇女们不能够参加任何政治活动，没有任何政治权利，李清照的作品，能够表达了强烈的民族意识、爱国精神，实在是难能可贵，值得特别提出的。

岳飞有一首《小重山》词，末两句说："知音少，弦断有谁听？"其实岳飞的知音，是很多的；李清照即是其中的一个。岳飞所说的知音少，当然指的是赵构、秦桧这一些人。

五

宋亡以后，遗民词人刘辰翁曾填了一首《永遇乐》词，前面的序说：

余自乙亥上元诵李易安《永遇乐》，为之涕下。今三年矣。每闻此词，辄不自堪。遂依其声，又托之易安自喻。虽情词不及，而悲苦过之。

刘辰翁另有一首《永遇乐》词，用的是李清照原词的韵，前面也有序，说：

余方痛海上元夕之习（此指厓山宋亡之事，惟"习"字不可解，疑有误），邓中甫适和易安词至，遂以其事吊之。

邓中甫，名剡，字光荐，又号中斋，一直抗拒金人，到厓山覆灭时被

俘，与文天祥一起被押到金陵，后来才被释放。他与刘辰翁一样，也是时刻不忘宋朝、痛恨金人的遗民。他们都赏识李清照这一首《永遇乐》词。不言而喻，这一首词在思想内容上，必然和他们有着共鸣的地方，说出了他们的思想感情。

李清照的《永遇乐》"落日熔金"，据宋朝张端义《贵耳集》说，是她在南渡以后，每怀京洛旧事时写的。词中所记得的中州盛日，就是宋刘昌诗《芦浦笔记》里所载《鹧鸪天》十五首所说的太平年月，也就是孟元老《东京梦华录》里所载的宣和年间汴京繁华景象。这种太平繁华景象，本来是统治阶级及时行乐及所谓与民同乐的描写。但是，在南宋时候回溯这些景象，具有另外的意义。宋陈振孙跋《洛阳名园记》云：

> 晋王右军闻成都有汉时讲堂、秦时城池，门屋楼观，慨然遐想，欲一游。目其《与周益州帖》，尽数致意焉。近时吕太史有感于宗少文卧游之语，凡昔人记载人境之胜，录为一编。其奉祠亳社也，自以为谯、沛真源，恍然在目。而兖之太极、嵩之崇福、华之云台，皆将卧游之。噫嘻！弧矢四方之志，高士达人之怀，古今一也。顾南北分裂，蜀在境内，虽远，患不往尔，往则至矣。亳、兖、嵩、华，视蜀犹迳封也，欲往，其可得乎？然则太史之情，其可悲也已！余近得此记，手写一通，与《东京记》、《长安》、《河南志》、《梦华录》诸书并藏，而时自览焉，是亦卧游之意云尔。

陈振孙所说的时自览《梦华录》诸书，就是时时提醒自己不要忘记沦陷了的中原土地。如说他"惆怅旧游，流传佳话"，那就看得太浅了。清《四库全书总目提要》评宋遗民周密的《武林旧事》也说："兴亡之隐，曲寄于言外。"李清照这一首《永遇乐》词的弦外之音，不能不是对旧都的怀念。所以刘辰翁等"每闻此词，辄不自堪"，诵之而涕下了。

李清照追忆过去的作品，此外还有一些，如诗里面的："安得情怀似昔时。""心知不可见，念念犹咨嗟。"词里面的："旧时天气旧时衣。只有情怀、不似旧家时。""如今也，不成怀抱，得似旧时那！"这些句子里的"旧时"、"旧家时"，主要是回首她自己的过去，但也并不排斥某一些同时回忆国家民族繁荣景象的成分。

李清照这些作品，假使是在北宋时期写的，那就没有多大意义，必须又作别论了。可是，现在还没有理由和根据来怀疑它们不是写于南宋时期的。

这里也必须指出，李清照的作品并不是全都值得肯定。且不说那些抒写离情别恨的篇什充满了"泪"和"愁",正是"不无危苦之词,惟以悲哀为主";便是描述怀念乡国像《永遇乐》一类的作品,调子也往往十分低沉,不能给人以积极健康的激励。当然,我们也要看到李清照是那样一个时代的妇女,而且国破家亡,流离颠沛的遭遇又折磨着她的下半生,在作品中倾吐她的"危苦"、"悲哀",是可以理解的,但是不能因此便以为她的作品都是优秀遗产,可以无批判地继承下来。

六

为什么李清照的后期作品政治性较强呢?为什么她的爱国主义思想表达在词里面的很少,而在诗、文里面较多呢?

第一个问题,似可分两方面来解答:

第一,一个人的思想认识,不能不随着时间、地点、条件为转移。在北宋的时期,她生活安定,埋头学术研究(详见她所写的《金石录后序》),锐意文学写作,所以她只在写作技巧上用工夫,其他都不措意。到了南宋,情况完全改变,敌人异常强大,而统治阶级的当权派只知道屈辱求和、投降卖国,这不能不激起每一个关心民族安危的人的爱国热忱。对政治有一定敏感性的李清照不再像过去一样,写作的题材范围随之拓展开来,这是极自然而可信的。

第二,更重要的,恐怕是:她原来出身于仕宦的文人家庭,丈夫又是宰相之子,官至郡守,与广大劳动人民不会有很多的接触,她的眼界和思想自然要受到种种局限。后来颠沛流离,东奔西走,所谓"飘流遂与流人伍"(清照《上韩肖胄》诗句),和广大劳动人民经常有所接触,扩大了自己的眼界。

关于第二个问题,恐怕是体裁问题。是词的形式或多或少地影响了它的内容。北宋人的词,一般都继承着花间、南唐的衣钵。早期的晏殊、欧阳修,都没有能够脱离这个窠臼。苏轼独创一派,超越前人,在他门下的陈师道还批评他,说他"以诗为词。……虽极天下之工,要非本色。"李清照自己论词,多注重于声律,把晏殊、欧阳修、苏轼的词说成是"句读不葺之诗"。囿于花间、南唐词派的传统,再加以声律上的清规戒律,不可避免地束缚了词的题材和内容,使它不能发展。伟大的爱国诗人陆游,词也写得很好,但是表现爱国思想的词,没有能够写得像诗那样的好。民族英雄文天祥的一部《指南录》,完全是表现他的爱国思想的作品，但绝大部分是诗，词只有寥寥的几篇；像他的《正气歌》，也不是以词的形式写成的。能够突破词的限制的人不是没有，但毕竟不多，李清照也没有能够跳出这个狭小的圈子。

但李清照在词的方面，她的创作技巧确是达到了相当的高度，艺术性很强，开辟了不少技巧上的法门，不仅蜚声当时词坛，对后来的词人，也起着不小的影响。

她的创作技巧，昔人有不同的说法，或说她新，或说她奇俊，如胡仔《苕溪渔隐丛话》前集卷六十云："'绿肥红瘦'，此语甚新。"黄昇《唐宋诸贤绝妙词选》卷十云："'宠柳娇花'之句，亦甚奇俊，前此未有能道之者。"所谓"新"、所谓"奇俊"，宋代词人，颇多擅长，清照虽然工于造语，还不能算作个人独有的特色。张端义《贵耳集》卷上说她"以寻常语度入音律，炼句精巧则易，平淡入调者难"，倒可以说明清照的特点。张端义引了她的《永遇乐》词中"如今憔悴，风鬟霜鬓，怕见夜间出去"，作为例子。我们细看清照的词，当然可以发现不少这类的句子，如"三杯两盏淡酒，怎敌他、晚来风急""人间天上，没个人堪寄""生怕离怀别苦，多少事、欲说还休"，等等，都是用的白描手法。

李清照本来很会用花间、南唐派的笔法，所谓"镂金结绣、而无痕迹"。像"红藕香残玉簟秋""梦回山枕隐花钿""香冷金猊、被翻红浪"等，都是这一类的句子。她的白描写法，就是古人所说的"绚烂之极，归于平淡"，可以说是继承并发展了李后主的笔法，在北宋词坛中，是难能可贵的。这似乎可以说是李清照的艺术特点。如果说，她是喜欢并善于使用双声叠韵字、严格分别阴阳平四声，那就成为艺术上的束缚，而不是特色了。

她的有名的句子，如"载不动、许多愁"，"帘卷西风，人似黄花瘦"，"绿肥红瘦"，"才下眉头，却上心头"，等等，或者词自己出，新颖独造，或者融会旧句，更出新意。后来有不少人模仿她的句法，方面很广。影响所及，且超出词的领域，如董解元《西厢》、王实甫《西厢》都有学习李清照的痕迹。

后人模仿李清照的句法，像杨缵《八六子》的"蜂凄蝶惨"，汤恢《八声甘州》的"柳腴花瘦"，过于字雕句琢，流于纤仄。这样的学习，就堕入了魔道，显然违失了李清照的本意，是清照所不能负责的。

清照运用方言，也是很成功的，这里不举例。

明张綖分词人为婉约、豪放两派。清王士禛又本张綖的话，说："婉约以清照为宗。"北宋婉约词派，统治了整个时期的词坛，本来是继承着唐、五代的花间、南唐词派的；主要词人有晏殊、欧阳修、晏几道、秦观，等等。王士禛推李清照为婉约的宗主。我以为在婉约词派中间，李清照实在是后起之秀。婉约派的手法，在于"语尽而意不尽，意尽而情不尽"，如晏殊的《浣溪沙》第二句"去年天气旧亭台"，用唐人郑谷诗句（"池"字换了"亭"字），没有说追忆去年，而回忆去年的意思已经在于言外；末句"小园香径独徘徊"，又描写了一个人独自游览、没有伴侣的寂寞无聊情况，但也不明白说明，含蓄蕴藉，留下了有馀不尽的感觉。李清照继承了这种风格，并加以变化和发展（夏承焘先生说：清照变化、发展了婉约派），使婉约派发展到了最高峰，从此也没有人能够继续下去。

比清照时代稍后的侯寘，有《效易安体·眼儿媚》一首（见《嬾窟词》）；更后的辛弃疾，也有《博山道上效李易安体·丑奴儿近》一首（见《稼轩词》甲集）。这两个人词的风格，并不像清照；而且豪放派以辛弃疾为宗（也是王士禛的话），尤其和婉约派相反。可是他们都有学李易安体的词。

清王士禛《衍波词》中和清照原韵词不少，计有十七首，盖《诗词杂俎》本《漱玉词》中各首，王士禛已全部和韵。王士禛为当时词坛主盟，对清照推崇备至。沈谦更以李白、李煜、李清照为词家三李，光绪年间，曾有《三李词》刊本。清末沈曾植评李清照词曾说："堕情者醉其芬馨，飞想者赏其神骏。"清照词影响所及，竟下至二十世纪初。所以夏承焘先生说她是北宋婉约词派最适当的代表人。

婉约词派，有他们的缺点。在所谓"花间尊前、诗酒流连、点缀太平"的时候，也能够写出描摹景物，像"堤上游人逐画船，拍堤春水四垂天。绿杨楼外出秋千。"（欧阳修《浣溪沙》）那样的"绝妙好词"。但是，到了南宋，国家民族危急存亡之秋，重大历史事件，人民爱国意识，很不容易通过婉约派的写作手法，充分地在词里面反映出来。尽管李清照变化并发展了婉约词派，但在时代的激流当中，婉约派不得不退出传统的统治地位，而让位给辛弃疾、陈亮、刘过、刘克庄这一派。这是历史发展的必然结果，李清照是无能为力的。

李清照的作品流传下来的虽不多，这些作品中也存在着消极成分，但仍不妨碍她在文学史上占有一定的地位，她较之柳永、周邦彦，固然远在他们的上面，就比较南北宋其他大词人，也不见得有多少逊色。我以为这样来评价李清照，似乎才是公平允当的。

七

李清照诗文集和词集的失传，对于我国古典文学遗产来说，不能不说是一个损失。清《四库全书》所收，乃是毛晋刻《诗词杂俎》本《漱玉词》，只有词十七首。《四库全书总目提要》说："虽篇帙无多，不得不宝而存之，为词家一大宗。"那时《永乐大典》散失的不过二千多卷，基本上还差不多是完整的。《永乐大典》里面有多少李清照的作品，固然不得而知。但就现在剩馀的《永乐大典·诗字韵》中发现的一首诗来推测，可以肯定地说：不会一首都没有的。当时的四库馆臣没有从《永乐大典》里面搜集李清照的作品，把它们保存下来。到了清末，开始有人从事李清照词的辑佚工作。最后李清照的全集有李文裿先生辑的《漱玉集》，词集有赵万里先生辑的《漱玉词》。这两种虽然都是排印的本子，现在已经不容易得到(李辑是单行本；赵辑在《校辑宋金元人词》中，没有单行的)。较早的王鹏运辑、况周颐补遗的《四印斋所刻词》本《漱玉词》，原刻本已经很稀少，就是中国书店的石印本也不多见。

王仲闻(1901—1969)，名高明，以字行。笔名王学初、王幼安等(据说皆为不得已避用真名而所取之号)。浙江海宁人，王国维次子。幼承家学，但中学毕业即入邮局工作。1957年因参与创办同人刊物《艺文志》而成为右派，遭开除。仲闻先生精熟唐宋文献，以"宋人"自诩。尤长于词学，其生前出版的著述有：《南唐二主词校订》、《蕙风词话·人间词话》校注(署名王幼安，与徐调孚合作)、《李清照集校注》(1964年即打好纸型，但直到1979年才由人民文学出版社正式出版；署名王学初)、《全唐诗》点校本(卷首的点校说明即为仲闻先生所撰，署名王全)。此外，还有《渚山堂词话·词品》点校(署名王幼安)、《诗人玉屑》点校、《唐五代词》("文革"中遗失。其前言、后记幸存于档案中，经程毅中先生整理，已经发表)、《读词小识》(约20万言，钱钟书先生曾受中华书局之请看过全稿，称"这是一部奇书，一定要快出版"；终因右派原因未出，以致"文革"中遗失)。仲闻先生亦曾受唐圭璋委托，倾心四年修订《全宋词》(该书出版前，中华书局与唐圭璋先生以及相关部门商定，采用"唐圭璋编，王仲闻订补"的署名方式，终因文化部下达的"若干种人的名字不得见诸社会主义出版物中"之规定而未署名)。在中华书局出版的文学类图书中，不少部帙和难度都很大的书都经过王仲闻先生的加工，甚至由他直接承担整理，如《元诗选》、《古典文学资料汇编》各卷等。

以上"代序"乃王先生《李清照集校注》后记，写于1963年3月20日。除删去第七部分有关《李清照集校注》一书的情况介绍外，其他一仍其旧。

目录

◎附录

目录

中国家庭基本藏书

◎ 词

如梦令

词记溪亭之游情境，或题作"酒兴"（《花庵词选》），系李清照早年作品。

徐培均《李清照集笺注》将此词系定为李清照25岁时(1108年)作，似不妥。

靳极苍先生在《李煜李清照词详解》中，则更将其创作年代推至1128年(时年李清照45岁)；靳先生说："此词和《怨王孙》(湖上风来波浩渺)一样，同是游大明湖之作。《怨王孙》词因情绪平淡，不似婚后之词有丈夫，故定为婚前作。此词与之同，且很具少女风韵，所以也该是婚前在历城时事。但'常记'二字，可知非当时之作。顺境重当前，逆境追往事，是人之常情。依此，此词应作于逆境，但不太严重时。"

靳先生所言均入情入理，但所得出的结论却似未必。这也许只是因为先生对"常记"所历时段的过分强调上——先生言："常记"指发生在很早以前难以忘却的事——其实，所经历过的事，半载一年，说"常记"亦不是不可。

李清照之游溪亭，当在及笄前后，一年多后忆及往事并言"常记"，是可以成立的。

故在此依陈祖美等说，将其创作年代系定于1099年，时年李清照16岁。

  常记溪亭日暮，沉醉不知归路。兴尽晚回舟，误入藕花深处。争渡，争渡，惊起一滩鸥鹭。

常记溪亭日暮，沉醉不知归路——常常想起在溪亭游玩欢饮的情景，天黑下来了，酣醉的人，忘了回家的路。常记：《全芳备祖》作"尝记"。溪亭：济南七十二名泉之一，位于大明湖畔；亦有说泛指溪边亭阁；还有一说是确指一处叫"溪亭"的地名。日暮：太阳将落的时候，即傍晚。

兴尽晚回舟，误入藕花深处——兴致尽时，回舟已晚，偏偏又把船划进了莲花丛中。藕花：荷花，莲花。

争渡，争渡，惊起一滩鸥鹭——大家都争着往外划，桨声、嬉闹声，惊得一滩鸥鹭都飞了起来。争渡：竞渡，即争着渡。亦有注者解"争"为"怎"，似不如"争"好。

唐·王维《从军行》:"笳悲马嘶乱,争渡金河水。"唐·刘禹锡《堤上行》:"日暮行人争渡急,桨声幽轧满中流。"鸥鹭:两种水鸟,皆善捕食鱼类。鸥为鸥科水鸟的通称,嘴弯曲,背苍灰,腹白色,常见的有海鸥、银鸥等,常飞翔于海洋或江湖之上;鹭为鹭科水鸟的通称,嘴、颈皆长,常见的有白鹭、苍鹭等,多栖于沼泽之中。这里泛指水鸟。

少时初读此词便甚是喜欢,但除了觉其明白如话、朗朗上口、情辞酣畅、生动自然之外,确也说不出更多妙处。后来读到古今学人诸多评价并体味再三,才深信小令不小,可谓叙述简约、景象开阔、静动相生、出神入化——溪亭、日暮、藕花、鸥鹭……构成一幅清新淡雅却又绚丽豪华的荷塘美景图;而回舟、误入、争渡、惊起……则让人仿佛听到了水声、桨声、笑声、鸟声交织和鸣的动人乐章。

也可以说是画中有乐、乐里有画吧。

说这幅画清新淡雅,是因为我们可以把其看作是素描或者是水粉;说绚丽豪华,是因为把它看作是一幅油画亦未尝不可——远处,落日入水、霞光满天;近处是大片的荷花。荷花丛中的小船上美人如玉,醉酒的脸庞艳如桃花,神态娇憨……

此情、此景、此词,或正如前人所云:"横竖都是烂漫。"

双调忆王孙

古往今来,在有关李清照词的辑本中,几乎都将此词题作《怨王孙》。这是因为:在现存《漱玉词》最早的版本——宋代曾端伯的《乐府雅词》里,便将调名误作此,以致此后以讹传讹。直到1992年,周笃文先生在《李清照作品赏析集》(巴蜀书社版)里方纠其讹,改其为《双调忆王孙》。兹从之。

与《如梦令》(常记溪亭日暮)一样,此词亦是词人少女时代的游湖赏景之作。在明·陈耀文所编《花草粹编》及清·沈辰垣等编的《历代诗馀》里,亦被题作《赏荷》;而在《词谱》《碎金词谱》中,则将其题为无名氏词。或因其故,徐培均先生《李清照集笺注》未录此词,似不该也。

湖上风来波浩渺,秋已暮、红稀香少。水光山色与人亲,说不尽、无穷好。　　莲子已成荷叶老,清露洗、蘋花汀草。眠沙鸥鹭不回头,似也恨、人归早。

湖上风来波浩渺，秋已暮、红稀香少——起风了，湖面上水波浩荡，无边无际。已是深秋时节，湖中荷花凋零，难得见到几朵；荷香亦淡，只剩下几缕残香。浩渺：形容水势辽阔无边。暮：晚，将尽。唐·杜甫《岁晏行》："岁云暮矣多北风，潇湘洞庭白雪中。"红稀香少：指秋花凋落稀少。红、香，均指代花。

　　水光山色与人亲，说不尽、无穷好——秋水澄澈，青山妩媚，充满灵性和柔情，令人备感亲切，真是说不完、道不尽的美好啊！

　　莲子已成荷叶老，清露洗、蘋花汀草——莲子长成，荷叶已衰，然而湖边的蘋花和汀草上却挂着水珠儿，就像被清露洗过一般，鲜艳亮丽，清碧一片。蘋花汀草：水中的蘋花，汀上的小草。蘋：多年生浅水草本植物，茎柔软细长，秋季开花，也叫田字草、四叶菜。汀：水边平地或湖中小面积陆地。宋·寇准《江南春》："江南春尽离肠断，蘋满汀洲人未归。"

　　眠沙鸥鹭不回头，似也恨、人归早——那些在沙滩上睡觉的鸥鹭，竟然头也不回，它们肯定是生我的气了，嫌我辜负了这美丽的风光，回去得这般早。眠沙：睡在沙滩上。似也恨：似乎也在埋怨。

　　自宋玉的"悲哉秋之为气也"问世以来，骚人墨客笔下的秋景便总是显现出悲凉萧瑟的情调：唐·杜甫有"万里悲秋常作客"，南唐·李后主有"寂寞梧桐深院锁清秋"，宋·柳永有"多情自古伤离别，更哪堪、冷落清秋节"……就连李清照自己的名句"帘卷西风、人似黄花瘦"，也不能说不包含着浓厚的悲秋成分。然而在这首词中，李清照却既不写"黄花"的惆怅，也不写"梧桐"的寂寞，而是以舒缓淡远、亲切感人的笔调，为我们描绘了一幅充满生机的秋之画图。

　　按说，"秋已暮"了、"荷叶老"了，"莲子已成"，"红稀香少"，当我们看到这样的情景时，本该是有些惆怅或感伤的，可是我们却没有，为什么？

　　因为"湖上风来"，此风不是那"帘卷西风"，不仅毫无萧瑟之气，而且酣畅淋漓，吹得碧波万顷、浩浩渺渺；因为"水光山色与人亲"、"清露洗、蘋花汀草"，绝无感伤之意；更因为"眠沙鸥鹭"都已通晓人性，它们因游人归早怅然不快，是以不愿回首作别……

　　一句话，是因为词人将自己纯真的情感、青春的活力注入了眼前的秋景，将大自然人情化、感情化，从而也就使得整首词达到了人景相亲、物我两忘、心交神会之境。

　　这样的秋游之作，在北宋词坛，确是不多见的。

如梦令

此词乃李清照早期名作，历来为人称道，尤其是"绿肥红瘦"一语，"天下称之"（宋·陈郁《藏一话腴》内篇卷一）；宋·胡仔云"此语甚新"；明·蒋一葵言"当时文士莫不击节赞赏，未有能道之者"；清·王士禛则说"人工天巧，可称绝唱"……就此词此句，可谓异口同赞，但究其创作年代，则又说法不一。

不一者，非在早期，而是在写于婚后还是婚前。

李清照是在18岁时与赵明诚成亲的，这点没有争议，因而徐培均先生将创作年代系于其19岁时(1102)，自属婚后；而吴小如先生则不仅认定其为婚后所作，而且认定其中所言"卷帘人"，即是其夫赵明诚也。

小如先生在其《诗词札丛》中说——

> 原来此词乃作者以清新淡雅之笔写秾丽艳冶之情，词中所写为闺房昵语，所谓有甚于画眉者是也，所以绝对不许第三者介入。头两句固是写实，却隐兼比兴。金圣叹批水浒，每提醒读者切不可被著书人瞒过；吾意读者读易安居士此词，亦切勿被她瞒过才好。及至第二天清晨，这位少妇还倦卧未起，便开口问正在卷帘的丈夫，外面的春光怎样了？答语是海棠依旧盛开，并未被风雨摧损。这里表面上是用韩偓《懒起》诗末四句"昨夜三更雨，今朝（一作'临明'）一阵寒。海棠花在否，侧卧卷帘看"的语意，实则惜花之意正是怜人之心。丈夫对妻子说"海棠依旧"者，正隐喻妻子容颜依然姣好，是温存体贴之辞。但妻子却说：不见得吧，她该是"绿肥红瘦"、叶茂花残，只怕青春即将消逝了。这比起杜牧的"绿叶成荫子满枝"来，雅俗之间判若霄壤，故知易安居士为不可及也。"知否"叠句，正写少妇自家心事不为丈夫所知。可见后半虽亦写实，仍旧隐兼比兴。如果是一位阔小姐或少奶奶同丫环对话，那真未免大煞风景、索然寡味了。

——此说甚是新颖有趣，但细细思忖，却又总觉过于"戏剧"了些。是以陈祖美在《李清照新传》中作了如下评说：

> 把"卷帘人"解作赵明诚虽属罕见，但却不无道理，值得再思、三思。在这种思索过程中，或可找到这样三点"理由"：一是"赵君无嗣"。现在看，赵、李不仅没有儿子，恐怕连女儿也没有，所以在清照的作品中，不可能隐含"绿叶成荫子

满枝"的语意。二是此词既含孟浩然《春晓》诗意，更是对韩偓《懒起》诗的隐括……从韩诗全篇判断，主人公更像是一位少女，她与清照所演之词的人物身份是相同的。因为一个作为"贵家"新妇的词人，恐怕难得那么无拘无束地饮酒、睡懒觉。即使丈夫百般娇惯她，还有公婆和两位姑娌呢！看来把"卷帘"者视为侍女更妥。三是这首轰动朝野的小词出台，既是奠定李清照"词女"地位的基础，亦是赵、李联姻的媒介，唯其系婚前所作，才能使赵明诚为之大做相思"词女"之梦……

陈祖美之说在理，遂依其说将此小令系定为李清照17岁时所作，亦即公元1100年。

又依词作内容及李清照其他的词如"长记海棠开后，正伤春时节"（《好事近》）等佐证，写作季节当是暮春。

> 昨夜雨疏风骤，浓睡不消残酒。试问卷帘人，却道海棠依旧。知否，知否？应是绿肥红瘦。

昨夜雨疏风骤——昨夜的雨，雨点稀而大，风刮得很猛。雨疏风骤：雨稀稀落落地下，风疾速地刮。疏：稀少。骤：疾速。

浓睡不消残酒——喝了些酒，睡得很沉很香，直到今天早上，酒意仍未全消。浓睡：酣睡，熟睡。唐·吴融《雨夜》："何人得浓睡，溪上钓鱼舟"消：消解。残酒：残留的酒意。

试问卷帘人，却道海棠依旧——懒得起床，却又牵挂着经受了风吹雨打的海棠，便问正在卷帘的侍女，粗心的她却没有理会到我的担忧和焦虑，只是漫不经心地回答说：海棠还是原来那个样子。

知否，知否？应是绿肥红瘦——不会吧，你知道吗？你知道不知道，疏雨骤风之后，海棠该是绿叶依然繁茂，而红花却凋零萎落了呀！绿肥红瘦：绿叶显得多了，红花则减少了。绿：绿叶。红：红花。

同李清照自己的另一首词《点绛唇》（"寂寞深闺，柔肠一寸愁千缕。惜春春去，几点催花雨"）一样，此词无疑也是惜花伤春之作。所不同者，只是这首词无一字提到惜春伤春，但少女淡淡的惋惜之意、感伤之情，却是随处可以感受到的。

全词仅33个字，却为我们托现出如此丰富的内容：

中国家庭基本藏书

一个生活场景：暮春时节。闺房。一个夜雨过后的清晨。

一种闲适恬静的生活气氛。

两个人物：少女与侍女：一个是极其敏感而又情思细腻——她知道春天的脚步即将远去，娇艳的花朵本已面临凋谢零落的命运，更何况又经受了一夜的雨打风吹？因而她惜花伤春，为落花无数、红衰翠盛的暮春和即将远逝的一切感伤不已——而另一个对这一切却浑然不觉、毫不在意，她憨实、淡然，对花事、春光以及世事变迁漫不经心。

一段对话：一问——"试问"，因事急切而语势短促；一答——"却道"，答者说"海棠依旧"，因了无挂牵、漫不经心而语势平缓；问者因不满意其回答而说"却道"，因为她认定海棠不可能"依旧"，故而以为答者没有细看；于是也就有了一驳——"知否，知否"，其间自有对于侍女的微责或嗔怪，却也不能不说饱含了对翠盛红衰、春将远逝的惋惜之情……如此层层跌宕，曲折有致，也就难怪历代诗话家评论说，"只数语中，层次曲折有味"；"短幅中藏无限曲折，自是圣于词者"；"一问极有情，答曰'依旧'，答得极淡，跌出'知否'两句来，而'绿肥红瘦'无限凄婉，却又妙在含蓄"……

一则千古名句："绿肥红瘦"。"肥"和"瘦"，本是用来说人或动物的，然而这里却用之形容花卉，真的是神来之笔、"人工天巧"，因而也就不可能不为"天下称之"。

一个人生感悟："应是绿肥红瘦"之"应是"，无疑让我等强烈地感受到一种既不愿认同、却又不得不认同的无奈和感伤：我们都渴望天如人愿，都渴望大自然能体恤人心，而不要变化无情，然而我们的主观愿望在客观的自然规律面前，却不能不显得幼稚而又虚弱。这是一个大的矛盾，是人和自然的矛盾，也是人自身理智和情感的矛盾，或许，这也就是李清照惜花伤春、愁肠百结的理由吧。

写到这里，忽想起了在网上看到的一则点评(没有署名)，于是找出来录于后——

女人就是多愁善感，下一场骤雨，女人就要为百花受到的摧残而痛惜不已。不过好在有"绿肥"略做补偿，心里可得些许安慰。当然也不是个个女人都能感受这些季节变换的思绪的，那卷帘的侍女就感觉不到，她道：海棠依旧！

不过现代的女人可能越来越多地像那个侍女了，多对这些细微的变幻不再有感受，年轻的一代也许多要跑到轰声震天的迪斯科去大力刺激自己。那些看惯了射灯闪烁的眼睛再也不能察觉绿涨红消的变迁，听惯了震天电子音乐的耳朵再也听不到花瓣落地的扑簌之声了吧？

——其问甚好，亦很到位。

因而我想，这或许就是人生更大的感伤吧。

点绛唇

　　此词当属李清照早年之作，或者也可以说就是她少女时代的自画像。其风格明快，寥寥41字，不仅栩栩如生地刻画了一个含情脉脉、却又稍显顽皮的少女形象，同时也真切而又生动地再现了少女初次萌动的爱情。

　　在李清照的作品中，有着如此风格、如此抒情主人公形象的，显然为数极少。是以此作亦就多被委于他人，或说是苏轼作，或说是周邦彦作，或干脆说是无名氏作。亦唯其如此，赵万里校辑《宋金元人词》本《漱玉词》时，将此词列入附录并云："词意浅薄，不似他作。"今人王仲闻《李清照集校注》，侯健、吕智敏《李清照诗词评注》等多种版本，亦均将其列入"存疑"；而唐圭璋先生则更直陈见解："且清照名门闺秀，少有诗名，亦不致不穿鞋而着袜行走。含羞迎笑，倚门回首，颇似市井妇女之行径，不类清照之为人。无名氏演韩偓诗，当有可能。"（《读李清照词札记》）

　　鉴于此，徐培均先生在《李清照集笺注》中"案"云："此词写少女情怀，当为少年习作，似难与成年后词风相比。且王灼《碧鸡漫志》卷二称其'作长短句能曲折尽人意，轻巧尖新，姿态百出'，证之此词，如合符契，似应为清照所作无疑。"

　　靳极苍先生在《李煜李清照词详解》中则说"以清照自写其少年生活为宜"。靳先生还列举"旁证"云："这首词和下首《如梦令》（昨夜雨疏风骤）一样，都取意于韩偓诗而作……作者的少女生活，无多经历，只有从书中找样本……清照少女时取意韩偓诗改为词以表现自己的一段实际生活，该是合理的吧。"

　　"取意韩偓诗改为词"自有根据无须求证，而"表现自己的一段实际生活"却也绝对不是纸上谈兵。当时李清照待字闺中，荡荡秋千想必是常有的事儿。而恰恰就有这么一次，赵明诚来了（当然也可以说不是赵明诚而是另外一个陌生的异性，但我个人以为是赵明诚更适合些、更好一些，也更有可能），"和羞走"自然也就成了李清照真实的经历。自然，写出此词也就不只是模仿他作，而是叙说自己——

　　　　蹴罢秋千，起来慵整纤纤手。露浓花瘦，薄汗轻衣透。
　　见客入来，袜刬金钗溜，和羞走。倚门回首，却把青梅嗅。

蹴罢秋千，起来慵整纤纤手——打完秋千，累了，下来后懒得整理衣裙头饰，等等，只是倦怠地搓着麻困了的、纤细的双手。蹴：踏。踩在秋千板上双脚用力推送（而非坐在板上由人推送）。慵整：即懒得整理。所谓整理，当然应该包括衣装（比如说后边说到的滑落下来的袜子）、头饰（比如快要掉下来的金钗），但是太累了，况且用力握绳的双手异常麻困，需要首先"整理"（也就是摩擦摩擦以让血液畅通而解麻困吧）。纤纤手：形容少女柔嫩细美、十指尖尖的手形。《古诗十九首·青青河畔草》："娥娥红粉装，纤纤出素手。"

露浓花瘦，薄汗轻衣透——露很浓，挂满露珠的花朵显得更加柔嫩（这里的瘦不是"绿肥红瘦"之瘦，是娇弱柔嫩）。出了一身的汗，汗水把衣衫都湿透了。露浓花瘦："露浓"是呼应"薄汗"的，一个"薄"字，反倒更显汗多，"薄"是说"层"的，一层汗，也就是一身的汗（这比挂在额头上或别的什么部位的大滴大滴的汗水要多得多）；"花瘦"是影衬人的；花因露重而更觉柔嫩，荡罢秋千的少女则因汗湿"轻衣"而尤显娇柔。轻衣：绸料或纱料做的衣服。

见客入来，袜划金钗溜，和羞走——看见有人来了，自己什么都来不及整理了，滑落下来的袜子来不及提起来，头上插的金钗也溜了下来，真的是羞死人了，但也没什么别的选择了，只能是跑开吧；一边羞，一边跑；一边跑，一边羞。袜划(chǎn)：在现有的十之八九的注解中，均为"不穿鞋，以袜着地行走"，惟靳极苍先生提出疑义说："似不合。因为旧时北方妇女，绝无随便脱鞋的习惯，后于清照十数年的刘过曾有过《沁园春》咏女人缠足，很可能清照此时已缠足，更何况蹴秋千，用不着脱鞋呢……这儿'袜划'是袜子脱落下来平了脚。秦观《河传》词'鬓云松，罗袜划'是服装不整齐的形象。'松'与'划'对用，'划'也正是松而脱落下来的意思，所以这里解作袜脱落下来，脚上不整齐，是合适的……"靳先生所言甚是，这里再作一补充，北方缠足女子不仅在屋外不可能脱鞋，即使是在室内，白日里上床睡觉时，只要不用盖被子，也总是着鞋而眠的。再者，北方缠足女性穿的袜子是用布做的，腰短，所以平常并不是很易滑落的，但是打秋千用力，就是另外的情形了。这种情形也就是袜的前腰下滑至脚面，而后腰则蹴到了鞋子里。和羞走："和羞走"之"和"，世人多解为"带"，或"含"，自然不是不可，只是味道不足。"和"在这里其实包含着"交织、掺杂"之意，也就是含羞而走、走犹含羞。走：即小跑。

倚门回首，却把青梅嗅——跑到园门口了，又忍不住回头看看来人。看又不好意思正面看，于是顺手拉过园门前的一枝青梅来，装模作样地嗅着。倚门：靠着门。倚：靠着，依靠。唐·李白《蜀道难》："连峰去天不盈尺，枯树倒挂倚绝壁。"

青梅：即梅子。南朝宋·鲍照《代挽歌》："忆昔好饮酒，素盘进青梅。"

　　初春。清晨。花园内。花草树木环绕着的秋千架，架上的绳索还在悠悠晃动。刚刚荡完秋千的少女，搓着麻困了的小手。在她身旁，盛开的花朵上挂着大滴大滴的露珠；而她自己，已是涔涔香汗透湿薄薄罗衣……然而就在此时，客人来了。她猝不及防，抽身便走，不仅袜子脱落下来，连金钗也滑落下来。她跑到了园门口，却又忍不住回头看看，看又不好意思正面看，于是就拉过园门前的梅枝，装着是嗅青梅……

　　——这就是本词为我们描绘的一些画面、一个故事。

　　词的上片写荡完秋千后的情景，虽然秋千仍在悠悠摆动，少女也在搓着双手，但总的来说，仍是静。是静态的。

　　然而"客人来"了，这是相对的"静"的结束，也是绝对的"动"的开始。于是词的下片，便写了客人来后的种种"运动"——钗溜，人走，回首，嗅梅……真的是身也在动、心也在动。身动是"走"，是"回首"；心动是"羞"，是少女忽见异性（而且很可能是前来求亲的异性）之后的爱的萌动。

　　想起靳极苍先生所说，他说："形象句，不以形象理解，太煞风景了。而有些注解，更以为是赵明诚来，意趣全无。"对此，我是不以为然的。想一想吧，李清照系出名门，家中来客虽不可说车水马龙，但也绝不可能是什么稀罕之事。要是来一个人李清照就这么"走"一次、"回首"一次、"把青梅嗅"一次，得了吗？然而就这么一次，她如此这般了，那只是因为她大概也知道来人是谁了（虽然她很可能还没见过，但这个名字他是知道的），她知道这个人就是求婚于她的人，是将要和她共结连理的人。于是她才羞，才回首，才嗅梅而看，才是含情脉脉、活泼调皮而不是"轻浮"……换句话说，如果来者是个和自己一无所知、毫不相干的人，女词人也就绝对不会、也绝不能有这样的举止了：不会，是因为情无所致；不能，是因为礼不相容。

　　前面便已提及此词对唐代诗人韩偓之诗的仿作问题，在此仍需说说。韩偓诗见《香奁集》，题作《偶见》，全诗为——

> 秋千打困解罗裙，　指点醒醐酒一樽。
> 见客入来和笑走，　手搓梅子映中门。

　　——诗词相较，说"仿诗改词"自非不妥，但我却觉得似乎用"化"更合适些。细细体味韩诗李词，你便会认定："慵整纤纤手"之与"解罗裙"，"和羞走"之与"和笑走"，"倚门回首"之与"映中门"，"却把青梅嗅"之于"手搓梅子"……无疑都是具有出蓝之胜的。

明·钱允治评价此词曰"曲尽情终"（《续选草堂诗馀》卷上）；潘游龙说"如画"（《古今诗馀醉》卷十二）；沈际飞则称赞云："片时意态，淫夷万变，美人则然，纸上何遽能尔？"（《草堂诗馀续集》卷上），极是。

浣溪沙

题解

这是一首典型的闺怨词，也是李清照词中婉约风格表现较为突出的代表作之一。

究其创作年代，似仍多有分歧。大的分歧是早年还是晚期，小的分歧是婚后还是婚前——

岳麓书社1999年版《李清照集》（杨合林编注）说："此词写无可告语的凄凉怀抱，当为作者丧偶后作。"也就是说当为李清照46岁以后的作品（赵明诚1129年八月十八日卒于建康，是年清照46岁），显然不妥。

因抱此说者不多，不必细论。较多的则是认为写于"在与丈夫离别的日子里"（黄山书社2001年版《李清照》，范英豪注评）；"主要写了词人与丈夫离别之后的相思和愁苦"（巴蜀书社1999年版《李清照朱淑真诗词合注》，张显成等编注）；"一种思念丈夫的绵绵情思悄然流贯于词中"（北京燕山出版社2001年版《清照词》）……这是一些时间概念非常模糊的说法，是不确定。

在所读到的书里，确定了具体的创作年份的有：徐培均《李清照集笺注》（上海古籍出版社2002年版），陈祖美《李清照新传》（北京出版社2001年版）；所确定的年份是1100年，也就是李清照17岁那年。

徐培均在"笺注"中言：

> 此词黄本卷一列入"大观元年以前之作"。陈祖美云"此首亦当是未婚少女所作闺情词"，并引用吴熊和语曰："是青春期因深闺寂寞而产生的一种朦胧而难以辨析的情绪……为这种情绪所困，心儿不宁，甚至醉也不成，梦也不成，不知如何排遣。"据此，故置于元符年间。

李杜案：徐先生所言"黄本"，即指黄墨谷《重辑李清照集·漱玉词》。大观元年即1107年，李清照24岁。元符年间即1098至1100年，也就是李清照16到18岁期间。

在此，亦依二位先生所列年谱，将本词的创作年份系于1100年。

　　莫许杯深琥珀浓，未成沉醉意先融，疏钟已应晚来风。
　　瑞脑香消魂梦断，辟寒金小髻鬟松，醒时空对烛花红。

　　莫许杯深琥珀浓，未成沉醉意先融——不要在酒杯里斟上那么多琥珀色的酒，斟得越多，琥珀色就越浓，以致还没喝酒，心绪就已经被酒融化了。莫许，人多解为"不要"，"不必要这许多"，但陈祖美云："当为'莫诉'。'许'、'诉'形近而误。'诉'有辞酒不饮之意，如韦庄除有《离席诉酒》诗，其《菩萨蛮》词'莫诉金杯满'句，与清照此句词意相同。"言之有理，可从。琥珀浓：美酒颜色浓如琥珀。琥珀：一种树脂化石，呈褐色或褐红色。唐·李白《客中行》："兰陵美酒郁金香，玉碗盛来琥珀光。"意：内心。《古诗为焦仲卿妻作》："吾意久怀忿，汝岂得自由！"

　　疏钟已应晚来风——寺庙里的钟声响了，一下一下的，应和着徐徐晚风时断时续地飘了过来。疏钟：断断续续的钟声。唐·王维《秋夜对雨》："寒灯坐高馆，秋雨闻疏钟。"

　　瑞脑香消魂梦断，辟寒金小髻鬟松——夜已深了。睡前点上的瑞脑香，已经烧完，香味也渐渐淡了，我从梦中醒来，才发现发髻松了，头发乱了。金钗很小，束不牢发髻，经不起辗转反侧。瑞脑：香料名。又名"龙脑"，今称为冰片。魂梦断：即梦醒。魂梦，即梦魂。辟寒金：传说中的一种精金，这里指金钗。东晋·王嘉《拾遗记》卷七载：三国时，昆明国给魏明帝献来只嗽金鸟，常吐金粟。此鸟畏寒，明帝便为其筑一温室，名辟寒台。宫人争相以鸟吐之金做金钗、首饰，称之为辟寒金。髻鬟：古代妇女的两种发式。髻：挽在头顶或脑后的发结；鬟：环形发髻。

　　醒时空对烛花红——醒着的时候，就看烛花，人都说烛花是为人报喜的，可喜在哪里呀？烛花很红，我的心却更加空落落的。烛花：蜡烛燃烧时的烬结。

　　词从酒写起，写酒，又偏偏不是饮酒或者想饮，而是不想饮，因为词人深知酒不解愁。不饮，本是不会醉了的；可偏偏还是像醉了一般，心绪被酒融化了，或者根本就不是融化，而是它本就"空空"的，摸不着，理不清。

　　这也难怪，因为词人的愁并非是"离愁"，而是一种说不清、道不明的东西，也就如吴熊和所言："是青春期因深闺寂寞而产生的一种朦胧而难以辨析的情绪。"

因其朦胧所以弄不清楚,因其难以辨析因而无法排解。这时候晚风夹着断断续续的钟声飘进闺房,周遭更显空寂,心绪尤烦,却更空空……这的确是人生最累的事情,于是慢慢地竟睡着了,想必梦不是空的,是个春梦,可是就在香被燃尽之时,却又猛地醒了,梦断了,眼前什么也没有,什么也没看见,只是看见香消炉熄(因而更觉清冷,更添孤单、凄清之感),只是看见因自己睡也不宁、辗转反侧而弄乱了的一头青丝。于是只能解嘲似的解释说是金钗太小了,于是最终仍只能是面对烛花,闺房空空,内心空空……

是的,空。"莫许"、"琥珀浓";是说杯"空";"意先融"是心"空","疏钟"夜传是周遭世界"空",梦断乍醒梦自成"空",因而最终还是只能"空对烛花红"……词人就这样以自己超拔的才情和敏锐而又细腻的感受,以一个"空"字通贯全词,写尽了少女内心的孤寂和无法排遣的闺愁。

浣溪沙

同前首《浣溪沙》(莫许杯深琥珀浓)一样,本词的创作年代也众说不一,而且亦不是婚前婚后的"小分歧",而是早年还是南渡后的"大分歧"。

在林林总总的注评中,大多是主张作于早期的,只不过或说是婚前作,或说是作于婚后的22岁、24岁;或者再笼统些就如黄墨谷言之为"大观元年以前之作"(即1107年前)……然而徐培均先生却另提一说,认为该词当属南渡以后的作品。

徐先生云:此词写少妇闺情,黄本卷一以为"大观元年以前之作",疑非是。观过片"海燕"、"江梅",纯为江南景物,当系建炎三年(1129)春在江宁时作。

又云:江梅,北宋词少有咏及,南宋词较多。如洪皓《江梅引》序称:"顷留金国,四经余馆,十有四年,复馆于燕……此方无梅花,士人罕有知梅者……"北方无江梅,故清照不可能于大观元年以前赋此词,而应作于南渡之初。

"北方无江梅","北宋词少有咏及"——就如徐先生论证《浣溪沙》(小院闲窗春色深)不作于婚前而作于屏居青州时期,是因为"汴京地处平原",不可能看到"远岫出云"一样,好像也是一个"硬道理"。

但细做比较,却还是大不相同的。"远岫出云催薄暮,细风吹雨弄轻阴",说的是当下所见,因而必须是在有山的青州而非地处平原的汴京;而这首词里,"海燕未来人斗草,江梅已过柳生绵",当下所见的却不是属于"江南"的"未来"的"海燕"和"已过"的"江梅",而是北方的"人斗草"和"柳生绵"。前者为"虚",是想到的(海燕未来,自然看不到;江梅已过,显然也看不见);后者为"实",是看到的。

况且，文学创作的素材，并不一定非是亲身经历或亲眼所见，听到或读到于是写到，似乎已是不必论证的。其实，北宋或其前的诗人写及"江梅"虽然不比南宋多，但也不能说就是"少"的。比如：

杜甫(712—770)便写过题为《江梅》的诗；刘长卿(709—790？)亦有诗《酬秦系》云："家空归海燕，人老发江梅。最忆门前柳，闲居手自栽。"(将李词与此诗对读，"海燕"、"江梅"、"柳"……还真的很是相似)

至于北宋诗人写及"江梅"，也并不少：

王安石(1021—1086)《酬微之梅暑新句》："江梅落尽雨昏昏，去马来牛漫不分。"

苏轼(1037—1101)《减字木兰花》(雪词)："相如未老。梁苑犹能陪俊少。莫惹闲愁。且折江梅上小楼。"

晏几道(1040—1112)《采桑子》："独占春风早，长爱江梅。秀艳清杯。芳意先愁凤管催。"

舒亶(1041—1103)《菩萨蛮》(次张秉道韵)："江梅含日暖。照水花枝短，密叶似商量。向人春意长。"并有《菩萨蛮》(别意)："江梅未放枝头结。江楼已见山头雪。待得此花开，知君来不来。"

张耒(1054—1114)《减字木兰花》："个人风味。只有江梅些子似。每到开时。满眼清愁只自知。"

周邦彦(1056—1121)《玉烛新》(双调梅花)："溪源新腊后。见数朵江梅，剪裁初就。晕酥砌玉芳英嫩，故把春心轻漏。"

晁冲之《汉宫春》："潇洒江梅，向竹梢稀处，横两三枝。东君也不爱惜，雪压风欺。无情燕子，怕春寒、轻失花期。惟是有、南来归雁，年年长见开时。"

晁说之《胡季和送江梅山茶来》："山茶有色笑江梅，无色江梅谢不才。"

朱敦儒(1081—1159)《卜算子》："陌上雪销初，才得江梅信。剪彩盘金院落香，便觉烧灯近。"并有《相见欢》："东风吹尽江梅。橘花开。旧日吴王宫殿、长青苔。"

周紫芝(1082—1155)《竹坡词》(潇湘夜雨)："晓色凝曈，霜痕犹浅，九天春意将回。隔年花信，先已到江梅。沉水烟浓如雾，金波满、红袖双垂。仙翁醉，问春何处，春在玉东西。"还有《洞仙歌》："江梅吹尽，更幽兰香度。可惜浓春为谁住。最嫌他、无数轻薄桃花，推不去，偏守定、东风一处。"

黄人杰《浣溪沙》(江陵二年席次为江梅腊梅赋)："的皪江梅共腊梅。剪金裁玉一时开。黄姑相伴雪儿来。"

程过《满江红》："春挑欲来时，长是与、江梅花约。又还向、竹林疏处，一枝开却。"

毛滂《小重山》(立春日欲雪):"谁劝东风腊里来。不知天待雪,恼江梅。东郊寒色尚徘徊。双彩燕,飞傍鬓云堆。"

……

"江梅"杂举,不过是说,写"海燕"、"江梅",是不必非要住在江南的。

这也即是此词不必非要作于南渡之后的理由之一。

理由之二是:此词亦不太可能作于南渡之后。

细读李清照词,并对其南渡前后词的题材、风格进行归类判断,尤其是就此词同类似的闺怨词在情绪、意象等表达上的一致性进行认定,似乎不难得出结论,此词当是早期所作,而且当和《浣溪沙》(莫许杯深琥珀浓)作于同年——

"莫许"云:"瑞脑香消魂梦断,辟寒金小髻鬟松。"此词则曰:"玉炉沉水袅残烟,梦回山枕隐花钿。"两词意象表述几乎完全一致,试想,如果前者是写于17岁,而后者却是写于46岁,这对大词人李清照来说,势必就如说她三十年毫无长进一般,无疑是不合适的。

综上,故仍将其系于17岁时作(即1100年)。

淡荡春光寒食天,玉炉沉水袅残烟,梦回山枕隐花钿。
海燕未来人斗草,江梅已过柳生绵,黄昏疏雨湿秋千。

淡荡春光寒食天,玉炉沉水袅残烟——寒食节。室外春光融融、惠风和畅,而我却待在屋内,香炉里的沉水香即将燃尽,冒着袅袅残烟。淡荡:舒缓恬静。这里是说天朗气清,惠风和畅。寒食:节令名。古代习俗,清明节前一日或二日为寒食节,禁火三天。相传春秋时晋国介子推辅佐公子重耳回国后,隐于绵山。重耳强其出仕而令烧山,介抱树而死。为致悼念,重耳下令在介子推被烧死的那天禁止烧火煮饭,只吃冷食,故称寒食。玉炉:香炉的美称。沉水:香名。即沉香,熏香燃料,《梁书·林邑国传》:"沉水香,土人斫断,积以岁年,朽烂而心节独在,置于水中则沉,故曰沉香。"

梦回山枕隐花钿——刚刚从一晌春梦中醒来,才发现头发乱了,连头上的花钿也掉到枕头上了。山枕:两头高中间凹的枕头。隐:依。《孟子·公孙丑》:"隐几而卧。"花钿:古代妇女头饰,即花钗(嵌金花的发钗)。

海燕未来人斗草,江梅已过柳生绵——海燕还没有归来,人们便早早地玩开了斗草游戏;江梅的花期已然过了,含烟的绿柳树已经吐絮。海燕:燕子的别称,古人认为燕子产于南方,渡海而至北方,故称海燕。斗草:又称斗百草,是古代春夏时节妇女和儿童们玩的一种游戏。南朝梁·宗懔《荆楚岁时记》云："五月五日，四民并踏百草，又有斗百草之戏。"江梅：一种野生梅，又名"直脚梅"，常在山涧、水滨等荒寒地带生长，是遗核野生，不经嫁接，花稍小而疏朗有致，气韵生动，颇得清绝之趣。柳生绵：柳树的种子成熟时，长出如絮的白色绒毛，随风飞散，俗称柳絮，又叫柳绵。

黄昏疏雨湿秋千——黄昏时分，天稀稀疏疏地下起雨来，秋千也荡不成了，小雨已经把它淋湿。

此词亦是较为典型的闺怨词。全词不着一个"情"字，却处处有"情"；没写一个"愁"字，却事事见"愁"。

是"愁情"，也是"情愁"，是为说不清，或者是没有着落的"情"而"愁"——

窗外是艳阳普照，和风酣畅；室内，却是沉水燃尽，袅袅残烟。这残烟也就如同少女的心思，这心思燃香而动，可是香燃尽了仍理不出个头绪来。理不出头绪就不理吧？然而不成，你无法挥挥手将之驱走，就如残烟无法戛然而断。

海燕还没归来，少男少女们就玩起斗草游戏，热闹而又有趣；可是"我"却没有心思参加，我只盼着海燕归来——据说燕子都是成双成对的！晏几道便曾写过："梦后楼台高锁，酒醒帘幕低垂，去年春恨却来时。落花人独立，微雨燕双飞。"而现在我却看不到海燕，整个春天就像是空过去了，"江梅"的花期已过，"我"现在看到的只是柳花残败、飞絮漫天，一如我的愁绪；而"我"也真的就是这"落花"下孤独的人……

综上，或者还可如是说：此词妙处，出于"对比"。

浣溪沙

《花草粹编》《古今词统》等亦将此词题作《闺情》。而王仲闻《李清照集校注》等多种本子则将之归于"存疑"，似不必。

与"淡荡春光"、"小院闲窗"等篇什一样，此词亦属伤春之篇、怀春之什。

就文艺创作心理学研究结论而言：一个诗人在同一创作时期，往往会运用相同或相似的意象，以及相同或者相近的抒情方式。反过来说，也是成立的。

是以从前两首词，亦将之创作年代系于李清照17岁时（1100年）。

髻子伤春慵更梳，晚风庭院落梅初，淡云来往月疏疏。

玉鸭熏炉闲瑞脑，朱樱斗帐掩流苏，通犀还解辟寒无？

髻子伤春慵更梳，晚风庭院落梅初——春天就要去了，这种感伤，让人懒得再去梳理自己的发髻。晚风吹拂，梅花花期即过，一片片地飘落在庭院。落梅初：梅花开始凋落。初：开始。

淡云来往月疏疏——淡淡的云彩亦如落梅在小院的上空飘动，月光稀稀疏疏，时浓时淡。疏疏：云彩遮月而使月光稀疏的样子。

玉鸭熏炉闲瑞脑，朱樱斗帐掩流苏——鸭形的熏炉里，瑞脑香放得好好的，却懒得将它点燃。真的是有些清冷啊，不如早些睡吧。可是连将斗形小帐放下来的心绪都没有，小帐上的流苏依旧被帐子遮着。玉鸭熏炉：鸭形的熏炉。熏炉：古代用作熏香和取暖的炉子。朱樱斗帐：朱红色小帐，因形如倒置的斗，故曰斗帐。流苏：用五彩丝线制成的穗子，常用作车马、帷帐的垂饰。

通犀还解辟寒无——挂在小帐上的犀牛角，还能不能为我避寒呀？通犀：犀牛角的一种，也称通天犀。据《开元天宝遗事》上卷载，这种犀角能发出暖气，是"辟寒犀"。解：懂得，能够。辟寒：即避寒。

主题词：伤春。
吟诵方式：将伤春感怀融于情景描写之中。
人物状态：慵。
直接原因：没心情。
根本原因：闺愁。

渔家傲

此词为李清照早年所写的一首咏梅词。以梅自况，自是显明；而"香脸半开"及"玉人浴出新妆洗"云云，语意双关，却也极有可能隐喻即将开始的新婚。

是以此词当写于李清照18岁（1101年）和赵明诚成婚前的日子。

雪里已知春信至，寒梅点缀琼枝腻，香脸半开娇旖旎，当庭际，玉人浴出新妆洗。　　造化可能偏有意，故教明月玲珑地。

共赏金尊沉绿蚁，莫辞醉，此花不与群花比。

雪里已知春信至，寒梅点缀琼枝腻——报春的信使在白雪中开放，原本清瘦的梅枝如今银装素裹，异常丰腴；枝上缀着朵朵红梅。春信：报春的信使，指梅花。梅开冬春之交，被认为是报春之花。亦有解为"春天的信息"。至：到来。寒梅：此指腊梅，属腊梅科。花芳香，外部黄色，内部紫褐色，腊月开花，是著名的观赏花木。琼枝：玉枝，因积雪而变白的树枝，词中指梅枝。腻：肥，丰润。

香脸半开娇旖旎——像美人香脸一样半开的梅花，娇美秀丽。香脸：也称香腮，古代指美人的脸，这里指梅的花朵。旖旎：轻盈柔顺的样子。

当庭际，玉人浴出新妆洗——就是在庭院中间，梅花开放了，仿佛如玉的美人沐浴出来，穿上新衣一般。当庭际：在庭院中间。当：在。际：中间，里边。玉人：指美人。唐·元稹《莺莺传》："拂墙花影动，疑是玉人来。"这里用以比喻梅花。

造化可能偏有意，故教明月玲珑地——梅本就美极了，可是造物主还是偏爱它，特意让明月如此玲珑、皎洁地照着，疏影横斜，更增加了它的美。造化：指大自然。《庄子·大宗师》："今以天地为大炉，以造化为大冶。"唐·杜甫《望岳》："造化钟神秀，阴阳割昏晓。"亦有解为"自然界的创造者"，或释为天公。故：有意，特意。玲珑：明亮的样子。此指月色清朗。地：口语，无实意。

共赏金尊沉绿蚁——那就让我们一起来赏花吧，用金樽斟上绿蚁酒，边饮边赏。尊：同"樽"，酒杯。沉：使某种东西向下落，这里可解作痛饮。绿蚁：酒刚熟时，酒面泛起绿色泡沫，形同蚂蚁，因而人们便以此来指代酒。亦作"浮蚁"、"碧蚁"。唐·白居易《雪夜对酒招客》诗："帐小青毡暖，杯香绿蚁新。"

莫辞醉，此花不与群花比——不要怕醉，此花和所有其他的花不能相提并论，为它一醉是值得的。莫辞醉：不要以酒醉为借口推辞。

李清照是特别喜爱梅花的，在其现存的似可确证的四十七八首词作中，咏梅篇什便有八九首，几占五分之一。而在这些"梅词"中，此词又可算作咏梅之始。

是年，李清照婚事已订，就要成亲。那些"玉鸭熏炉闲瑞脑"、"鬏子伤春慵更梳"、"醒时空对烛花红"的日子已经过去，晦暗不明的愁情闺怨，为"香脸半开"、"玉人浴出"、"造化有意"的自信欢情一扫而空，于是词人欣然提笔，以写梅而咏人，借赏梅而自赏——"春信至"、"琼枝腻"、"娇旖旎"、"新妆洗"、"玲珑地"、"共金尊"、"莫辞醉"、"此花不与群花比"……真个是景亮丽、气豪爽、情畅快、志高洁！

中国家庭基本藏书

在李清照的创作中，像这样有些个"丈夫气"的词，确实是不多的。

还有一点是需要特别提及的：在此前所有的作品中，不管是怀春之作也好，纪游之篇也罢，其表现方式均是借景抒情、寓情于景，从不加入议论；而在这首词里，李清照却将议论入词，托物抒怀：谈"造化"，提倡议(莫辞醉)，发评论(此花不与群花比)……不仅使此词陡增明快之色、豪爽之气；而且也为此后的咏物词创作开了先例。

鹧鸪天

题解

闺愁顿逝、新婚即至的喜悦，亦激发了李清照对美好事物的憧憬和爱慕之情。首先是花，仿佛一下子便都绽放在她的面前：腊梅、桂花、芍药……李清照第一次发现：它们已不再像庭院里的那些海棠，只是让她牵肠挂肚，愁情万端；这所有的花，都不再是身外之物，而是她自己！

于是在新婚前后的这些日子里，她便集中地写了不少咏花之作，包括前首咏梅(《渔家傲》)，此首咏桂，以及此后的咏牡丹(《庆清朝》)等词。

　　暗淡轻黄体性柔，情疏迹远只香留。何须浅碧深红色，自是花中第一流。　　梅定妒，菊应羞，画栏开处冠中秋。骚人可煞无情思，何事当年不见收。

新解

暗淡轻黄体性柔——桂花是淡黄色的，不仅不浓艳，甚至谈不上有明亮的光泽；然而其体性却是温雅柔和的。体性：本意是指人之体貌和性情。《商君书·错法》："夫圣人之体性，不可以易人，然而功可得者，法之谓也。"这里借以论桂。

情疏迹远只香留——桂树多生长于人迹罕至的深山，就像隐士一般，生性淡泊，踪迹隐逸，然而它浓郁的香气，却并不因此而消失、甚或减弱。

何须浅碧深红色，自是花中第一流——何必非要那种被世人当作"名贵"的浅碧或者深红之色呢？桂花本身就是第一流的。

梅定妒，菊应羞，画栏开处冠中秋——梅花定当嫉妒它，菊花也应自愧不如。中秋时节，它在庭院画栏里盛开，其美冠绝群芳。画栏：饰有彩绘的栏杆，此处指用彩栏围护的桂花。唐·李贺《金铜仙人辞汉歌》："画栏桂树悬秋香，三十六宫土花碧。"冠：超出众人，位居第一。

骚人可煞无情思，何事当年不见收——诗人屈原是不是太无情思呀？为什么当年写作《离骚》时不将桂花收在里面呢？可煞：表示"是不是太……"之意。可：是不是，疑问词；煞：太，甚。

其实，"既有此内美兮，又重之以修能；扈江离与辟芷兮，纫秋兰以为佩"的屈原，在以辟芷、秋兰、秋菊、芙蓉、芰荷，等等自况或况美之时，也还是多次咏及桂花的，《离骚》有云："杂申椒与菌桂兮，岂惟纫夫蕙茞？"又曰："矫菌桂以纫蕙兮，索胡绳之纚纚。"可是熟读诗书的李清照还是发了"骚人可煞无情思，何事当年不见收"的议论。这确实是一件出人意料、却又是值得探讨之事。

可是就现在所读到的相关注评中，却鲜有人说及此事。徐培均言"未审清照""何以如此"……其他的评注者则均将此事回避。或许这真的是很难说明之事。

试想，将之归于李清照没读过《离骚》或读而未出，无疑是不妥的。明知故议，那就只有可能是词人有意错说、以引起人们对屈原和"内美"、也就是对自己和桂花的注意（这多少有些类似于当下媒体的"抢眼球"吧），从而将人的关注点引到她和屈原的一致性（重"内美"）、甚或是超越性（"骚人可煞无情思"）上来，集中到对桂之"内美"的体悟上来。

我这样说，当然极可能是以心度腹、以蠡测海；但实际情况却是：如果不读李清照的这句词，我是绝无可能把她和屈原联系在一起、也绝对不可能会对桂花之高洁有如此深刻而又清晰的体味的。

当然，这同时也还得益于李清照的将议论入词，并且四句三议论（可谓竭尽议论之能事），以致让我们完全有理由把此词称之为"论说词"。

"暗淡轻黄体性柔，情疏迹远只香留。何须浅碧深红色，自是花中第一流。"——是全词的第一层议论。在这里，词人通过三组对比——桂花自身"色"与"性"的对比；"色"与"香"的对比；桂花的"暗淡轻黄"和其他花卉的"浅碧深红"的对比——或正面品评，或侧面比衬，含情于议中，于情中见议，进而得出论点：在世人的心目中，总以红为美，并将碧牡丹、绿萼梅视为名贵，但"我"的审美观却不是这样，我认为桂花才是美的、名贵的，是第一流的，因为它品格美；而品格美、内在美是最重要的。

第二层议论是："梅定妒，菊应羞，画栏开处冠中秋。"李清照喜爱"玉人浴出新妆洗"的梅花，也爱"风韵正相宜"的菊花，然而面对"情疏迹远只香留"的桂花，却不惜让"梅妒菊羞"，以至所有秋花尽皆失色，为什么？当然还是因为桂之内美，而只有内美，才是最重要的。

第三层议论即是结句"骚人可煞无情思,何事当年不见收"了。有注者说:"屈原当年遍集名花珍卉,以喻君子美德,唯独没有桂花,词人为桂花抱屈,批评了这位先贤,说他'情思'不足。"有的注者则干脆说:"她敢于批评屈原'无情思',显示出一种不同凡响的勇气。"可我认为不是这样的(理由一如前面所说),这绝对不是"怪罪",不是"批评",更不是"贬低"。

李清照不喜欢大红大紫的所谓"名贵"之花。她喜爱雪里报春、"不与群花比"的梅花;喜爱淡泊自在、不汲汲于世俗荣利的桂花,并极为欣赏其质朴无华、留香于世的品格。事实上,这也正是她自己人生态度、审美观念和傲视尘俗的品性的写照,或者也可以说是她之所以能够成为一代宗师的根本原因吧。

〔存疑〕减字木兰花

题解

从所写内容看,此词当写于新婚不久。但从词的立意、表述及风格等诸方面看,却也的确不似李清照作。或者也就只是因于这样的原因,此词便理所当然地成了历来争议甚多者之一。

赵万里辑《漱玉词》云:"词意浅显,亦不似他作。"

中华书局上海编辑所1962年版《李清照集》附录案:此词汲古阁未刻本《漱玉词》及《花草粹编》收之,然词意浅显,疑非易安作。

这是一种意见,姑且称为"否定的"。

第二种是"中庸的":

王仲闻《李清照集校注》云:以词意判断真伪,恐不甚妥,兹仍作清照词,不列入存疑词内。

靳极苍《李煜李清照词详解》云:这是新婚期间的形象,不必是清照作,也不排除是清照作。清照初期的作品,不见得能完全成熟,小瑕大瑜,还是可备一格的,且列为清照初期之作。

第三种是"肯定的",人多,姑且列有代表性者:

陈祖美《李清照集新释辑评》云:对李清照的词作极尽攻击之能事者,莫过于王灼及其《碧鸡漫志》,但却道出了一个事实,即《漱玉词》中确有部分所谓浅俗轻巧之作,这一首就较典型。问题是对这类具有所谓闾巷、市井意味的作品,今天不能再多所非议。"女为悦己者容",主人公为取悦于新郎,故意让他品评:是带露的红花好看,还是新娘的如花容颜更美。作为"闺房之事",新娘此举不为过分,亦无甚低俗可言。时至今日,不应再以类似于道学的面孔,将此词屏于《漱玉词》之外。

因为这类词比正统的"易安体",更能体现词人对旧礼教的冲撞,而这种冲撞本身,正体现了一种新进的思想意识,也是词人"压倒须眉"(李调元《雨村词话》卷三)之处。

而徐培均、孙崇恩、范英豪等则言:"此词乐而不淫,轻而不俗,与李清照的思想性格颇为相符。全篇通过买花、赏花、比花,生动地表现了年轻词人的天真的态度、爱美的心情和好胜的脾性。读后颇觉生动活泼,富有浓郁的生活气息。""蕴藉含蓄,形象鲜明,妙趣横生。""体现了词人对自由天性的向往。"……

在这里,我想说的却依旧是:这首词极有可能并非李清照作。这当然跟"道学"与"礼教"无关(何况即使是"闺房之事"、以"容""悦"人之举,似也不必非要拔到"冲撞""礼教"或者"向往""自由天性"的高度之上),而只是和词的立意及风格有关。而且也并非是浅不浅、俗不俗,是小瑕大瑜、还是瑜小瑕大的问题,而是"不合":用词不合,表述不合,风格不合,韵味不合……是女调男声的不合,是类似于东北话和吴语的不合。

唯此,我觉得还是应该将之列为"存疑"的。

　　　　卖花担上,买得一枝春欲放。泪染轻匀,犹带彤霞晓露痕。
　　　　怕郎猜道,奴面不如花面好。云鬓斜簪,徒要教郎比并看。

卖花担上,买得一枝春欲放——在卖花担子上,买到一枝含苞欲放的梅花。一枝春:即梅花。陆凯《赠范晔诗》:"折梅逢驿使,寄与陇头人。江南无所有,聊赠一枝春。"

泪染轻匀,犹带彤霞晓露痕——就像泪珠挂在轻施朱粉的面颊一样,花瓣上还带着朝霞和晨露的痕迹。染:沾染。匀:艳丽的颜色,这里指红色。唐·李贺《兰香神女庙》:"密发虚鬓飞,腻颊凝花匀。"彤霞:朱红色的朝霞。晓露:天亮时的露珠。

怕郎猜道,奴面不如花面好——担心郎君看到后说:你的容貌不如这枝花美。郎:丈夫。猜:看。宋·辛弃疾《南歌子·新开池戏作》:"斗匀红粉照香腮,有个人人,当作镜儿猜。"奴:古代女子自称。

云鬓斜簪,徒要教郎比并看——于是偏把梅花斜插在鬓发上,只要让郎君比一比,看看到底谁美。云鬓:如云的头发。徒:只,仅仅。唐·李白《赠孟浩然》:"高山安可仰,徒此揖清芬。"比并:对比;放在一起比较。敦煌词《苏幕遮》:"莫把潘安,才貌比并。"

解读此词,如果只是解词而不解句,就不会如此强烈地体悟到词的毛病所在、词的毛病之大。

此词有病,病在有障,病在疙疙瘩瘩。

其一:"买得一枝春欲放","欲放"同"一枝春"(指梅花)或"春"(有注者解:春花)倒置,极别扭(一些注者可能正是感到了这种别扭,才将"春欲放"三字解为"指春花",这样一来,整个句子的确就不别扭了,但作为词解本身却又别扭了),是文字障(此句之意的顺当表述应是:"买得欲放一枝春"或"买得欲放春一枝")。

其二:"卖花担上"、"奴面不如花面好"及"教郎比并看"(是口语,是白话)同"泪染轻匀,犹带彤霞晓露痕"(是文人语、书面语)并用,即如文白交杂,油水未融,可谓语障。

其三:"犹带彤霞晓露痕"(一如徐培均先生所解"不仅显示了花之色彩,花之新鲜……恰到好处地烘托了新婚的欢乐和甜蜜"),却和"泪染轻匀"(仍如徐所解"花儿被人折下,似乎在为自己命运的不幸而哭泣,直到此时还泪痕点点,愁容满面")并置,情不顺,理不通,是情理障。

……

此词不过44字,便有这多毛病;无论如何,都是李清照所不应该,也不可能为之的。

这也就是应该将此词"存疑"的理由吧。

浣溪沙

题解

同前首《减字木兰花·卖花担上》一样,此词亦多被"存疑",或干脆被排除在清照词之外。理由却也大抵相同,不外是"词意浅薄,不类易安他作"(赵万里)。

四印斋本《漱玉词》注亦曾另寻理由说:"此尤不类,明明是淑真'月上柳梢头,人约黄昏后'词意。盖既污淑真,又污易安也。"对此,且不说"月上"二句是欧阳修、而非是朱淑真所写,因而不存在"污"朱"污"李之事;即使说此词确是化用他词之意而作,也不一定就是"月影"二句;细细揣摩,倒是化用莺莺约张生诗《明月三五夜》更可能些——唐·元稹《莺莺传》记莺莺诗云:"待月西厢下,迎风户半开。拂墙花影动,疑是玉人来。"——况且,此词情调意境、人物刻画及语言风格等诸多方面也都体现了易安词的特点,似不该将之"存疑",更不该将其排除在《李清照集》之外的。

绣面芙蓉一笑开，斜飞宝鸭衬香腮，眼波才动被人猜。

　　一面风情深有韵，半笺娇恨寄幽怀，月移花影约重来。

　　绣面芙蓉一笑开，斜飞宝鸭衬香腮——贴花如绣的脸庞莞尔一笑，就像盛开的荷花。头上斜插的宝鸭就像真的要飞一样，使溢着香气的脸颊更加美丽、更加生动。绣面：唐宋时的妇女面额及颊上均贴装饰花样。绣面就是面上贴花如绣。芙蓉：荷花的别称。常用来比喻女子的美貌。斜飞：一作"斜偎"。宝鸭：头上所插鸭形饰物。亦有解为鸭形熏香炉。香腮：美丽芳香的面颊。宋·陈师道《菩萨蛮》："玉腕枕香腮，荷花藕上开。"

　　眼波才动被人猜——就是那一瞬间的眉目传情，便让人家看透了心底的秘密。眼波：目送秋波，眉目传情。猜：看。宋·辛弃疾《南歌子·新开池戏作》："斗匀红粉照香腮，有个人人，当作镜儿猜。"

　　一面风情深有韵，半笺娇恨寄幽怀——脸上溢满恋情爱意，因而更有风韵。写封短信给他，娇情嗔语，说的是内心深处的爱恋和期待。一面：即一脸，整个脸上。风情：男女爱恋之情。深：很。韵：风韵，韵致。这里指标致、美。半笺：指短信。笺，信纸。娇恨：即嗔怪之意。

　　月移花影约重来——约他在月斜之时再来。月移花影：化用《莺莺传》中莺莺《明月三五夜》诗，既是指约会的时间（月斜之际），又暗指了约会的环境（花影丛中）。

　　词写青春少女幽会前后的情感体验。语言生动，格调欢快，写得直率，写得传神，写得富有青春活力。指责其"浅俗轻薄"不仅没有根据，而且毫无道理。

　　或曰"清照青年时，不可能有此约会"，因而不可能写这样的词；或曰"这仅仅是李清照借题发挥的题咏"，抑或是新婚后李清照写给赵明诚的戏作……其实这些都不重要，重要的是爱，是情爱，是情爱让一个初涉爱河的人如此陶醉，而又因此熠熠生辉、艳丽照人：她面如芙蓉，清丽秀美，掩饰不住的内心喜悦化作满脸灿烂的笑容。她回味起初次见面的那一刻，那一瞬间的秋波暗送，便一下子让人家看透了自己对于情爱的渴望（这也就是"眼波才动被人猜"一句的意思，写得妙，写得绘声绘色、惟妙惟肖，因而也就不可能不令历代评家赏识。田同之称其"真色生香"，极是），便有了第一次的幽会……

　　接下来，便是词的下片，写的是第一次幽会之后的情思和所为。幽会的甜蜜依然挂在脸上，爱恋和期待却愈来愈深，于是便写信于他，娇情嗔语，诉说相思，并相约"月移花影"之时再度相会……

综上可知，整首词的情感表述无疑是真挚的、到位的，既无浅俗之感，更无轻薄之意。同时，这种把幽会的过程放过，而将笔墨集中于对幽会之回味、期待的写法，既含蓄隐约，又细腻深入，无疑也非常清晰地显现了易安本色。

丑奴儿

【题解】

此词最早见于明·杨慎《词林万选》卷四，无题；杨金本《草堂诗馀》题作《夏意》；《林下词选》、《历代诗馀》、《天籁轩词选》、《三李词》、《古今图书集成·闺媛卷》等均作李清照作。《花草粹编》题康伯可作，黄墨谷《重辑李清照集》、王仲闻《李清照集校注》同意此说，《全宋词》亦依此说收入康与之名下。

清·王鹏运四印斋本《漱玉词》题作"采桑子"，末注："此阕词意肤浅，不类易安手笔。"赵万里辑《漱玉词》作为附录一，案云："上阕词意儇薄，不似他作。"徐培均《李清照集笺注》归"存疑辩证"并"校记"曰：

> 今人黄盛璋《李清照与其思想》就此词辩曰："无怪乎道学先生如王鹏运等就极力为她辩护，说'词意肤浅，不类易安手笔'。但他们忘记与她同时的王灼早就如此说她：'作长短句能曲折尽人意，轻巧尖新，姿态百出，闾巷荒淫之语，肆意落笔。自古缙绅之家能文妇女，未见如此无顾藉也。'而这两首词（案：指《浣溪沙》（绣面芙蓉一笑开）与本篇）清新浅近，并未违犯她的创作风格，除了封建的观点以外，没有什么理由能说不是她的作品。"此说可供参考。

甚感黄盛璋言之确凿，亦认为此词不必归入"存疑"。

> 晚来一阵风兼雨，洗尽炎光。理罢笙簧，却对菱花淡淡妆。
> 绛绡缕薄冰肌莹，雪腻酥香。笑语檀郎，今夜纱橱枕簟凉。

【新解】

晚来一阵风兼雨，洗尽炎光——傍晚，来了阵风，下了场雨，洗尽了白天逼人的暑热，天气变得凉爽起来。炎光：夏天的酷热。炎，热。韩愈《南山》："夏炎百木盛，阴郁增埋履。"光：借以指气。

理罢笙簧,却对菱花淡淡妆——摆弄完笙簧,又对着镜子化了化晚妆。笙簧:泛指竹制的管乐器。笙:一种簧管乐器。簧:乐器中发声的薄片。菱花:指镜子,古铜镜中六角形或镜背刻有菱花的,叫菱花镜。后诗词中常以"菱花"为镜之代名词。唐·李白《代美人愁镜》:"狂风吹却妾心短,玉筋并坠菱花前。"宋·赵长卿《南乡子》:"共说春来春去事,凄凉。懒对菱花晕晚妆。"

绛绡缕薄冰肌莹,雪腻酥香——朱红色的衣衫很薄,冰雪般洁白晶莹的肌肤隐约可见,丰润而又娇嫩的身体散发着清香。绛绡:深红色薄绸。缕:古代指衣衫。冰肌莹:形容女性娇嫩雪白的肌肤。雪腻酥香:形容女性散发着香味的身体。

笑语檀郎,今夜纱橱枕簟凉——笑着对夫婿说,今天晚上纱帐里的枕席一定非常凉爽。语:告诉,对某人说。檀郎:对夫婿或所欢的昵称。唐·李贺《牡丹种曲》:"檀郎谢女眠何处,楼台月明燕夜语。"曾益注:"潘安,小字檀奴,故妇人呼所欢为檀郎。"唐·无名氏《菩萨蛮》:"牡丹含露珍珠颗,美人折向庭前过。含笑问檀郎,花强妾貌强?"纱橱:即纱帐,用以避蚊,因方形如橱,故名纱橱。唐·司空图《王官》诗之二:"尽日无人只高卧,一双白鸟隔沙橱。"枕簟:枕席。簟,竹席。

胡适曾说:"中国女子在文学史上占最高地位的自然要算李易安,易安何以能占这样高的地位呢?因为她肯说老实话,敢写她的生活。"此言虽是言其一点,不及其馀,但就一点而言,无疑还是非常到位的。

所以,我们没有理由把这首词排斥在"易安词"之外,因为这是李清照在说自己的生活。或者准确地说,是她和赵明诚恩恩爱爱的夫妻生活——

这是一个酷热的夏天,黄昏时分,下了场雨,洗净了白天的暑热,给新婚燕尔的夫妻送来一个清爽凉快的夜晚。小夫小妻也就纳凉消闲、摆弄起"笙簧"来。夫妻恩爱,心情极好因而不免格外投入。不一会儿,妻子便"薄汗轻衣透",香腮亦被汗湿。于是便又对镜化妆、更衣,换上"绛绡缕薄"的丝织衣裳……

李清照便是选择了这样一个生活片断,赋予闺中少妇平日里重复再三、以致显得平淡琐屑的"理笙簧"、"淡淡妆"以特殊的意义,从而向世人言说了夫妻之间绵绵的情谊以及夫妻生活的无穷乐趣。

李清照的婚姻是美满的、幸福的,其程度或者也可以用胡适的话来说,即"他们的美满幸福使读者妒羡";或者还可以说,是让她所处的那个时代的所有少妇妒羡的。因为她可以"笑语檀郎,今夜纱橱枕簟凉"——也即是说:今夜凉爽,宜于寝眠,宜于夫妻欢娱恩爱……此话搁在现在,自然算不得什么"无顾藉也",更谈不上什么"荒淫之语";但在当时,作为"缙绅之家能文妇女",敢于如此"肆意落

中国家庭基本藏书

笔",将闺中亲昵语、亵狎语写入词中,却也可以说是极其坦率而又大胆的。

这或许也正是李清照的伟大之处吧。她能够卓然于芸芸女子之上,成为文学史上不朽的作家,也不能说不得益于她的真性情与坦率大胆吧。

〔存疑〕浪淘沙

此首,《诗词杂俎》本《漱玉词》收之,题作《闺情》;彭氏知圣道斋钞《汲古阁未刻词·漱玉词》、清道光二十年杭州刊汪玢辑、劳权手校《漱玉词汇钞》均收;清·沈瑾(公周)钞《漱玉词》、《续草堂诗馀》、《古今诗馀醉》、《历代诗馀》、《林下词选》等亦皆以为李清照词并题作《闺情》。

赵万里校辑《宋金元人词·漱玉词》及王仲闻《李清照集校注》列为"存疑之作";《全宋词》依《花草粹编》收入赵子发名下。

窃以为,词是否真是赵子发作,这里不必管,但就词意而言,确乎似青楼词,写一男性作者对歌妓的爱恋与迷恋,故不作李清照词为宜。

姑且置此,以待辩证。

　　素约小腰身,不奈伤春。疏梅影下晚妆新。袅袅婷婷何样似,一缕轻云。　　歌巧动朱唇,字字娇嗔。桃花深径一通津。怅望瑶台清夜月,还照归轮。

素约小腰身,不奈伤春——这女子腰肢纤细、身材苗条,经受不住伤春的滋味。素约小腰身:言腰身细圆、身材苗条。素约,一作"约素",指以素绢束腰。三国魏·曹植《洛神赋》:"肩若削成,腰如约素。"不奈:一作"不耐",不能忍耐,经受不住。

疏梅影下晚妆新。袅袅婷婷何样似,一缕轻云——夜晚来临,她化了新妆,站在疏朗的梅影之下,仪态优美,风姿动人。袅袅婷婷:一作"袅袅娉娉",形容女子苗条秀美,体态轻盈。袅袅,纤长柔美之貌;婷婷,秀美的样子。

歌巧动朱唇,字字娇嗔——她启动朱唇唱歌,很是灵巧,每个字都带着娇音。娇嗔:撒娇生气的样子,此指女子歌声充满娇情。

桃花深径一通津。怅望瑶台清夜月,还照归轮——就像传说中的刘晨、阮肇天台遇仙一般,我和她也曾一度相逢,互表心曲。而今夜却见不到她了,只能在月光下遥望她的居处,怅然若失,直到月亮西沉。桃花深径一通津:用刘、阮天台遇仙典故。南朝梁·吴均《续齐谐记》载:汉永平中,剡县人刘晨、阮肇入天台山采药,望山头有桃,取食,下山得涧水饮之,见一杯流出,中有胡麻饭屑。二人相谓曰:"此去人家不远矣。"因过水,行二里,又度一山,出大溪,见二女绝色,唤刘、阮姓名,曰:"郎来何晚也?"因过其家,行夫妇之礼。住半年,求归甚切,遂从洞口出。自入山至归,已历七代子孙矣。津:渡口。瑶台:相传神仙所居之处。唐·李白《清平乐》:"会向瑶台月下逢。"归轮:行将西沉的月亮。轮,指月亮。唐·杜甫《江月》:"玉露薄清影,银河没半轮。"

曾有论者谈及古代艳词云,所谓艳词,大体可分为三类。一是直接描写女性的身体,二是以艳丽的字眼暗示女性的性苦闷,三是以香艳的语言暗示性行为。以此衡量,此词当可归入艳词之列。

上已述,这是一个男子写的词,男子是主体,女子则是客体,是被观照物……或曰,这是李清照模仿男性而写女子,但显然仍只是假设,况不合清照之为人。

还是那句话,不作清照词为宜。

庆清朝

此词是李清照词中较难解者之一。谓之难,是因为对于这首词吟咏的花究竟是芍药、还是牡丹,直到现在都仍无定论。

认为是咏芍药者的理由大致有三:

其一,细玩词意,有"就中独占残春",可作为咏芍药之内证。因为在春天之百花园中,芍药开得最晚,所以又称为"婪尾春","婪尾",即末尾的意思。宋·苏辙诗云:"一声啼鴂画楼东,魏紫姚黄扫地空。多谢化工怜寂寞,尚留芍药殿春风。"

其二,"绰约俱见天真"之"绰约"即指芍药。《本草纲目·芍药》云:"时珍曰:芍药,犹绰约也。绰约,美好貌,此草花容绰约,故以为名。"

其三,李清照所咏花卉不外江梅、岩桂、藕花、白菊等,它们都好比是人中的雅士,恬淡高洁,未见她对雍容华贵的牡丹有何好感。这恐怕与词人的审美情趣、品格爱好不无关系。

李杜案:以上三条,第一条最硬(尤其是引苏辙诗为证,芍药殿春风,是因为作为牡丹珍品的魏紫姚黄已一扫而空);第二条次之(李时珍毕竟是明代人,以其说论证宋词,终是以后证前,能证度弱);第三条多有破绽(这种破绽也至少有三:其一,未见对牡丹有何好感，只是因为不承认此词是咏牡丹的，若承认是咏牡丹词，那就能见到"好感"了。其二，牡丹和芍药本属同科，牡丹本身就另有名为木芍药，它们除了草本、木本之别以及花期稍有不同外，其他几乎一模一样，李清照断不可能因大家说它"雍容华贵"便心生反感。况且，事实上李清照是很看重"富贵态"的，她批评秦观词时所说"秦即专主情致而少故实，譬如贫家美女，虽极妍丽丰逸，而终乏富贵态"便可为证。其三，说审美情趣、品格爱好云云是对的，但这也绝不能成为让李清照连一首咏牡丹的词都不能写的栅栏。同他人相比，苏东坡一生写了三十多首咏牡丹诗词，而李清照只写了这样一首；同自己相比，李清照写了至少八九首咏梅词而只写了一首咏牡丹，这本身已足够证明其"审美情趣"和"品格爱好"了，似乎不必再强求她连一首都不能写。况且她写此词时，是在一个特定的时期，这个时期就是初婚后不久。初婚是一生中唯一能让人感到"雍容华贵"的事儿，一如牡丹盛开）。

也许正是由于这样的原因吧，我才更加注意主张咏牡丹者之说。而主张咏牡丹者，理由则大致有二：

其一，按前三句，该确定为牡丹。因"禁幄低张"可见不是高大的花木；"雕栏巧护"可见是很宝贵的花木；尤其"就中独占残春"，只有牡丹是残春时独占的。唐·白居易《卖花诗》"上张幄幕庇，旁织笆篱护"，说的就是牡丹，和此处"禁幄低张，雕栏巧护"同。李建勋诗："携筋邀客绕朱栏，肠断残春送牡丹。""绕朱栏"就是"雕栏巧护"。

其二，据宋·钱易《南部新书》记载，宋时有"三月十五日两街看牡丹，奔走车马"的风俗。词的下半阕就正是写李清照当年在京城汴梁赏牡丹时所见盛况。唐·李肇《国史补》亦说："京城贵游赏牡丹，三十馀年矣。每暮春，车马若狂，以不耽玩为耻。"唐·白居易《卖花诗》："帝城春欲暮，喧喧车马度。共道牡丹时，相随卖花去。"情形与此词描写正同。

李杜案：或者这里也还可补上"其三"吧：唐·白居易《惜牡丹花》云："惆怅阶前红牡丹，晚来唯有两枝残。明朝风起应吹尽，夜惜衰红把火看。"唐·李商隐《咏牡丹》诗云："寻芳不觉醉流霞，倚树沉眠日已斜。客散酒醒深夜后，更持红烛赏残花。"与李清照同时代的欧阳修亦有《咏白牡丹》云："宿露枝头藏玉块，晴风庭面揭银杯。"李清照此词结句之立意、表述，均同以上咏牡丹诗相近。

由上所述可见，两家说法亦就如同牡丹、芍药本身，既各有其妙，亦无法取代。是以也就有了另说："这是李清照的咏花之作，至于咏的是什么花，众说不一，有人说是芍药，有人说是牡丹。我们不必去考证，细细地欣赏它的娆娆美态就是了。"窃以为，此说固然省劲，却不可取。连什么花都不知道，还欣赏个什么劲儿呀？也就是说：考证是必要的。然而在没有铁证之前怎么办？似乎也还是只能暂定为是写其中之一吧。

在这里，姑且先按咏牡丹解之。

庆清朝：词牌名。他本多作《庆清朝慢》，恐误。《词谱》以王观《庆清朝慢·踏青》为正格，此词同王词在字数、句读上均有所不同，调名亦不同，兹作《庆清朝》。

　　禁幄低张，雕栏巧护，就中独占残春。容华淡伫，绰约俱见天真。待得群花过后，一番风露晓妆新。妖娆艳态，妒风笑月，长殢东君。　　东城边，南陌上，正日烘池馆，竞走香轮。绮筵散日，谁人可继芳尘？更好明光宫殿，几枝先近日边匀，金尊倒，拼了尽烛，不管黄昏。

　　禁幄低张，雕栏巧护，就中独占残春——禁风的帷帐低低张开，有精巧的朱栏护着，就是在这样的地方，在群花将尽凋敝之时，牡丹花灿然开放，独占了将尽的春光。禁幄：用来禁风的帷幕。亦多被解释为皇宫中保护鲜花的帐幕，就史实和此词整首的意思而言，均不贴切。"禁"字在此即使有"宫禁"之意，也只是说人们爱护牡丹，是以帷帐奢华一如宫中用物。雕栏：华美的栏杆。他本一作"彤栏"。就中：其中，在这（残春）里头。白居易《玉凤楼远望》："自从秋来风景好，就中最好是今朝。"

　　容华淡伫，绰约俱见天真——牡丹花或是容貌素雅、恬静，淡然而立，或是休态柔美、婀娜，天生丽质，都显示出它自然纯真的本色。容华：容貌华丽。三国魏·曹植《杂诗》之四："南国有佳人，容华若桃李。"淡伫：一作"淡泞"。淡，恬静的样子。《老子》："淡兮其若海。"伫，久立。绰约：体态柔美、婀娜。汉·傅毅《舞赋》："绰约闲靡，机迅体轻。"天真：不假妆饰，自然纯真的样子。

　　待得群花过后，一番风露晓妆新——等到群花都开过了，尤其是经过一夜风拂露洗之后，牡丹花便更像是晨起新妆的美人，清丽动人。过：开过。晓妆：晨妆。

　　妖娆艳态，妒风笑月，长殢东君——这娇美、艳丽的样子，让春风嫉妒，让明月绽开笑脸，让太阳也爱恋不舍，不忍离去，使得白昼变长了。妖娆：娇艳妖媚。三国魏·曹植《感婚赋》："顾有怀兮妖娆，用搔首兮屏营。"妒风笑月：即"风妒月笑"，令风嫉妒，令月欢悦。殢：纠缠，留。唐·罗隐《西京崇德里居》："进乏梯媒退又难，长随豪贵殢长安。"东君：指日神，出自《楚辞·九歌·东君》。因太阳从东方升起，故称东君。

中国家庭基本藏书

东城边，南陌上，正日烘池馆，竞走香轮——在城东，在南边的小路上，正午的阳光，暖洋洋的照耀着园林中的池塘和楼台亭阁；散发着阵阵香气的车轮竞相奔走，川流不息。南陌：南边的街道。陌：街道。唐·李白《峨眉山月歌送蜀僧晏入中京》："峨眉山月还送君，风吹西到长安陌。"正日：正午的太阳。香轮：即香车，贵族妇女坐的车。

绮筵散日，谁人可继芳尘——然而，等到为赏牡丹而摆设的宴席散尽之日，又有哪种花能够继牡丹之后尘，仍能让人们如此狂欢呢？绮筵：华贵、丰盛的筵席。芳尘：多被解为含有花香的尘土。虽无错，用在这里却不很合适。这里当解为"牡丹花之后尘"。

更好明光宫殿，几枝先近日边匀——听说已经有了更好看的，就是在明光宫殿里，有几枝樱桃已经在皇帝眼前先行熟了，红艳艳的……可那毕竟是果而不是花呀，况且也只是让皇帝看的（因而对于百姓来说，牡丹开过，说到底是没什么可以观赏、可以尽欢的了）。

李杜案：对于此句解释实为解意，添加了字面上并未显示的一些意思。这样解释，实是步靳极苍先生之"芳尘"。靳老先生云："此句难理解，姑如下解之。'明光宫殿'，汉时的建筑。据《三辅黄图》卷二：'其殿皆金玉珠玑为帘箔，处处明月珠，金阶玉阶，昼夜光明。''日边'，指皇帝之旁。'几枝'，花论枝，但不可能指牡丹，因牡丹花大，一梗一花。'匀'形容它开得均匀。并且说的是继'芳尘'者，当然更可肯定不是牡丹。那么明光宫殿中，先近皇上而'匀'的是什么呢？唐·韩愈《和水部张员外宣政衙赐百官樱桃诗》：'汉家旧种明光殿，炎帝还书《本草经》。'原来继牡丹芳尘的是樱桃。明光殿里的樱桃熟了，红艳艳的，一颗一颗大小均匀。所以说'几枝先近日边匀'。可樱桃是果，不是花，因此这意思实际上是无花可继。"先生之学识才情，令人感佩，所言亦自成道理，是以从之并作详解。

"更好明光宫殿"可解为：更好（看）的在明光宫殿。明光宫殿：汉代有明光宫和明光殿，此处指北宋都城汴京的宫殿。几枝先近日边匀：可理解为近日边的几枝先匀。日边：喻指帝王旁边。这里说"近日边"而不说"近日"（即"近皇上"），可能只是为了强调"在皇上身边"，樱桃既在身边，那皇上也就必然在樱桃跟前。所以作如下理解似更合适，即：当世人犹在争相观看即将开过的牡丹时，皇帝已经开始在宫中观赏樱桃了。匀：在这里不作"均匀"解更好，当解为：艳丽的颜色，此指红色，也就是"熟了"之意。唐·李贺《兰香神女庙》："密发虚鬟飞，腻颊凝花匀。"

金尊倒，拼了尽烛，不管黄昏——因而，在此牡丹未谢之日，就请尽兴地饮酒、尽兴地赏花吧！不管它杯盘狼藉不狼藉，不管它黄昏不黄昏。即使入夜，仍燃烛而观，直到把烛全都点完。金尊倒：金杯倒，形容酒尽人醉。金尊：贵重的酒杯。拼：

舍弃，不顾惜。宋·晏几道《鹧鸪天》："彩袖殷勤捧玉钟，当年拼却醉颜红。"尽烛：把烛燃尽。

如前所述，这首词当作于李清照与赵明诚新婚不久的一段日子里。那时候，他们就居住在京城汴梁。新婚的喜悦不仅让李清照的心境像牡丹一样风姿绰约、浓艳盛丽，也让她创作了现存于世的唯——一首咏牡丹词。

词的上半阕正面咏花，写透牡丹之娇贵、之容颜、之仪态、之魅力、之神韵。牡丹是娇贵的，因而有低低垂挂的帷幕和华美栏杆的悉心呵护；牡丹开在暮春时节，是"落尽残红始吐芳"（唐·皮日休《牡丹》），因而"独占残春"……如此说来，牡丹是不是骄横了些？当然不是，牡丹绽放时的美丽是天然的，她容颜素雅，姿态柔婉，天生丽质，纯真无瑕。当然也有这样的时候，就是"群芳"尽过，经过风吹露洗，牡丹即如同拂晓新妆的美人，更加艳态妖娆、清丽妩媚，让风儿也妒，让月儿也欢悦，让太阳也爱怜不舍，不忍归去。

自唐朝始，就有了倾城观赏牡丹的习俗。唐·刘禹锡《赏牡丹》曰："唯有牡丹真国色，花开时节动京城。"北宋·邵雍《洛阳春吟》也说："须是牡丹花盛发，满城方始乐无涯。"……唯此，在词的下半阕，李清照便笔锋一转，以从容自然而又酣畅淋漓的笔调，描述了满城赏花的盛况。"东城边，南陌上"，宝马香车，来来往往；赏花的人或是兴致勃勃地奔走于池塘边、馆阁旁；或是摆开"绮筵"，饮酒赏花……然而，也就是写到这里时，词人笔锋又是一转，由写"看"转而说"想"："绮筵散日，谁人可继芳尘？"

这的确是一个问题。而对这个问题的回答，却是没有能继牡丹"芳尘"的。

于是也就有了第二个问题：怎么办？这显然是一个更为重要的问题。

所幸者是，面对这样的问题，李清照既无悲哀之叹，亦无悲观之论，而是以珍惜现在，尽兴饮、尽兴观赏作结："金尊倒，拼了尽烛，不管黄昏。"……这样的情形、这样的结语、这样的豪气，对于此时此境中的李清照来说，势必乃自然而然之事。

或者也就还是那句话吧，因为新婚（此时），因为牡丹（此境）。

怨王孙

此词见彭氏知圣道斋钞《汲古阁未刻词·漱玉词》、清道光二十年杭州刊汪玢辑、劳权手校《漱玉词汇钞》、清·沈瑾（公周）钞《漱玉词》等，《啸馀谱》卷四题作《春景》，《词的》等题作《春暮》，《古今名媛汇诗》题作《暮春》；赵万里校辑《宋金元人词·漱玉词》及王仲闻《李清照集校注》均列入附录"存疑之作"。

体察其词所记之事、所抒之情及表情风格,当以李清照作、且以1103年(同明诚婚后二年)在汴京时所作为宜。

李清照在《金石录后序》中曾言:"后二年,出仕宦,便有饭蔬衣练,穷遐方绝域,尽天下古文奇字之志。"也就是说,这时候赵明诚或仕也好、或出行搜寻古文奇志也罢,总之是与李清照有过多次离别。而这对新婚不久、恩爱非常的小夫小妻而言,势必会产生相聚短暂、分别日久之慨,因而也就使得纯情的李清照在咀嚼了离别的苦涩滋味之后,创作了一系列抒写离情别绪、怀人思夫的动人词章。

此首即是其中之一。就其意象运用而言,可谓以秋千、深院、寒食等上承少女时代之作——如《点绛唇》(蹴罢秋千)、《浣溪沙》(淡荡春光寒食天)——又以重门、暮天、雁、楼上、恨绵绵、梨花等下启婚后不久的离别相思之作——如《一剪梅》(红藕香残玉簟秋)、《多丽·咏白菊》(小楼寒)、《浣溪沙》(小院闲窗春已深)、《念奴娇》(萧条庭院),等等名篇。

惟是,或可称此词为——怀人思夫第一篇。

　　帝里春晚,重门深院。草绿阶前,暮天雁断。楼上远信谁传?恨绵绵。　　多情自是多沾惹,难拼舍。又是寒食也。秋千巷陌人静,皎月初斜,浸梨花。

帝里春晚,重门深院——春已深,在都城汴京,重重门庭、深深院落,都笼罩在晚春的暮色里。帝里,皇帝居住的地方,即京城。这里指北宋都城汴京。《晋书·王导传》:"建康古之金陵,旧为帝里。"唐·杜甫《寄彭州高三十五使君适虢州岑二十七长史参三十韵》:"无钱居帝里,尽室在边疆。"

草绿阶前,暮天雁断——阶前绿草萋萋;黄昏的天空,看不见大雁的踪影。雁断:飞雁过尽。断,尽。唐·李白《当涂赵炎少府粉图山水歌》:"心摇目断兴难尽,几时可到三山巅。"

楼上远信谁传?恨绵绵——住在楼上的我写信于远人,可是又有谁能为我传送呢?悠悠愁怨,绵绵不绝。远信:指寄给远方的书信。绵绵:悠长不绝,连绵不断。这里似化用唐·白居易《长恨歌》:"天长地久有时尽,此恨绵绵无绝期。"

多情自是多沾惹,难拼舍。又是寒食也——多情的人本来就容易触景生情、感物伤怀,以致生出许多的烦恼来;更何况情思难以割舍,更何况又到了寒食节。沾惹:宋时口语,意为招惹、招引。这里可理解为触景生情,自寻烦恼。宋·柳永《斗百花》:"刚被风流沾惹,与合垂杨双髻。"拼舍:割舍,舍弃。宋·李甲《帝台春》:"拼则而今已拼了,忘则怎生便忘却!"寒食:清明节前一天或两天为寒食节。旧俗当天不举火,人们只吃冷食,故称寒食。

秋千巷陌人静,皎月初斜,浸梨花——秋千无人荡,街巷里已没有人迹,万籁俱寂。明月已过中天;月光如水,洒在洁白的梨花上,像把梨花浸透似的。巷陌:街道。宋·辛弃疾《永遇乐》:"斜阳草树,寻常巷陌,人道寄奴曾住。"皎月初斜:皎洁的月亮过了中天,开始西斜。皎,白而亮。

词写暮春时节闺中独处、相思怀人。立意、抒写之妙,妙在一个"静"字。

"重门"锁"静","深院"藏"静"。"暮天雁断",长天自"静";而"草绿阶前"是说草自绿着、无人理它——所谓"系得王孙归思切,不关春草绿萋萋"(唐·温庭筠《杨柳枝词》)——于草于人,显然都多有"静"意。"秋千巷陌人静",可谓万籁俱寂,是言"静"的广度,月"浸梨花","静"之浓深,可以想知……

而所有这些对于"静"的渲染,无疑只是为了加深人们对于词中"动"着的部分的关注。这动着的部分,显然就是女主人公左冲右突、既"难拼舍"、也难排遣的思夫之情。

明·沈际飞《草堂诗馀》正集卷一曾云:贺(铸)词"多情多感",独少此"难拼舍"三字。

清·陆昶《历朝名媛诗词》卷十一云:易安以词擅长,挥洒俊逸,亦能琢炼。最爱其"草绿阶前,暮天雁断",极似唐人。

说得是。

一剪梅

此词在《花庵词选》之《唐宋诸贤绝妙词选》等本题作《别愁》;另有《草堂诗馀》等本亦分别题作《秋别》、《离别》、《一枝花》及《闺思》等。

元·伊世珍《琅嬛记》云:"易安结缡未久,明诚即负笈远游,易安殊不忍别,觅锦帕,书《一剪梅》词以送之。"此说后来多为人引,而王仲闻则在《李清照集校注》中质疑云:"清照适赵明诚时,两家俱在东京,明诚正为太学生,无负笈远游事。此则所云,显非事实。"王说甚似有理,是以又多被今人作为此词不作于婚后数年的凭据。

关于此词创作年代的界定,也就由此多出分歧:

否定作于婚后数年者,大致均是由王仲闻说推衍开来,比如:"李清照与赵明诚结婚后的前六年时间,两人共同居住在汴京,后来近十年时间又一起屏居山东

中国家庭基本藏书

青州，一直到李清照34岁左右，赵明诚复起再次出来做官，两人才有了分手离别的时候，这首词应该作于这一段时间。"

而肯定婚后数年所作者，则势必也都不得不以王仲闻说为"的"。

徐培均在《李清照集笺注》针对王说指出："考易安《金石录后序》云：'后二年，出仕宦，便有饭蔬衣练，穷遐方绝域，尽天下古文奇字之志。''后二年'，即崇宁二年，《琅嬛记》云'负笈远游'，当指明诚外出寻访碑刻。易安时年二十岁。"

陈祖美则在《李清照集新释辑评》《李清照诗词文选评》《李清照新传》等书中再三陈述自己的看法说：

> 此词当系在特定政治背景下，作者于崇宁年间因受党争株连，被迫归宁后，思念丈夫赵明诚所作，而并不是因丈夫所谓"负笈远游"与妻子小别之故。
>
> 李清照新婚时，丈夫还在太学作学生。"负笈"是读书，太学在汴京，他用不着"远游"求学。所以绝不是赵明诚离京外出，而是李清照被迫泣别汴京，这是第一点；李清照《金石录后序》所云"（明诚）出仕宦"，对此不能理解为他到远方去做官，而只是说他从太学毕业，走上了仕宦之路……因此，这首《一剪梅》，也就不是那种一般的思妇念远的离情词。它之所以成为一首知名度很高的佳作，则是因为词人心中藏有难以化解的政治块垒。如果是由于短暂的小别所带来的伤感，何至于严重到"此情无计可消除。才下眉头，却上心头"。

徐、陈二位所言是，尤其是两人之说互为补充，则似乎便更令"婚后数年所作说"显得有理有据，入情入理。

故从之。

> 红藕香残玉簟秋，轻解罗裳，独上兰舟。云中谁寄锦书来？雁字回时，月满西楼。　　花自飘零水自流。一种相思，两处闲愁。此情无计可消除。才下眉头，却上心头。

红藕香残玉簟秋，轻解罗裳，独上兰舟——粉红色的荷花谢了，只残留着缕缕香气；光泽如玉的竹席也像这深秋一样，凉了。我独自来到水边，轻轻地提起丝裙，登上了木舟。玉簟秋：玉簟凉了。秋，代指凉，其用法一如"春风又绿江南岸"之"绿"字。或可解为三个意思，一是词人感觉，觉得席凉；二是自然存在，秋深天凉；三是心理感受，也就是因丈夫离家日久，自己独守空房而感受到的孤独。玉簟，席子的美称。簟，用细竹条编织的席子。对"秋"之意，注评家多解为"秋天来了"，显然不妥。"红藕香残"之际，绝非秋来，而是秋暮之时。荷花六至九月开花，尽谢之日必为暮秋无疑。宋·柳永《甘草子》："秋暮。乱洒衰荷，颗颗真珠雨。"宋·晏殊《破阵子》："湖上西风斜日，荷花落尽红英。"轻解罗裳：轻轻地提起丝裙。解：分开。罗裳：丝或帛做的裙子。罗，古代丝织品名。裳：下身的衣服，或专指裙子。此句多被解为"轻轻脱下衣衫"，或"换衣服"，均似有隔。兰舟：用木兰之木制成的小船。木兰犹如楠木，质似柏树，皮辛香似桂，因而所制船只既坚固且生香。是以诗家遂以木兰舟或兰舟为舟之美称。"兰舟"亦有人解为"睡眠的床榻"，大不妥。而之所以会有如此解释，大概只是因为将"轻解罗裳"解为"脱衣"。

云中谁寄锦书来？雁字回时，月满西楼——传书的鸿雁都已南飞，这云天之上，还有谁能为我捎来爱人的书信或消息？不会有谁了，还得靠雁，然而等它们排成"人"字或"一"字回来的时候，说不定已是西楼月圆，我的爱人已然回到我的身边。锦书：书信的美称，这里指情书。锦，有彩色花纹的丝织品。据《晋书·窦滔妻苏氏传》载，窦滔的妻子苏氏曾用锦织成"回文璇玑图"（亦称《璇玑图诗》）赠于丈夫，计八百四十字，纵横反复，皆可朗读。以后，人们便用"锦书"（或锦字书、锦字）代指夫妻之间的书信。雁字：雁飞成群，行列整齐，组成"雁阵"，加速飞时便排成"人"字，减速飞时则排成"一"字，故称雁字。宋·苏轼《虚飘飘》诗之二："蜃楼百尺横沧海，雁字一行书绛霄。"古有鸿雁传书之说。雁是候鸟，春天飞往北方，秋天飞往南方。"雁字回时"，注评者多解为"现在飞往南方"。其实不然，解为"明年春天飞回来时"，似乎更为合适。《吕氏春秋》："孟春之月：候雁北；仲秋之月：鸿雁来。"此时已是暮秋，自然大雁已在南方。"云中谁寄锦书来？雁字回时"句，意同前首《怨王孙》(帝里春晚)之"暮天雁断。楼上远信谁传"，差别之处只是在于前者是"寄来"，后者是"寄出"。可参考。月满西楼：似可解为"西楼月满"，满即是圆，借喻团圆。西楼，指闺阁，也就是词人的住处。

花自飘零水自流。一种相思，两处闲愁——泛舟水上，水兀自流着，花兀自飘零。是谁说"落花有意，流水无情"？不，不是的，花飘水上，水载花行，它们的命运是一样的，情感是相通的，就像我和我身处两地的爱人，都在为同一种相思而愁苦。一种相思：一样的相思。一种，一样的，同是。两处闲愁：两地人深藏的愁苦。闲，闭藏。《太玄·闲》："闲其藏，固珍宝。"

此情无计可消除。才下眉头，却上心头——这相思之情，真的是无法排遣，眉头刚刚舒展，愁思又涌上心头。

这是一首脍炙人口之作，也是李清照词中为词评家们评论最多、误解也最多者之一。比如：

> 此是清照名篇，前人评论颇多，以为其"离情欲泪"，"香弱脆溜，自是正宗"，但关于全词意脉，则语焉不详。关键在于上片的"兰舟"一词乃清照的自我作古，常被注家误训。如王仲闻先生云"即木兰舟"，胡云翼先生谓"独上兰舟"乃"独自坐船出游"，都与上下文义扞格。这是因为词的上片描叙抒情环境，"红藕香残"暗写季节变化，"玉簟秋"谓竹席已有秋凉之意；"雁字回时"为秋雁南飞之时；"月满西楼"，西楼为女主人公住处，月照楼上，自然是深夜了。若以"兰舟"为木兰舟，为何女主人公深夜还要独自坐船出游呢？而且她"独上兰舟"时，为何还要"轻解罗裳"呢？这样解释显然与整个环境是矛盾的。(谢桃坊《百家唐宋词新话》)

谢先生的评论的确抓住了问题的要害，即：注评家们以"月满西楼"为分水岭将整首词分成两个时段(从白天到晚上)、两个空间(白天在"舟"上，晚上在"西楼")，无疑是个错误。

然而可惜的是，谢先生在纠正这一错误时，却又犯了另一个错误，即：为了解决"矛盾"、统一"描叙和抒情环境"，他先是将"兰舟"解释为"睡榻"，尔后便轻而易举地把时空统一到了"月"夜"西楼"：

> 清照有一首《浣溪沙》(应为《南歌子》)，与《一剪梅》的抒情环境很相似，其上阕云："天上星河转，人间帘幕垂。凉生枕簟泪痕滋，起解罗衣，聊问夜何其。""凉生枕簟"和"玉簟秋"，"起解罗衣"和"轻解罗裳"，"夜何其"和"月满西楼"，两词意象都相似或相同。两词的上片都是写女主人公秋夜在卧室里准备入睡的情形。此时她绝不可能忽然"独自坐船出游"的。"兰舟"只能理解为床榻，"轻解罗裳，独上兰舟"，即是她解卸衣裳，独自一人上床榻准备睡眠了。"玉簟秋"乃睡时的感觉，听到雁声，见到月满西楼，更增秋夜孤寂之感，于是词的下片抒写对丈夫的思念便是全词意脉必然的发展了。

这样的叙述，仿佛"无懈可击"，但仔细思忖，便会发现实际上是多有"懈"处——首先，"枕簟"和"玉簟"、"罗衣"和"罗裳"均为一字之差，看似相似，其实大不相同。"枕簟"即枕席，重在"枕"，强调的是枕枕而卧，因而"凉生枕簟"之凉是"枕"凉，是实在的、而非心理的凉(心理的凉是"泪痕滋")；而"玉簟"仅是指席子，并无他意，因而"玉簟秋"与其说是簟凉，不如说是秋凉以及看到了"红藕香残"之后的心凉。同样，"罗衣"指衣服，或多为上衣，"起解罗衣"是说女主人公和衣而卧了一会儿后，起来将衣脱掉。而"罗裳"则是下衣，是裙子，因而"轻解罗裳"，只是说女主人公在上"兰舟"时,轻轻地提起了裙子。这里的"解"不是"脱"的意思,而是"分开",是提裙子时所出现的情况(以裙子"分开"指代"提",这也恰恰证明李清照用词之妙)。

其次,"玉簟秋"乃睡时的感觉,这本身就带着一个漏洞,这个漏洞就是论者有意分割掉了"红藕香残"。也就是说,用"玉簟秋"来证明女主人公睡在席子上是不成立的,因为你无法解释"红藕香残"。

这也就是"红藕香残"的无比重要。所有对于这首词的误解,也都恰恰是始于此,始于对这四个字的或是有意排斥,或是无意地忽略之上。

而我之所以反谢桃坊而行之,将"描写和抒情环境"统一在"兰舟"之上、也恰恰是这四个字让我想到了应该这样,甚或是必须这样。

红藕香残,首先为我们提供了如下信息:

一、时间:暮秋。

二、地点:水上。

这两点很重要。

因为是在水上,所以"独上兰舟"便是上"舟"而非上"床";"花自飘零水自流"便是乘"兰舟"所见、而非卧"西楼"所想。也就是说:这"流"动的"水"就是载"舟"之水;此"飘零"之"花"就是凋谢的"红藕"。

因为是暮秋,所以"雁字回时,月满西楼",便不是"西楼"(甚或舟上)的所见所闻(仲秋雁便飞回南方,此时北方已不可能再见到飞雁),而是"兰舟"上的所想(是想到它们来年春天回到北方时,说不定西楼已经月圆,也就是丈夫已回来、夫妻已团圆)。

所以,关键的是这一段时间里的孤独,也就是丈夫不在身边的这段日子,也就是大雁不在北方的这段日子。

这也正是李清照运用意象的绝妙之处,雁子和丈夫是对应的,虽在视野之外却是深藏词人心中,凝结了太多的爱和思念;词人和兰舟是对应,虽然满身芬芳,却也满腹"闲愁":"独上兰舟",不只是说词人的孤独,也在写兰舟的孤独(一是只有我一个人上来,二是这个水面上很可能再没有别的舟)。物我两融,这也是李清照词的动人之处。

醉花阴

此词或题《九日》(《乐府雅词》、《花庵词选》等)、《重阳》(《草堂诗徐》、《古今词统》等)、《重九》(《汇选历代名贤词府全集》),与《一剪梅·红藕香残玉簟秋》

堪称同期双璧——同是写于和丈夫赵明诚分别之后的那段日子(即21岁或前后)，同样是通过悲秋伤别来抒写词人的寂寞与相思，而且同时也都是流传最广、评论最多、影响最大的名篇佳作。

明·杨慎在批点本《草堂诗馀》里曾对结尾两句云"凄语，怨而不怒"；清·许宝善在《自怡轩词选》中称之"幽细凄清，声情双绝"；清·陈廷焯《云韶集》则赞其"无一字不秀雅，深情苦调，元人词曲往往宗之。"元·伊士珍《琅嬛记》曾述"故事"云：易安以《重阳：醉花阴》词函致赵明诚。明诚叹赏，自愧弗逮，务欲胜之。一切谢客，忘食忘寝者三日夜，得五十阕，杂易安作以示友人陆德夫。德夫玩之再三，曰："只三句绝佳。"明诚诘之。答曰："莫道不销魂，帘卷西风，人比黄花瘦。"正易安作也。

尽管，这个故事后来亦多为评注家否认——如王仲闻先生便断言这个故事"殆出自捏造。所云'明诚欲胜之'，必非事实"，然而且不论故事是否可信，仅就故事的所指而言，却无疑是毫不夸张的。这个故事的所指就是：李清照的生活体验是完全李清照化的，因而一般文人是不可能会有如此体验的；李清照的表述风格及艺术技巧，亦不是一般词人所能模仿得了的，而词中的那个抒情主人公形象，也绝非为他人所能创造。

那是一个独步千古的抒情主人公形象，一个多愁善感、于是把酒东篱，弱不禁风、却有暗香盈袖的闺阁美人，她愁肠百结，度日如年，在方寸的空间中煎熬情感，有着太多的相思，有着与黄花一样的怅惘和寂寞。或者也可以套用戴望舒的一句诗吧：是"独自/彷徨在悠长，悠长/又寂寥的"黄昏的、一个菊花"一样地/结着愁怨的姑娘"。

　　　　薄雾浓云愁永昼，瑞脑销金兽。佳节又重阳，玉枕纱橱，
　　半夜凉初透。　　　东篱把酒黄昏后，有暗香盈袖。莫道不销魂，
　　帘卷西风，人似黄花瘦。

薄雾浓云愁永昼，瑞脑销金兽——从早晨就起雾了，雾接浓云，一整天都是这样，使人感到愁闷而又寂寞；兽形铜香炉，瑞脑香早已烧完，最后的一缕残烟也消失了。永昼：漫长的白天。瑞脑：香料，又名龙脑香，现称冰片。销：通"消"，耗尽。汉·班固《汉书·龚胜传》："薰以香自烧，膏以明销。"金兽：兽形的金属香炉。

佳节又重阳，玉枕纱橱，半夜凉初透——又逢重阳佳节，更加思念远人。头枕玉枕，独自儿睡在纱橱里，半夜时突然醒来，瓷枕，纱帐，连同自己的心情，都被寒

凉浸透。玉枕：光洁如玉的瓷枕。纱橱：方形纱帐，其状若方橱，故称。凉初透：开始感到很凉了。初，开始；透，显露。

东篱把酒黄昏后，有暗香盈袖——黄昏时候，最难将息，于是便到东篱饮酒解愁；那菊花好香啊，沁人心脾的幽香，甚至灌满了我的衣袖。东篱：菊园代称。晋·陶渊明《饮酒》之五："采菊东篱下，悠然见南山。"把酒：手持酒杯，端起酒杯喝酒。唐·孟浩然《过故人庄》："开筵面场圃，把酒话桑麻。"暗香：幽香，形容菊花的清香，是借用《古诗十九首·庭中有奇树》诗句"馨香盈怀袖，路远莫致之"的诗意，抒写离愁。

莫道不销魂，帘卷西风，人似黄花瘦——不要说离情别绪不会让人极度痛苦，当瑟瑟西风卷起帘角的时候，便不由得想到离人不归(无人卷帘而入)，便愁情更愁：想想菊花，比比自己，一样的相思，一样的憔悴，一样的孤独无助……陈祖美曾将此句解为："自己被迫离京而产生的离愁别恨对于'人'的折磨，犹如风霜对'黄花'的侵袭，政争的忧患给主人公带来的体损神伤，就像'黄花'在秋风中枯萎一样。"可就政治背景方面帮助加深对于此词的理解。销魂：仿佛魂魄要离开躯体一样。多形容因离别引起的愁苦之感。帘卷西风，即西风卷帘。人似：后世多数版本皆作"人比"，但明代以前的一些较为可靠的版本(如《乐府雅词》《全芳备祖》等)都为"人似"，况作"似"可能更与词之原意相符，故这里择善而从。黄花：菊花的别称。菊花秋开，秋令在金，故以黄色为正，因称黄花。唐·李白《九日龙山歌》："九日龙山饮，黄山笑逐臣。"

如果说《一剪梅·红藕香残玉簟秋》是以一个"独"字统领全词，那么，统领这首词的无疑则是一个字——"愁"。

"薄雾浓云愁永昼，瑞脑销金兽。"——开篇起句，词人便移情于景、移情于物，渲染了浓烈的愁苦气氛：天空浓云笼罩，是天愁；地面薄雾弥漫，是地愁；室内香炉里轻烟已断，是物愁；深感白昼之长、令人难熬，使人更愁。俗话说：欢娱嫌日短，苦愁怨更长。此愁此怨，本已难耐，更何况"佳节又重阳"，偏偏又遇上这亲人团聚、相携饮酒、登高望远的日子，遇上这"每逢佳节倍思亲"(唐·王维《九月九日忆山东兄弟》)的"劫数"！玉枕孤眠，纱橱独寝，真的是身凉心更凉、愁上又加愁……

以上即是词的上片，是写秋之情景、写透人肌肤的秋寒和词人独处的愁苦。

词的下片，则集中叙写重阳这一天的经历和感悟，既突出了词人愁坐空闺的思夫之情，又将"愁"字进一步深化，并以"人似黄花瘦"这一千古名句将"愁"推至高峰。

"东篱把酒黄昏后,有暗香盈袖。"把盏赏菊,孤身一人,自然神伤,自然也就只能是"借酒消愁愁更愁";而此时的菊花偏偏浓香四溢,以致灌满衣袖……这不禁让词人想到了以往的重九和丈夫一起把酒赏菊的情景,那时候花香也像今天这样浓,但是却因匀到了两个人身上,因而并无今天的感觉,而现在却是孤身一人,以致连菊香也仿佛感到了寂寞,一股脑儿全依偎到了自己的身上。这不能不更令词人陡增孤独之感、思夫之愁。"莫道不销魂,帘卷西风,人似黄花瘦。"西风乍起,无人卷帘入室,风却卷帘而入,仿佛它也耐不住孤独的漂泊。物是人非,愁思尤甚;推己及菊,将形(心)比形(心),真的是人有菊之思、菊有人之情,一样的相思,一样的憔悴,一样的孤独……

这就是整首词的"意脉"。

就词之上下两片的关系来说,上片叙写的秋之清冷、人之愁苦,无疑是下片的"人似黄花瘦"的原因;而下片的"人似黄花瘦",显然又是上片中独处之苦、思念之愁的必然结果。就整首词的艺术特色而言,其"一切景语皆情语":用语通俗清新,抒情曲折幽深,形象鲜明生动,初步展示出了婉约词派的基本特色。

比如"帘卷西风",运用倒装句的表现形式,把正常的词序"西风卷帘"倒装过来,不仅音韵铿锵,正好满足词的要求,而且用了两个高昂的阴平声"西风"放在句末,更突出了西风的意境,与词中的"销魂"和"人似黄花瘦"融成一片,用柴虎臣《古今词论》的评价来说即是:"可谓雅畅。"(需要强调的是:这一优长,后来在李清照词创作中更臻极致,并由此而有了脍炙人口的《声声慢》)

再比如下片之写菊:写菊并以菊喻人,全篇却不着一个"菊"字。"东篱",本是用陶渊明"采菊东篱下"诗意,却隐去了"采菊"二字,实际是藏头。"把酒"二字也是如此,本是和"赏菊"相连,甚或所把之"酒",亦可能就是"菊花酒"(古人于九月九日有饮菊花酒的风俗),但这里均省略了"菊"。还有"暗香"、"黄花"……不说"菊"而世人皆知是菊,全词不见一"菊"字,但"菊"之色、香、形态却俱现纸上。

这就是李清照,才情峻拔,堪称千古独步。众所周知,古诗词中以花喻人瘦的作品及其"瘦"句并不少见。如"人与绿杨俱瘦"(宋·无名氏《如梦令》);"人瘦也,比梅花、瘦几分?"(宋·程垓《摊破江城子》);"天还知道,和天也瘦"(秦观《水龙吟》),等等,虽不能说不好,但比较起来却均未及李清照本篇之"人似黄花瘦"(当然还有他篇中的"绿肥红瘦"、"新来瘦,非关病酒,不是悲秋"等)用得好、写得成功。

这就是差别。

差在才情。

玉楼春

此词在《花草粹编》、《历代诗馀》中题作《红梅》。为李清照咏梅佳作之一,曾被人誉为"得此花之神"(清·朱彝尊语)。

黄墨谷《重辑李清照集·漱玉词》卷二将之归于"大观二年屏居乡里至建炎元年南渡以前之作"(1108—1127);陈祖美在《李清照诗词文选评》中,则将其纳入"泣别汴京和党争株连"(1104—1105)一节。

黄墨谷没有阐述理由,陈祖美在上书中,似也没有明确(或者准确地说是也没想)陈述理由,而只是讲故事般地进行了一次"昨日重现":

> 从背景上看,此词当作于宋徽宗崇宁前期、新旧党争反复无常之时;写作地点可能是李格非故居"有竹堂"。这年早春,词人的心情很不好,脸色憔悴,打不起精神。回到娘家,一头扎在她做女儿时的闺房,春天来了也懒得出门。因为自己愁闷不堪,尤其不愿再去凭栏遐想。但是,对于她"手植"的那株"江梅",却一直像老朋友一样放在心上,不时前来探望。
>
> 有一天,她发现,这株红色的江梅,仿佛在刹那间,从花苞中绽开了靓丽的笑脸,从而表达它对自己的"无限"情意。所以这首《玉楼春》,不是一般的咏梅词,而是把梅作为与自己患难与共的朋友,向它倾吐自己的内心隐秘。

这样的描述自然是既新鲜、又感人,但倘作为立说凭据,显然又是不合适的。

好在我们同时还可以在徐培均《李清照集笺注》中,读到祖美先生的另外一种形式的论述:

> 此首概(盖)作于崇宁三年(1104),其旨当是:借对梅未来命运的关注,寄寓了作者本人因受党争株连,朝不保夕的身世之叹。

徐培均接着"案"云:据杨仲良《皇宋通鉴长编纪事本末》卷一百二十二,崇宁三年夏六月甲辰,重定党籍,将元祐、元符党人及上书邪等者,合为一籍,共三百零九人,戊午,刻石文德殿门之东壁。秦观名列"馀官"之首,清照父格非名在"馀官"第二十六人。赵挺之属新党,是岁九月乙亥,自右光禄大夫、中书侍郎除门下侍郎(见《宋史·徽宗本纪》)。此时乃翁荣升而父遭贬谪,清照不免有所担心,故祖美之说可信。

两位先生所言，自可成说，是以亦就依此将这首词的创作年代暂系于此并以此解之。

说是"暂系"，也就是说：那些主张南渡后所作者所述论点，实际上也是可以自圆其说的。比如：

> 这首词当写于南宋初期，那时金人灭北宋，宋室南迁，李清照与丈夫南奔，不久赵明诚病逝。这首词把红梅的美妙与主人公的憔悴作了强烈的、含有悲剧意味的对比，刻画出在这美好春天里女主人公忧思百结的惆怅心情，这既合身世之感，也合国家之悲，情感深沉、复杂。（北京燕山出版社2001年11月版《清照词》）

再比如：

> 按词所咏者，确乎是红梅，但细细体会全词，实借咏红梅以表示自己的忧虑和担心。此词手法不类初期之词，词中又以"道人"自称，当作于晚年。据《金石录后序》："绍兴辛亥春三月，复赴越。壬子，又赴杭。先侯疾亟时，有张飞卿学士携玉壶过，视侯，便携去，其实珉也。不知何人传道，遂妄言有'颁金'之语，或传亦有密论列者。余大惶怖，不敢言，遂尽将家中所有铜器等物，欲赴外庭投进……在会稽，卜居土民钟氏舍，忽一夕，穴壁负五簏去……"作者曾被诬陷，在明诚死后半年，又因金人破洪州、陷建康、陷越州，不得不辗转台、剡、黄岩，入海，之温、之越、之衢，又赴越、赴杭……后定居会稽钟氏舍，不料最后留在身边的书画又在此被盗去十之八九，真是"悲痛不已"呀！这首词所表达的思想感情，似正合于此时之心情，当是作于此时或此后不久。（靳极苍《李煜李清照词详解》）

抄录几位先生观点于上，除了是想为大家提供一些有用的论点之外，可能最想表达的也就是如下意思了：对于古典诗词的研究和解读，我们似乎还没有一个很好的方法来避免主观臆断、感情用事，以及由于感情和臆断而势必造成的南辕北辙。当然，从另一个侧面说，注评家的乐趣及其理由，可能也就正是因于此吧。

> 红酥肯放琼苞碎，探著南枝开遍未？不知酝藉几多时，但见包藏无限意。　　道人憔悴春窗底，闷损阑干愁不倚。要来小酌便来休，未必明朝风不起。

红酥肯放琼苞碎，探著南枝开遍未——仿佛是答谢我的眷顾，那株江梅，恰恰就在我到来的时候开了，红润光洁的梅花花苞绽放，令人感奋。于是就去看其他的梅树，看它向南的枝条上，是否也都开了。红酥：指初开的梅花红润光洁。肯：恰。宋·苏轼《赠武道士弹贺若》："清风终日自开帘，凉月今宵肯挂檐。"亦有人解释说："肯"含有愿意、敢于、不瞻前顾后之意。琼苞碎：美玉般的花苞绽开。碎，绽开。探著：即探看，探询。著：语助词，无实意。南枝：向南的枝条，受阳光照射最充分，因而最先开放。宋·欧阳修《阮郎归》词："前村已遍倚南枝，群花犹未知。"未：无，没有。

　　不知酝藉几多时，但见包藏无限意——不知道这花苞凝香多少、积香多久，只看到它包藏着的无限情意亦如花苞，充盈、饱满，而且是为我所生所存！酝藉：含蓄而不显露。此处是蕴藏、包含的意思，指花香凝结不散，同下句的"包藏"意思相近。意：情意，感情。唐·刘禹锡《竹枝词九首》之二："花红易衰似郎意，水流无限似侬愁。"

　　道人憔悴春窗底，闷损阑干愁不倚——它对我说，你这个人缘何如此憔悴，缘何总是倚在窗下、为愁情所困而连栏杆都懒得去靠？你缘何非要让郁闷损害着你的身体和精神？道：说，即"包藏无限意"的梅花说。人：词人自指。"道人"当解为："梅说：你这个人……"道人多被解为"有道术的人"或"词人自称，与居士意相近"，不是不可，只是终不如此解更切词家谋篇布局之意。闷损：因心情郁闷而损坏了身体和精神。宋·秦观《河传》："闷损人，天不管。"阑干：同栏杆。唐·李白《清平调》："解释春风无限恨，沉香亭北倚阑干。"倚：靠着，依靠。唐·李白《蜀道难》："连峰去天不盈尺，枯树倒挂倚绝壁。"

　　要来小酌便来休，未必明朝风不起——想要来梅下小饮，那就快些来吧，等到明天，说不定会刮起狂风呢。小酌：小饮。酌，饮酒。唐·李白《月下独酌》："花间一壶酒，独酌无相亲。"这里有趁着美好春光、放下烦闷进而及时享受人生之意。休：语助词，有罢、吧、了之意。明朝：明天。风：暗示人间风雨。起：兴起，这里可释为"刮起"。此句似化用唐·白居易《花前欢》诗意："欲散重拈花细看，争知明日无风雨。"

　　全词的主体意象是含苞未放的梅花，憔悴、闷损的词人（两个意象的对比，显然是具有悲剧意味的)，而词之谋篇布局，也就像梅花含苞，既让我们体味到词所蕴藏着的浓烈的芳香和强大的情感能量，又让我们感受到一种人与梅通、梅为人忧、

中国家庭基本藏书

"欲语还休"的韵致。

上片咏梅,先是从正面描写梅花初绽时的情态和神韵起句:"红酥肯放琼苞碎",这是整首词中梅花第一次、也是唯一的一次绽放:红润鲜嫩的花瓣骤然舒展,晶莹如玉的花苞刹那间碎裂般地绽开……这无疑是令人心为之振、眼为之亮的一瞬。同时,仅一"碎"字,便亦可以说已然深得此花之神。此后三句,词人则因花绽而心动,先是"探枝",继而"度花",尔后"见意"……看似写词人,实是写梅之况、梅之蕴、梅之情意。三句三层次,层层推进,就在"不知"与"但见"之间,人情梅意,已是融而为一。

词的下片,可谓"梅说"。也就是说通篇所写,都是梅对词人说的话。紧承上片结句"但见包藏无限意",词人本意是要叙述自己所"见"的梅花之"无限意"的,却不仅不出面直说,而且反让梅花来说词人、并让其在说的话中展现自己的情意——这真的是匪夷所思,倘不是才情绝伦,又岂能如此处理——"道人憔悴春窗底,闷损阑干愁不倚。要来小酌便来休,未必明朝风不起"——就像是最相知的朋友的数落:"你这个人呀,让我怎么说你才好呢?你怎么非要这样(憔悴、闷损、愁)呢?你不能再这样下去(春窗底,栏不倚),你应该如此如此(饮酒梅下)……"就这样,借助"梅说",不仅说出了词人对梅花情意之所"见",而且也说出了自己的所困、所思、所省,至此,已不仅仅是人情梅意二者融一,而是人与梅本身都浑然一体,人即是梅,梅即是人,二者已是难解难分。

这样的构思、立意、布局,无疑是匠心别具,是值得称道的。

蝶恋花

题解

词写离别相思之情。或题作《离情》,或题作《春怀》。

黄墨谷《重辑李清照集》卷二云:"此词笔力雄健,非清照少作。词意乃离情,当作在宣和三年春居青州时。"此说似多漏洞:"笔力雄健"仁者见仁、智者见智,且不议论;大的漏洞是:何为少作? "笔力雄健"和"宣和三年"有什么必然联系?不可以晚它一年或早它两年吗?

宣和三年也就是公元1121年(时年李清照38岁)。

是年,对于李清照来说,无疑是非常重要的一年:对其人生而言,这一年赵明诚复官起知莱州,成为他们夫妻二人"屏居乡里十年"(实为十三年)的一个句点;对于其创作而言,似也是一道分水岭,此后所作较之此前之作,有了非常明显的差别——这些差别容当此后结合作品细解,这里仅说和这首词有关的一点——

"柳眼梅腮"（曾被论者认为是和"绿肥红瘦"、"宠柳娇花"并列的"易安奇句"）以及花钿、山枕等意象，无疑既是属于早期作品之所求、之常用，亦是属于此后作品之寡有。

而且，如果单就花钿、山枕等意象讲，甚至都不必到38岁，因为它们只是李清照新婚后不久的创作中所使用的意象。

或者也就是因为此，我才认为，这首词的系年，至少应在30岁以前。

查相关资料知，崇宁五年（1106，李清照23岁），春正月戊戌，彗星出西方。乙巳，以星变诏求直言，毁《元祐党籍碑》，丁未，太白昼见，赦天下，除党人一切之禁。庚午，叙复元祐党人（诏曾任待制以上官苏轼追复宣义部，李格非等"令吏部与监庙差遣"）。二月十五日，赵明诚在鸿胪（崇宁四年十月授鸿胪少卿）直舍跋欧阳修《集古录跋尾》。

这段史料至少为我们提供了如下信息：

其一，是年初春（包括此前不久），赵明诚之或"仕"或"游"而作"小别"，当属可能。

其二，党人除禁，格非平反，对于李清照而言，实可谓"暖雨晴风初破冻"，这样说虽多勉强，却也不属绝对臆断。或曰：既如此，那为什么还要说"泪融残粉"、特别是"独抱浓愁"？答曰：因为思夫。一是夫妻恩爱所致，二是三纲五常所囿（出嫁从夫，夫为妻纲）。直到现在，我们作为当世之人都无法彻底摆脱纲常，因而完全没有理由要求千年之前的一个女子非要成为纲常叛逆，这样做既无必要，亦不可能。况词中女子"夜阑犹剪灯花弄"而不肯入睡，或许只是因为周围世界（时局）对她来说是晴风暖雨，不算坏，而在梦乡之中反倒是"无好梦"（也就是说，思夫梦苦）。

其三，如将此段史实再加上其他可能存在的假说，如"（崇宁三年）夏四月甲辰朔，'尚书省勘会党人子弟，不问有官无官，并令在居住，不得擅到阙下'"，"根据此二苛诏，清照亦当被迫离京……（崇宁五年）除党人一切之禁，时清照当由原籍返回汴京"（见陈祖美《李清照年谱简编》），当更增此词写于是年的可能性。

是以将之暂系此年初春，待辩证。

暖雨晴风初破冻，柳眼梅腮，已觉春心动。酒意诗情谁与共，泪融残粉花钿重。　　乍试夹衫金缕缝，山枕斜欹，枕损钗头凤。独抱浓愁无好梦，夜阑犹剪灯花弄。

暖雨晴风初破冻，柳眼梅腮，已觉春心动——风和雨暖，大地解冻。柳芽初吐，如媚眼微开；红梅绽放，似香腮红透，已经感到了春心的骚动。初破冻：刚刚解冻。柳眼：早春时柳树初生的嫩芽，形如眼，故称柳眼。梅腮：指梅花淡红色的花瓣如美女的脸颊。春心动：由春景而触发的喜悦或伤感之情，亦指男女恋情。唐·李商隐《无题》："春心莫共花争发，一寸相思一寸灰。"

酒意诗情谁与共，泪融残粉花钿重——谁来和我一起烹茗煮酒、赏析诗文呢？泪水流淌，把脸上的脂粉淌得斑斑驳驳，头上戴的金钗也格外沉重。谁与共：谁能与己共享。花钿：用金翠珠玉制成的花朵形的首饰。言其重，是说心理感受，是心情沉重。唐·白居易《长恨歌》："花钿委地无人收，翠翘金雀玉搔头。"

乍试夹衫金缕缝，山枕斜欹，枕损钗头凤——刚刚试穿上金线缝的夹衫，斜靠在枕头上，把钗上的凤凰也弄坏了。乍：起初，刚刚开始。宋·柳永《笛家弄》："韶光明媚，乍晴轻暖清明后。"金缕：金线。古代贵族妇女衣物多用金丝绣花鸟纹饰于其上。山枕：凹形枕头，两端突起如山，故名。欹：同"倚"，即靠的意思。宋·赵长卿《荷花》："半敛半开，斜立斜欹，好似困娇无力。"损：毁，坏。钗头凤：古代妇女头上镂有凤凰形状的首饰。钗作凤凰形的叫凤凰钗或凤钗，钗上的凤叫钗头凤。

独抱浓愁无好梦，夜阑犹剪灯花弄——独自抱着一怀浓愁，似乎也不会有什么好梦。夜深人静，还在剪弄着灯花，不肯入睡。夜阑：深夜，夜将终。阑，晚，深。汉·蔡琰《胡笳十八拍》："更深夜阑兮，梦汝来斯。"犹：仍，仍然。灯花：灯芯燃烧时结成的花形。旧时认为灯芯结花预兆喜事临门，在此处词人希望它预兆丈夫归来。唐·杜甫《独酌成诗》："灯花何太喜，酒绿正成亲。"弄：摆弄，把玩。

明·徐士俊曾在《古今词统》卷九作眉批曰："此媛手不愁无香韵。近言远，小言至。"而今人傅东华则亦就此生发开来云："她不向词的广处开拓，却向词的高处求精；她不必从词的传统范围以外去寻新原料，却只把词的范围以内的原料醇化起来，便成更精致的产物。"（《李清照》）说得到位。此词中所用意象，确乎不出"花间"要素，但李清照却以自己过人的才情，将它们妙用到了极致。

或许也正是因为已臻极致吧，此后李清照在创作中似无再做重复。而且，倒是有意识地做到了"从词的传统范围以外去寻新原料"、并进一步深入开掘自己的内心世界，从而远远地超越了所有的花间词人，从而成了独步千古的一代宗师。

小重山

这是一个悖论：

若要深刻地、准确地理解一首词，是需要了解其创作背景的。比如：是在什么时候写的，当时的社会、政治，等等是怎么个样子？词人、连同与词人关系重大的人们的情况如何……所有这些，对于词人的创作而言，无疑是重要的；因而对于我们的理解，也就必然是举足轻重的。

然而现在的实际情况却是：资料太少，旁证亦不多；我们常常不是弄清楚了创作背景，并由此去理解作品中每一个字词的真正含义，而且恰恰相反，我们不得不从原作的每一个字词中搜寻、捕捉，以找到丝丝缕缕的线索或证明，进而通过推测来确定词的创作背景。

这显然是一个悖论，或者也就是对同一首词的理解往往南辕北辙、天差地别的原因之一。

就说对于此词创作年代的探讨吧。一说是崇宁四年(1105)，一说是建炎二年(1128)，结论大相径庭，但所采用的方法、运用的材料却是一样的。

方法就是到词句中搜寻，材料就是"春到长门春草青"和"二年三度负东君，归来也"。

李清照用"长门"一典，当是活用，指丈夫外出，作者一人孤处，同于陈皇后的别处长门宫。又"归来也"句，当指明诚要归来。"二年三度负东君"，当是明诚外出已有二年。再对照王仲闻《李清照事迹编年》：清照十八岁归赵氏，二十岁明诚出仕（任何职、到何处俱不详），二十二岁明诚授鸿胪少卿，当在京师，中间整二年。依此，则明诚二十二岁出仕，当为外任，授鸿胪少卿始又归来。新婚离别，想念殊殷，明诚在信中说将要归来，清照心中喜悦，所以作此词以抒此情。（靳极苍《李煜李清照词详解》）

此词写闺怨，当作于建炎二年（1128，戊申），时清照初到江宁。词云"二年三度负东君"，案建炎元年春三月，赵明诚奔母丧南下，十二月金人陷青州，清照仓皇奔窜，二年春抵江宁……在此二年中，因时局动乱，常与明诚离别，而甫至江宁，惊魂未定，故无心赏春，辜负东君。所谓"三度"者，指靖康二年、建炎元年及二年也。其中靖康二年、建炎元年实属一年，即公元1127年。依年号又称"二年"。

中国家庭基本藏书

（徐培均《李清照集笺注》）

——两说相比，均可自圆其说，似也很难说谁真谁假、孰是孰非。

这或者也就是悖论所必然带来的尴尬，或者也可以说是意趣吧。

在此，还需要特别指出的是，同是主张为1105年左右所作者，对创作背景的阐释，却也是大不相同的。仅举"归来也"为例：靳极苍先生认为乃"明诚在信中说将要归来"，而陈祖美却言是李清照自己归来：

> 此词之写作背景大致是这样的：宋崇宁二年（1103），诏禁元祐党人子弟居京。此后，李清照不得不离开汴京回归原籍。至宋崇宁五年（1106）春，诏毁"元祐党籍碑"，继而赦天下，解除党人一切之禁，李清照遂得以回京。从离京到回京，恰好历时二年，梅开三度。回到汴京的李清照，政治株连之苦得以缓解，原想快快活活过个春天，不料又蒙受了类似于长门之怨，其况味恰与五代"花间"词人笔下的宫怨词词意相合，所以顺手拈来他人之成句，嵌入己作，借以遣怀。

> 基于上述人事背景，对此词结拍二句"归来也，著意过今春"，当作如是解——此系李清照从原籍归来，并不是她"招魂"似的呼唤丈夫"快回来呀"。此二句是紧承前文的作者自诉，意谓她已经无可奈何地辜负了三个春天的大好时光，今年这个春天，在她手植江梅乍开还未开遍的时候，自己回到了阔别整整二年的汴京及丈夫身边，心里多么希望好好地过个春天啊！

陈祖美所言，似更切近此词所含之意（虽已说是悖论，然目下仍只能如此），况其依所占史料而提出的"李清照被迫离京"之说，当也并非臆断，故暂依其作如下解评。

> 春到长门春草青，江梅些子破，未开匀。碧云笼碾玉成尘，留晓梦，惊破一瓯春。　　花影压重门，疏帘铺淡月，好黄昏。二年三度负东君，归来也，著意过今春。

春到长门春草青——春天来到家门口，小草已然返青。长门：汉朝的宫殿。汉孝武皇帝的陈皇后因妒遭弃后，居于长门宫，她愁闷悲思，请司马相如作《长门赋》，抒写自己的痛苦。帝见而有悔意，复宠其数年。诗词中"长门"常指"冷宫"，亦即被冷落或被遗弃的女子的住处。又，此句乃引五代·薛昭蕴同调词之成句。

江梅些子破，未开匀——江梅虽然还没有遍开，却也有一些先行绽开了花蕾。些子：少许，有一些，一点儿。唐·罗虬《比红儿诗》："应有红儿些子貌，却言皇后长深宫。"破：绽开。匀：均匀整齐，此处是普遍之意。唐·杜甫《丽人行》："态浓意远淑且真，肌理细腻骨肉匀。"

碧云笼碾玉成尘，留晓梦，惊破一瓯春——一笼碧绿的春茶碾得细碎如尘，饮过一杯之后，滞留的晨梦才被彻底惊醒。碧云笼碾：碾茶。碧云，指青绿色的团茶。唐宋时采下茶叶先制成饼，饮用之前需用茶碾将之碾成细末。笼，盛茶叶的器具。碾细成末，故曰"玉成尘"。留晓梦：滞留在记忆中的晨梦。也就是说，晨梦初醒，所梦之事仍萦绕脑际。亦有解为"滞留在晨梦之中"，主客有别，但意思大抵还是相近的。一瓯春：一杯春茶。瓯，杯，盅。南唐·李煜《渔夫》："花满渚，酒满瓯。"

花影压重门，疏帘铺淡月，好黄昏——明月初上，斑驳的花影摇曳在重重门墙之上，幅幅竹帘铺上淡淡的月光。这春日的黄昏，真好哇！疏帘铺淡月：即淡月铺疏帘。疏帘，用条编制的透孔的帘子。

二年三度负东君，归来也，著意过今春——东君给春天以如此迷人的时光，即使一年一度辜负其好意，也是不应该的，何况两年内竟有三次将其辜负呢？这次回来，一定要好好用心，尽情尽意地过好这个春天。东君：原指日神，后亦指司春之神。南唐·成彦雄《柳枝词》之三："东君爱惜与先春，草泽无人处也新。"著意：着意，很用心的意思；好好地。战国·宋玉《九辩》："惟着意而得之。"

此词上片写作者晨起所见所为，下片写黄昏所见所思，两片之间，省去的是对整个白天情景的描述，这一省，不仅使上下两片更加独立、鲜明，也为读者省出了一大片可以去想象和回味的空间。同时，大幅度的跳跃，也让整首词的色调更显青春亮丽，意象更加明朗，节奏更加明快。从而较好地表达了春天给词人带来的欢欣和喜悦，以及词人对于春天的喜爱和珍惜。

口语活用(些子破、好黄昏)，画笔巧用(花影压重门、疏帘铺淡月)，动词妙用(惊破、压、铺)，亦使此词同词人其他的伤春之作在情调、意境、色彩等诸多方面，都形成了鲜明的对比，可谓意境开朗，色调明快，风格隽永。

鹧鸪天

题解

此首汲古阁未刻词本《漱玉词》有录。《草堂诗馀》前后集上下四卷本载此词，无撰人姓名，但此前为秦观《画堂春》(东风吹柳日初长)，是以此后的《类编草堂诗馀》及诸多选本便俱以为秦作(包括《花草粹编》、《历代诗馀》、《词的》、《古今词统》凡二十三种)。

四印斋本《漱玉词·补遗》云：案毛钞本尚有《鹧鸪天》(枝上流莺)一阕，《青玉案》(一年春事)一阕，注云："《草堂》作少游、永叔，而秦、欧集无。"今案此二阕别本无作李词者，当是秦、欧之作。且脍炙人口，故末附录。

王仲闻《李清照集校注》将之列入"存疑之作"云：汲古阁未刻词本《漱玉词》收此二词，虽未知所本，但此二首既非秦、欧之作，实应存疑，不宜遽从《漱玉词》中删去……汲古阁未刻词本《漱玉词》原书未见。此词从《类编草堂诗馀》卷一录出。其文字与汲古阁未刻本《漱玉词》是否相同，不得而知。

徐培均《李清照集笺注》所据底本，即是日本东京大仓文化财团所藏彭氏知圣道斋钞"汲古阁未刻词本《漱玉词》"，此本之中，此首即接同调词"寒日萧萧上锁窗"一首之后，并在调下注云："《草堂》作秦少游，而秦集无。"

按说，既有此"注"，便足以说明：此首在此本中之随"寒日萧萧"，跟在《草堂》中之随秦观《画堂春》，是有质的区别的。况"秦集无"，故可定为清照作。但徐先生最终还是因"二十三种皆题此词为秦少游作，似不能一概否定"而将其列入"存疑辩证"。

当然，李词秦词，就词风而言多有相似之处，但就此首的内容及表述方式言——亦就像认此词为秦少游作的明·李攀龙、王世贞所说"如少妇自吐肝胆语"，"此非深于闺恨者所不能也"——还是定李清照作为宜。如此，写作时间便当在南渡前赵明诚外任或外出时。或者尚可再据"某一创作阶段内的作品的相似性"细厘，将之系定于"后二年"至"屏居青州"前，或还可进而将之与《小重山》(春到长门春草青)等系于同年，即崇宁五年(1106)暮春。

　　枝上流莺和泪闻，新啼痕间旧啼痕。一春鱼鸟无消息，千里关山劳梦魂。　　无一语，对芳樽，安排肠断到黄昏。甫能炙得灯儿了，雨打梨花深闭门。

枝上流莺和泪闻,新啼痕间旧啼痕——听到黄莺在枝上婉转的啼鸣,我流泪了;黄莺啼鸣不断,我也泪流不止,以致新泪痕中夹着旧泪痕。流莺:群飞如流的黄莺。唐·贾至《早朝大明宫》:"千条弱柳垂青琐,百啭流莺绕建章。"和:伴随,伴和。啼痕:既指黄莺鸣叫的印迹,又指女主人公啼泪的印迹。啼,鸣叫,啼哭。痕,印迹。

一春鱼鸟无消息,千里关山劳梦魂——整整一个春天,没有鱼呀雁呀带你的消息,关山相隔,千里迢迢,只能劳驾梦魂,让我和你在其间相会。鱼鸟:一作"鱼雁",代指书信。《古乐府诗集·饮马长城窟行》:"客从远方来,遗我双鲤鱼。呼儿烹鲤鱼,中有尺素书。"又,汉·班固《汉书·李广苏建列传》附《苏武传》:"(苏武)教使者谓单于,言天子射上林中,得雁,足有系帛书,言武等在某泽中……"故后来鱼、雁成为书信的代称。宋·晏几道《生查子》:"关门魂梦长,鱼雁音尘少。"关山:泛指关隘山川。这里意指所思念的人离家遥远。劳:劳驾,烦劳。唐·白居易《和阳城驿》:"不劳叙家世,有用费文辞。"梦魂:指梦中人的灵魂。唐·白居易《梦裴相公》诗:"五年生死隔,一夕梦魂通。"

无一语,对芳樽,安排肠断到黄昏——独坐无语,自斟自饮,愁思更甚,却只能这样听任愁思丛生,在寂寥痛苦中熬到黄昏。芳樽:散发醇香的酒杯。宋·苏轼《新酿桂酒》:"收拾小山藏杜瓮,招呼明月到芳樽。"安排:听任摆布。排,推移、摆布。南朝宋·谢灵运《晚山西射堂》:"安排徒空言,幽独赖鸣琴。"肠断:言悲苦之极。晋·干宝《搜神记》:"有人杀猿子,猿母悲啼死,破其腹,肠皆断裂。"

甫能炙得灯儿了,雨打梨花深闭门——就这样以灯为伴。好容易燃得灯油尽了,却仍难以入眠;偏偏雨打梨花的声音又在庭院中响起,只好将门紧闭。甫能:才能够,好容易。甫,方始,方才。宋·辛弃疾《杏花天》:"甫能得见茶瓯面,却早安排肠断。"炙得灯儿了:谓灯油燃尽。炙,烧,燃。了,结束。这里可作"尽"解。雨打梨花深闭门:原出唐乐府,李清照引成句。

词写暮春时节一天的生活情景,抒发对心上人的相思之情。可谓情景双绘,含愁无限。

上片写词人白昼的思念,却以闻莺啼而和泪开篇,实是奇绝。因为以往的诗人每每写及黄莺,总是表达喜悦——如唐代的白居易:"几处早莺争暖树,谁家新燕啄春泥。"杜甫:"两个黄鹂鸣翠柳,一行白鹭上青天。"杜牧:"千里莺啼绿映红,

中国家庭基本藏书

水村山郭酒旗风。"——然此首却别立基调：闻莺和泪，啼痕交织，语意悲极，诚如前人所评："新痕间旧痕，一字一血。"（《草堂诗馀隽》）而"一春鱼鸟无消息，千里关山劳梦魂"则更进一层，以"一春"言分离之久，以"千里"言相隔之远，以"劳梦魂"（借梦魂去追随丈夫的千里踪迹）而表达无限的思念。

然而白昼太长了，无可入梦，于是自己只能独守空房，借酒浇愁，在痛苦寂寥中熬等黄昏——词的下片，就这样承接上片，由"梦"写起却不着"梦"字；不着"梦"字却又全含"梦"意——终于熬到黄昏了，可是仍不能成眠，于是仍旧只能枯灯独坐。好不容易熬得灯油燃尽，却更睡不着了，因为外边又下起雨来，雨打梨花，更加重了哀怨愁思……

全词就在"雨打梨花深闭门"中结拍，"尤曲折婉约有味"（《草堂诗馀别录》）。此句为引用唐乐府原句，却与词意完美契合，情景融合为一，不仅无相袭之嫌，而且有言外之意。可称为奇绝，不亚起句。

多 丽
咏白菊

此词原载《乐府雅词》卷下，无题。清道光二十年杭州刊汪玢辑、劳权手校《漱玉词汇钞》题《咏白菊》，《历代词馀》题《兰菊》。

黄墨谷《重辑李清照集·漱玉词》谓此词为"大观二年屏居乡里至建炎元年南渡以前作品"；陈祖美《李清照诗词文选评》将其置于"重返汴京和婕妤初叹（1106年前后）"；徐培均据于中航《李清照年谱》案："于谱"谓大观元年（1107）秋，李清照偕赵明诚屏居青州乡里。词中所咏白菊，似有寄托。风雨揉损琼肌，盖喻政治风波对赵家之打击；不似贵妃、孙寿、韩令、徐娘云云，盖喻不屑取媚蔡京等权贵。而屈平遭谗去国、陶潜挂冠隐退，正借喻明诚与自己屏居青州也。故可推知，词乃作于本年九月。

徐所云之"寄托"确凿可信；陈所言"婕妤之叹"（因赵明诚有外遇而叹），虽属推测却也重要，可作一说。

小楼寒，夜长帘幕低垂。恨萧萧、无情风雨，夜来揉损琼肌。也不似、贵妃醉脸，也不似、孙寿愁眉。韩令偷香，徐娘傅粉，莫将比拟未新奇。细看取、屈平陶令，风韵正相宜。微风起，清芬酝藉，不减酴醿。　　渐秋阑，雪清玉瘦，向人无限依依。

似愁凝、汉皋解佩，似泪洒、纨扇题诗。朗月清风，浓烟暗雨，天教憔悴瘦芳姿。纵爱惜、不知从此，留得几多时。人情好，何须更忆，泽畔东篱。

小楼寒，夜长帘幕低垂——长夜漫漫，小楼笼罩在一片寒气之中，只得把门窗上挂着的帘子垂放下来。

恨萧萧、无情风雨，夜来揉损琼肌——最恨那萧萧风雨太无情，一夜间，竟把冰清玉洁的花瓣摧残得面目全非。萧萧：指风雨声。唐·白居易《连雨》："风雨暗萧萧，鸡鸣暮复朝。"琼肌：肌肤如玉。喻白菊。

也不似、贵妃醉脸，也不从、孙寿愁眉——白菊风姿淡雅，清高自重，不同于杨贵妃醉酒后的以娇态媚人；也不同于孙寿故作愁眉以妖态迷人。贵妃醉脸：唐玄宗宠妃杨玉环酒后面容分外娇美。唐·李浚《松窗杂录》载：唐玄宗很欣赏中书舍人李正封咏牡丹的两句诗："国色朝酣酒，天香夜染衣。"便笑着对杨贵妃说："妆镜台前，宜饮以一紫金盏酒，则正封之诗见矣。"亦即是说，贵妃醉酒后的脸庞，就像李正封诗中的牡丹花一样娇艳动人。孙寿愁眉：孙寿，东汉梁冀之妻，画愁眉细而曲折，样子极迷人。南朝宋·范晔《后汉书·梁冀传》："妻孙寿，色美而善为妖态，作愁眉、啼状、堕马髻、折腰步、龋齿笑，以为媚惑。"唐·李贤注引《风俗通》："愁眉者，细而曲折。"

韩令偷香，徐娘傅粉，莫将比拟未新奇——不要拿贾午偷给韩寿的那种御赐奇香来比喻菊花的香，也不要拿徐娘涂抹的脂粉来形容菊花的色，那是很俗气的，毫无新奇之意。韩令偷香：韩令：即韩寿，西晋人，姿容美好。贾充的女儿贾午看上他，韩寿逾墙与贾午私通。贾午偷父亲的御赐奇香赠韩寿，被贾充发现。贾充没有声张，后将女儿嫁给了韩寿。偷香，偷情得到奇香。此典故出自南朝宋·刘义庆《世说新语》。徐娘傅粉：像徐娘那样涂脂抹粉。徐娘，梁元帝妃徐昭佩。她性淫乱，与元帝近臣暨季江私通。唐·李延寿《南史·梁元帝徐妃传》载："妃以帝眇一目，每知帝将至，必为半面妆以俟。"后与元帝近臣暨季江私通，暨叹曰："徐娘虽老，犹尚多情。"但史书中无徐娘傅粉之说，或许是词人故意将何晏之为移于徐娘。南朝宋·刘义庆《世说新语·容止》："何平叔美姿仪，面至白。魏明帝疑其傅粉，正夏月，与热汤饼，既啖，大汗出。以朱衣自拭，色转皎然。"

细看取、屈平陶令，风韵正相宜——细细地看，菊花的风度、韵致，倒是和屈原、陶渊明的高风亮节正好相宜。看取：即看来，看着。取，语助词。唐·杜甫《戏题王宰画山水图歌》："焉得并州快剪刀，剪取吴淞半江水。"屈平：即屈原，名平，战国时楚国大夫。其《离骚》云："朝饮木兰之坠露兮，夕餐秋菊之落英。"陶令：即陶潜，字渊明，晋代人，曾为彭泽县令，故又称陶令，因不肯"为五斗米折腰向乡里小儿"，挂冠归耕。其《饮酒》诗之五："采菊东篱下，悠然见南山。"

微风起，清芬酝藉，不减酴醾——轻风袅袅，菊花的清香徐徐飘来，久久不散，一点也不亚于酴醾花的香气。酝藉：同"蕴藉"，隐藏、包含之意，宽和有涵容。这里指菊花香味隽永不散。不减酴醾：不差于酴醾花。减，差于，少于。宋·晏几道《玉楼春》："细思巫山梦回时，不减秦源断肠处。"酴醾，一作荼蘼，蔷薇科植物，柄多刺，夏初开黄白色重瓣花，色美且香。宋·苏轼《杜沂游武昌以酴醾花菩萨泉见饷》："酴醾不争春，寂寞开最晚。"

渐秋阑，雪清玉瘦，向人无限依依——秋日将尽，菊花即近凋落之时，却更加清癯似雪、瘦挺如玉，向人们表达着恋恋不舍的情意。渐秋阑：秋日将尽。渐，到。宋·柳永《佳人醉》："尽凝睇，厌厌无寐，渐晓雕栏独倚。"阑，晚，深，将尽。汉·蔡琰《胡笳十八拍》："更深夜阑兮，梦汝来斯。"依依：依恋多情的样子。唐·王维《渭川田家》："田夫荷锄至，相见语依依。"

似愁凝、汉皋解佩，似泪洒、纨扇题诗——像是愁情脉脉，就如郑交甫得佩不见、怅然若失；又像是班婕妤题诗团扇，"怨歌"洒泪。汉皋解佩：指郑交甫于楚地汉皋台下遇二仙女解佩相赠的故事。《列仙传》："江妃二女，游于江滨，逢郑交甫，遂解佩与之。交甫受佩而去，行数十步，怀中无佩，女亦不见。"汉皋，山名，又名万山。在今湖北襄阳西北。佩，即佩玉，古人身上佩带的饰物。纨扇题诗：指班婕妤在绢制的团扇上写《怨歌行》的故事。班婕妤：汉班昭、班固之祖姑。少有才学，成帝时被选入宫，立为婕妤，得宠。后来赵飞燕入宫专宠，班婕妤为求自保，主动请求到长信宫奉养皇太后。《怨歌行》借团扇至秋天被主人弃而不用来比喻弃妇的遭遇。纨扇，即团扇，用细绢制成。

朗月清风，浓烟暗雨，天教憔悴瘦芳姿——无论是月明风清的夜晚，还是烟浓雨暗的白昼，命运总是要让菊花在愁苦中消磨光阴，直到憔悴不堪，香消玉殒。教：让。

纵爱惜、不知从此，留得几多时——纵然白菊珍惜生命、爱恋人世，但谁又能知道，从此之后，它还能开放多少时日？

人情好，何须更忆，泽畔东篱——倘若不是人情淡薄，又何必再去怀念爱菊的屈原和陶渊明呢？更：再，又。唐·王之涣《登鹳雀楼》："欲穷千里目，更上一层楼。"泽畔：水泽边。指代上文的"屈平"，《楚辞·渔夫》有"屈原既放，游于江潭，行吟泽畔……曰'举世皆浊我独清，众人皆醉我独醒'"。东篱：种菊之地，这里借"采菊东篱下"指代上文的"陶令"。

此首借赞美白菊的高洁风韵,抒词人鄙视流俗、清高自好的情怀,洋洋洒洒,为李清照现存词中最长的一首。

民国·况周颐曾言:"李易安《多丽·咏白菊》,前段用贵妃、孙寿、韩令、徐娘、屈平、陶令若干人物,后段雪清玉瘦、汉皋纨扇、朗月清风、浓烟暗雨许多字面,却不嫌堆垛,赖有清气流行耳。"似不确。虽然词题《咏白菊》却全篇不见一个"菊"字,而是借"贵妃"说"容";借"孙寿"说"貌";借"韩令"说"香";借"徐娘"说"色";借"屈平"、"陶令"说"内美";借"汉皋"、"纨扇"说"隐情";借"天教憔悴"说"命运"……堪称谋篇布局,极显功力,意脉通贯,整体机巧,但具体到字里行间,却也还是多有堆垛之嫌的。

其中原因,或者可用靳极苍之言解之:"全词用典太多,失之堆砌,并且以韩令、徐娘两典比白菊也伤雅,可能是重自白,思绪万千,心情急迫,故有此失。"或者用陈祖美之说解释则更透彻些:"从表面看,此词用事用典过于堆砌,几乎成了掉书袋和獭祭鱼,实际很可能是作者故意用一些无关紧要或不相干的故实,来掩盖'泽畔东篱'和'解佩''纨扇'这四个涉及她内心创伤的重要故实。"

前不久读到邓红梅之《女性词史》,说到李清照一生中的几处难以磨灭的"硬伤",似也和陈祖美所说"内心创伤"合拍。其所说"硬伤"为:

一、北宋党争对于她的家庭及个人生活的打击。

二、她与赵明诚的"无嗣"特别是赵明诚狎妓纳妾对她的精神折磨。

三、她这样一个才力和思力俱超逸非凡、并很早就在士大夫圈子中文名颇著的女子,却只能被排斥在士大夫的功名事业之外,而处于当时逼仄紧张的女性空间之内,这不能不对她的心灵造成压力并使之有所愤慨。

四、国破家亡的晚期生活,使她在回忆与现实的对照中饱尝着常人难以体验的深沉痛楚。

谨录于上,以供参考。

新荷叶

此首久佚。1980年孔繁礼在北京图书馆藏明初抄本《诗渊》专辑祝寿诗词的第二十五册中发现,原词注明作者是"宋李易安"。后辑入《全宋词补辑》。

关于此词所贺寿主是谁,现存两说,一说为朱敦儒,一说为晁补之。

未深研究,只是读过主张为晁的陈祖美、徐培均之相关文字后,以为至少朱敦儒可以被排除在外。

徐培均在《关于李清照两首词的笺证》中云：

敦儒生日为正月十四日，其《樵歌》载《如梦令》云："生日近元宵，占早烧灯欢会。"又《洞仙歌》云："今年生日，庆一百省岁，喜趁烧灯作欢会。"又有《鹧鸪天·正月十四日夜》云："来宵虽道十分满，未必胜如此夜明。"皆可证。而此词第二句则指生日在秋分时刻，显然不合。又陈祖美云："大观二年恰是晁补之闲居金乡的第六个年头。是年晁氏重修了他在金乡隐居的松菊堂。青州、金乡同属今山东，二地相隔不远。晁补之与李格非素有通家之谊，更是清照文学上的忘年交和'说项'者，在晁氏五十六岁生日时，清照或前往祝寿，从而写了这首词。"

陈祖美先生则在《李清照词新释辑评》中云：

笔者之所以把寿星说成晁补之，因为除了词之下片的"德行"以下三句符合晁氏为人和行实外，以上述所推定的时间地点看，此时此地很难有第二位寿星值得词人如此景仰。话虽这么说，毕竟没有更多佐证，加之又是很早的寿词，所以也没有很充分的把握。这才又说了这样的几句留有后路的话："当然，如果此词不是写于词人屏居青州期间，而是后期杭州，为别的寿星所作，亦不无可能。"

在笔者一直未曾完全消除关于此词寿主的疑虑之际，于1999年10月在济南举行的李清照学术讨论会上，拜读了徐培均先生关于此词的笺证稿。在这一大作中，徐先生虽然非常谦逊地说算作是对于上述拙文的补遗，实际上，徐先生旁征博引地、有力地证实了朱敦儒的生日是正月十四日，而晁补之的生日恰在秋分时节，并十分明确地指出：这首《新荷叶》"盖为祝晁补之寿诞而作"。

两位先生所言有理，且谦恭之仪令人感佩。
故权从徐说，暂将此词系于"大观二年秋"，即公元1108年秋。时年李清照25岁。

薄露初零，长宵共、永昼分停。绕水楼台，高耸万丈蓬瀛。
芝兰为寿，相辉映、簪笏盈庭。花柔玉净，捧觞别有娉婷。
鹤瘦松青，精神与、秋月争明。德行文章，素驰日下声名。
东山高蹈，虽卿相、不足为荣。安石须起，要苏天下苍生。

薄露初零，长宵共、永昼分停——时值薄露初降的秋分之际，漫长的黑夜和悠长的白昼由此平分。零：坠落，降。《古诗十九首·迢迢牵牛星》："终日不成章，泣涕零如雨。"永昼：漫长的白天。分停：即停分，平分。白天黑夜平分是秋分之际。秋分之前是白露、其后是寒露。

绕水楼台，高耸万丈蓬瀛——围水而建的楼台宏伟壮观，就像高耸万丈的蓬莱、瀛洲两座神山。蓬瀛：神话传说中的蓬莱、瀛洲二神山。这里喻楼台之宏伟。

芝兰为寿，相辉映、簪笏盈庭——寿主的好子弟们都来祝寿；前来祝寿的达官显贵也聚满了庭院，庭院熠熠生辉。芝兰：香草，此处为"芝兰玉树"之省称，比喻寿主之子弟。《世说新语·言语》："谢太傅(安)问诸子侄：'子弟亦何预人事，而正欲使其佳？'诸人莫有言者，车骑(谢玄)答曰：'譬如芝兰玉树，欲使其生于阶庭耳。'"簪笏：古代官员上朝时所用之物。这里指代来祝寿的达官显要。簪，古人用来插住发髻或将冠固定于髻上的长针。笏，古代官吏朝见帝王时拿的狭长板子，用玉、象牙或竹制成，上面可以记事。唐·王勃《滕王阁序》："舍簪笏于百龄，奉晨昏于万里。"盈：满。

花柔玉净，捧觞别有娉婷——如花似玉的侍女，捧着酒器飘忽往来，为人们献酒。婀娜多姿的样子楚楚动人。花、玉：形容女子之美。这里指代侍女。捧觞：双手捧杯。娉婷：美好的样子。唐·白居易《昭君怨》："明妃风貌最娉婷。"

鹤瘦松青，精神与、秋月争明——像鹤一样高寿，像松一样常青，神采奕奕，可以跟秋月争明。鹤瘦松青：古人以鹤、松为长寿之象征，而且往往以事物之谐音作为吉祥语。瘦，谐"寿"。青，暗喻年轻。唐·王建《闲说》："桃花百叶不成春，鹤寿千年也未神。"精神：神采。

德行文章，素驰日下声名——寿主的品德操行和文学才能，早已闻名京师，一向为人们所传颂。德行：道德品行。文章：指代文学才能。素：一向，向来。驰：传扬。日下：指京都。封建时代以帝王比日，以帝王所居之都为日下。唐·钱起《送薛判官赴蜀》："边陲劳帝念，日下降才杰。"

东山高蹈，虽卿相、不足为荣——可与东晋谢安比肩，隐居东山，让贵为卿相者也不足为荣。东山高蹈：此句以谢安隐东山，喻寿主赋闲在家。东山：东晋名相谢安早年隐居之地，在今浙江上虞。后人遂以东山指隐居。高蹈：远行。亦指远遁隐居。晋·张景阳《七命》："嘉遁龙盘，玩世高蹈。"卿相：古代朝廷里的高级官吏。卿，春秋时，天子诸侯所属高级官吏都称卿，秦汉王朝三公以下设九卿。相，辅助君主掌管国事的最高官吏。后来称作宰相、丞相、相国。

安石须起，要苏天下苍生——该像谢安一样东山再起了，要搭救天下的百姓。安石：东晋政治家、文学家谢安，字安石。晋孝武帝时官至宰相。出仕前隐居东山，朝廷多次诏用皆不就。四十多岁方出山，被征西将军桓温请为司马，后迁吏部尚书。公元383年，指挥淝水之战，获大胜，又乘胜北伐，直抵黄河以北。《世说新语·排调》："安石不肯出，将如苍生何？" 苏：醒过来，使复生，这里引申为搭救。苍生：百姓。

宋·张炎在《词源》中曾云："难莫难于寿词，尽言富贵则尘俗，尽言功名则谀佞，尽言神仙则迂阔虚诞。"在这里，重复再三的是一个"尽"字，强调的却是一个"度"字。

所谓"度"，也就是说：作为寿词，你不可能不写其富贵而写其穷困、不写其功名而写其败绩、不写神仙而写鬼蜮；这好像没什么可争议的，似乎也不是难事。容易引发争议的、也就是难办的是：你不能"尽说"这些，而且不能一味地歌功颂德、阿谀逢迎。你需要说一些别的东西——

因而，如果说李清照的这首贺寿词有所突破的话，那就是她写了些别的东西。

比如场景。比如子弟。比如侍女。比如希望寿主放弃隐居，重新出山，拯救天下苍生。

亦可谓：借场景、人物烘云托月；因拯救苍生、忧国忧民而脱出流俗。

浣溪沙

此词亦曾被误当周邦彦、欧阳修、吴文英等作。

陈祖美云："此首亦当作于清照待字汴京之时，且属少女怀春之什。"并由此确定此词为李清照17岁（1100年）或前后所作。

徐培均则提出此词当作于屏居青州时期，即大观（1107—1100；李清照24至27岁）某年之春。其陈述理由为：

> 汴京地处平原，据"远岫"句，似作于屏居青州时期。青州西南有仰天山，据明《临朐县志》："仰天山在县南七十里，山麓有洞，深可五七丈许，上有窍通天云。"又明《青州府志》："仰天山之阿有寺，名仰天寺……有罗汉洞，洞隙通处，可以望天。"于谱引此二志后云："明诚大观戊子题名，即在罗汉洞附近崖壁上。"故可推知清照所见之"远岫出云"，乃仰天山罗汉洞，而作词时间亦在大观某年之春天。

徐说甚是，故而从之。

　　　　小院闲窗春已深，重帘未卷影沉沉，倚楼无语理瑶琴。
远岫出云催薄暮，细风吹雨弄轻阴，梨花欲谢恐难禁。

　　小院闲窗春已深，重帘未卷影沉沉——院很小，窗子静静关着，一副无所事事
的样子。春，很深了。这样的季节，这样的心境，是该到外面走走的，可是帘子垂着，
却懒得去卷起来。屋子里光线暗淡，人影沉沉。闲窗：带棂的窗子。重帘：很密的
帘子。重：层层。唐·柳宗元《登柳州城楼寄漳汀封连四州》："岭树重遮千里目，
江流曲似九回肠。"

　　倚楼无语理瑶琴——独自靠着栏杆，愁情无人可以诉说，只好心不在焉地拨
弄着琴弦。倚楼：靠着楼外栏杆。倚，靠着，依靠。理：演习，弹拨。晋·张华《上
巳篇》："伶人理新乐，膳夫烹时珍。"瑶琴：有玉饰的琴。南朝宋·鲍照《拟古诗》
之七："明镜尘匣中，瑶琴生网罗。"

　　远岫出云催薄暮，细风吹雨弄轻阴——远处，山洞吐云了，峰峦之间云雾缭绕。
云虽无心，却催得暮色早降；微风吹雨，舞弄着柔弱的柳枝。远岫出云：源于陶渊
明"云无心以出岫，鸟倦飞而知还"。岫，山洞，山峦。薄暮：日将落，傍晚。《广雅》：
"日将落曰薄暮。"唐·杜甫《对雪》："乱云低薄暮。"轻阴：绿荫。《汉书·吕皇后传》：
"所谓高蝉处于轻阴。"

　　梨花欲谢恐难禁——梨花抗不住时令变化，就要凋谢了，这恐怕是难以避免
的啊。谢：凋落。恐难禁：恐怕难以避免。一如晏殊云："无可奈何花落去。"

　　细读此词，便更觉乃为"思夫"而非"怀春"。"怀春"之愁，一如前边在《浣溪
沙》(淡荡春光寒食天)中所讲，是一种说不清、道不明的心绪；而思夫之愁，是说
得清的，也就是独自"依楼"、愁无可诉之孤独，小院闲窗、无所事事之闲愁，"梨花
欲谢"之忧郁。

　　靳极苍先生说得好：岫云无心，细雨有意，一个催薄暮，一个弄轻阴，"薄"、
"轻"，也正是指作者愁的程度，是闲愁。

念奴娇

春 情

词写春日雨后种种情形,抒深闺寂寞、思念远人之情。

清道光二十年杭州刊汪玢辑、劳权手校《漱玉词汇钞》调名作"壶中天慢",题作"春情"(《花庵词选》、《阳春白雪》等同);其他或作"春日闺情"(《花草粹编》、《类编草堂诗馀》、《古今词》、《彤管遗编》等),或作"春思"(《历城县志》),或作"春恨"(《词的》)。

黄墨谷《重辑李清照集》云:"此词当作于宣和三年,时清照在青州。"然未出考据。徐培均《李清照集笺注》考于中航《李清照年谱》:"政和六年(1116,丙申),三十三岁,三月四日,明诚再游灵严寺。"案云:灵严寺为唐宋名刹,在今济南市长清区东南,距青州约一百七十里。明诚曾四次游此寺,在《宋嘉祐六年齐州长清县灵严寺重修千佛殿记》碑侧,有明诚题名,末云:"丙申三月四日复过此,德父记。"三月四日,时近寒食节,故清照此词云"宠柳娇花寒食近,种种恼人天气",故知当作于此时。

依此暂系。

> 萧条庭院,又斜风细雨,重门须闭。宠柳娇花寒食近,种种恼人天气。险韵诗成,扶头酒醒,别是闲滋味。征鸿过尽,万千心事难寄。　　楼上几日春寒,帘垂四面,玉阑干慵倚。被冷香消新梦觉,不许愁人不起。清露晨流,新桐初引,多少游春意!日高烟敛,更看今日晴未?

萧条庭院,又斜风细雨,重门须闭——冷冷清清的庭院,一连几日的斜风细雨,使人感到更加清冷,以致不得不把所有的门窗都紧闭起来。重门:一层层的门。

宠柳娇花寒食近,种种恼人天气——寒食临近,春意渐浓,已是观柳赏花的时令,可这天气不是风就是雨,像是和人作对似的,真是恼人。宠柳娇花:形容春柳新绿、春花初放,格外引人爱怜。寒食,即寒食节,古代习俗,清明节前一日或二日为寒食节,禁火三天,只吃冷食。

险韵诗成,扶头酒醒,别是闲滋味——无所事事,百无聊赖,于是就写险韵诗、喝扶头酒，然而诗写成了、酒也醒了的时候，却更加孤寂无聊、索然无味。险韵诗：以怪僻难押的字做韵脚写成的诗。扶头酒：容易醉人的烈性酒，醉酒之后，头需人扶方能抬起，故名。一说卯时饮酒，称扶头酒。宋·贺铸《南乡子》："易醉扶头酒，难逢敌手棋。"闲：空闲。这里是闲得难受、百无聊赖的意思。

征鸿过尽，万千心事难寄——远行的鸿雁都走了，万千心事，无法可寄。征鸿：远飞的大雁。唐·罗隐《夏州胡常侍》："征鸿过尽边云阔，战国闲来塞草秋。"

楼上几日春寒，帘垂四面，玉阑干慵倚——待在小楼上很多天了，春寒难耐，所有的帘都垂着，懒得走动，无心倚栏。玉阑干慵倚：精美的栏杆都懒得去靠。玉阑干，精美的栏杆，栏杆的美称。阑干，同栏杆。唐·李白《清平调》："解释春风无限恨，沉香亭北倚阑干。"慵：懒得。倚：靠着，依靠。

被冷香消新梦觉，不许愁人不起——从刚做过的梦中醒来，被窝冰冷，炉中的香也烧尽了，想赖在床上多睡一会儿也不成，于是不得不起来。新梦觉：刚刚从梦中醒来。新，刚，刚才。战国·荀子《荀子·不苟》："新浴者振其衣，新沐者弹其冠，人之情也。"觉，睡醒。《诗经·王风·兔爰》："我生之后，逢此百忧，尚寐无觉。"愁人：词人自称。

清露晨流，新桐初引，多少游春意——晶莹而又清新的露水，从早晨的花叶上流下，梧桐的叶芽刚刚长出，勾起了很多游春赏景之意。初引：开始抽芽。引，生出。南朝宋·刘义庆《世说新语·赏誉》："于时清露晨流，新桐初引。"

日高烟敛，更看今日晴未——太阳升高了，雾气消散了，再看看今天晴不晴呢？烟敛：雾气渐渐消失。敛，收拢。此处为消散之意。更：再。晴未：晴否，晴了没有。未，没有，否。

上片以"萧条庭院"、"雨"起句，写"闲滋味"，慨叹"心事难寄"；下片以"日高烟敛"、"晴"结拍，说"新梦觉"，起看"今日晴未"……前后贯通、首尾照应，确如前人所说："上是心事，难以言传，下是新梦，可以意会。"（明·李攀龙《草堂诗馀隽》）"陡然而起，便尔深邃"。"一开一合……局法浑成。"（清·黄苏《蓼园词选》）

此词亦多有妙句。前人曾云："此篇'宠柳娇花'之语，亦甚俊奇，前此未有能道之者。"（宋·黄昇《唐宋诸贤绝妙词选》）"'宠柳娇花'，新丽之甚。"（明·王世贞《艺苑卮言》）"'清露晨流，新桐初引'，用《世说》入妙。"（明·杨慎《词品》）……窃以为，前人所赞自有前人道理，自合当时时宜；但现在看来，尤其绝妙的当还是"种种恼人天气"、"别是闲滋味"、"不许愁人不起"等"发清新之思"的"浅俗之语"（邹祗谟语）。

中国家庭基本藏书

是的，斜风也好，细雨也罢，自然界的阴晴寒暑，本是无所谓可喜、也无所谓可恼的。词人抱怨天气"恼人"，自然只是因为"人"之自身的寂寞难耐的心绪——亦即是"以我观物，故物皆着我之色彩"吧(王国维《人间词话》)。也唯其如此，词人在词中才不直抒"恼"之情，而多写"人"之为：作险韵诗，喝扶头酒，然而，诗成酒醒之后又是如何呢？——"别是闲滋味"。这里，出"别是"、"滋味"本已难得，更难得的是词人写出个"闲"字！"闲"自是"愁"，但较之"愁"无疑更甚，是以才有俗语"闲愁最苦"、"闲愁难忍"。"闲"是无法排遣的，解决"闲"的办法大概也只有一个，就是让自己忙起来；而"忙"的法门似也不外有二：一是"不许愁人不起"，即让她的身子动起来，当然最好还是去"游春"，实在不行也得去看看"今日晴未"？可惜的是，词人实在没这个情绪，于是也就只能选择第二种办法：让脑子动起来，就是多想些事儿。然而这个结果是可想而知的，即是"万千心事难寄"……于是乎，词人也就如此这般，将寂寞之怀、思夫之情推到了极致。

这或者也就是易安本色、易安本事吧！

点绛唇

旧题多作《闺思》，亦有作《闺怨》(如《古今女史》)。写伤春怀人的寂寞惆怅。意同前首，时亦大致相近，即1116年清明时分。时李清照居青州，明诚外出游距家百七十里的灵严寺。

> 寂寞深闺，柔肠一寸愁千缕。惜春春去，几点催花雨。
> 倚遍阑干，只是无情绪。人何处，连天芳草，望断归来路。

寂寞深闺，柔肠一寸愁千缕——独自在寂寞的深闺，一寸柔肠，结愁却千丝万缕。闺：内宅，内室，常常特指古代女子居住的卧室。柔肠：柔软的心肠。愁千缕：极言愁思之多。缕，条，量词。

惜春春去，几点催花雨——珍惜春天到来，无奈春又匆匆归去，这时候，天空偏偏下起雨来，落雨催花，花谢了。催花雨：清明时节之雨。宋·庄绰《鸡肋编》："西北春时，率多大风而少雨，有亦霏微……韩持国亦有'轻云薄雾，散作催花雨'之句。"

倚遍阑干，只是无情绪——多少次凭栏远眺，把栏杆都靠遍了，却仍是愁肠万端，无情无绪。倚：靠着。阑干：同栏杆。

人何处,连天芳草,望断归来路——心上的人究竟在哪里呢? 一直望到草天相接的地方,把归来的路都望尽了,仍是没有归人的踪影。人:指丈夫。芳草:《楚辞·招隐士》:"王孙游兮不归,春草生兮萋萋。"后以芳草作情人之典。望断:望到尽头。

易安词中,写惜春怀人之作自不算少,但此首较之其他却别有风韵:起句直截了当,直言"寂寞",尔后的一寸"柔肠"、千缕之"愁"、"惜春春去"、"倚遍阑干"、"无情绪"、"望断归来路",等等,则既是"寂寞"二字所致,又每每呼应"寂寞"二字。整首似显低调,结拍却煞得甚是苍凉,甚是"壮烈"。

清·陈廷焯《云韶集》称此词"情词并胜,神韵悠然",实属恰切之语。

凤凰台上忆吹箫

词写离别相思之苦,哀伤殊甚,是前期同类词如《怨王孙》(帝里春晚)、《一剪梅》(红藕香残玉簟秋)、《醉花阴》(薄雾浓云愁永昼)、《念奴娇·春情》(萧条庭院)等所不曾见的。因而系年以不在新婚后或屏居青州期间明诚小出时为宜。陈祖美将之系于"屏居乡里十年"结束,赵明诚重返仕途之际,在理。

据李清照《金石录后序》及相关史料载,清照20岁(1103)时,赵明诚便开始或出仕、或经常出游访古,夫妻间多有离别之日。小别的烦恼,使她写下了早期的《怨王孙》(帝里春晚)、《一剪梅》、《醉花阴》等相思怀人的不朽词篇。从这些词不难发现,抒写的是己愁而非他怨,"才下眉头,却上心头""人似黄花瘦",可谓柔肠寸断、离愁难耐,却究竟不似此词中"多少事、欲说还休"、"休休! 这回去也,千万遍《阳关》,也则难留"这样痛之欲绝。

24岁时(1107),赵挺之被罢官并卒于汴京,赵家遭蔡京构陷,京城难住,是以是年秋,清照夫妇回青州屏居。李清照曾言"屏居乡里十年"(十为约数,实为十三四年),便是自此始而至于赵明诚之起知莱州(约为1121年)。其间,赵明诚虽也曾三访长清灵岩寺(1107、1109、1116)、五游仰天山(确记的有1108、1109、1111、1121)、两登泰山(1113),但毕竟仍属小出,因而李清照虽也有《念奴娇·春情》(萧条庭院)、《点绛唇》(寂寞深闺)等记叙离情别怨,但所怨者不过是"几点催花雨""种种恼人天气"罢了,非关乎人。

然而,在这首中,却似乎有了怨人之意。

这也难怪，因为明诚重仕，是李清照所没有想过的。屏居青州的日子，对于李清照夫妇来说，无疑是平静而又幸福的。这种平静和幸福，也许可以以"归来"二字体味之。回到青州，亦正如同回到"世外桃源"：新旧党争也好、罢官株连也罢，朝云暮雨、反复无常的官场、政事终于被抛得远远。不仅如此，更值得珍爱的"归来"是他们终于回归到自己的爱好和书斋生涯上来。赵明诚登名山、访古刹，遍搜文物古迹，李清照夫唱妇随："每获一书，即同共勘校，整集签题。得书、画、彝、鼎，亦摩玩舒卷，指摘疵病，夜尽一烛为率。故能纸札精致，字画完整，冠诸收书家。"（《金石录后序》）而且还不只如此，此前，倘或如研究者所言——赵明诚真有"天台之遇"、李清照实有"婕好之叹"的话，在这期间似乎也不复存在了，夫妻之间是非常恩爱、和谐的。这也就如清照自己的记载："余性偶强记，每饭罢，坐归来堂，烹茶，指堆积书史，言某事在某书、某卷、第几叶、第几行，以中否角胜负，为饮茶先后。中即举杯大笑，至茶倾覆怀中，反不得饮而起，甘心老是乡矣。"……

"甘心老是乡"，这显然既是李清照平生所愿，也是其平日所念。然而，李清照万万没有想过，赵明诚突又起知莱州，且返身宦海之意已决，不听劝阻。面对这样一次离别（实际情况则很可能是并未成别，因为李清照最终还是随丈夫一道赴任莱州了。此说可参阅下首"题解"），便不能不让李清照愁肠百结、多生怨艾了。这，或者也就是此词所以不同以前的理由吧。

或者也就是须将此词系于1121年、赵明诚赴任莱州之际的理由吧。

《凤凰台上忆吹箫》，词牌名，又名《忆吹箫》，此名取自弄玉与萧史的故事。传说在春秋时期，秦穆公的女儿弄玉结识了仙人萧史。萧善吹箫，箫声能引来白鹤、孔雀。萧史每日教弄玉吹箫，因而相爱成婚。秦穆公为他们建高楼而居。后来，萧史乘龙、弄玉乘凤，双双升天而去。他们的住处，人称凤楼或凤凰台。凤凰台遗址现在陕西宝鸡市东南。

香冷金猊，被翻红浪，起来慵自梳头。任宝奁尘满，日上帘钩。生怕离怀别苦，多少事，欲说还休。新来瘦，非干病酒，不是悲秋。　　休休！这回去也，千万遍《阳关》，也则难留。念武陵人远，烟锁秦楼。惟有楼前流水，应念我、终日凝眸。凝眸处，从今又添，一段新愁。

香冷金猊，被翻红浪，起来慵自梳头——狮形香炉里的香早已烧尽，香炉也冷了；躺在红绫被子里，辗转反侧，被子也被折腾得像红色的波浪般起伏翻卷。只好起床，起来，却又懒得去梳妆打扮。金猊：狮形金属香炉。猊，狻猊，古代传说中的一种狮形野兽。明·陆容《菽园杂记》卷二："金猊，其形似狮，性好火烟，故立于香炉盖上。"五代·花蕊夫人《宫词》："夜色楼台月数层，金猊烟穗绕觚棱。"被翻红浪：多解为红棉被未经折叠，堆在床上有如波浪起伏。惟靳极苍先生言："睡觉的人睡不安稳，辗转反侧，红绫被也因而像红色的波浪一样翻来翻去。'冷''翻'都是动词表动态……或把此句解为被没折好，那就是静态了，不妥。"解得好。慵自：懒得。慵，懒。自，于。

任宝奁尘满，日上帘钩——镜子好久没用了，上面落满了灰尘，也由它去吧，懒得去擦。就这样待着，直到阳光都到了帘钩的上面。宝奁：贵重的镜匣。

生怕离怀别苦，多少事、欲说还休——怕就怕为离别而愁苦，可偏偏总是要离别，有多少事想说，最终还是没说出口。生怕：最怕，极怕。为口语，现北方方言中仍用，意同"怕就怕"（如果说有怕的话，就只怕……）。宋·林逋《春阴》："苦怜燕子寒相并，生怕梨花晚不禁。"多少：偏义复词，很多。欲说还休：欲言又止。休，停止。

新来瘦，非干病酒，不是悲秋——新近又瘦了，但这跟总是醉酒没关系，也不是由于为秋而愁。新来：新近，近来。非干：不关。病酒：醉酒。饮酒沉醉如病。南唐·冯延巳《鹊踏枝》："日日花前常病酒，不辞镜里朱颜瘦。"悲秋：为秋之萧条冷落而悲伤。唐·杜甫《登高》："万里悲秋常作客，百年多病独登台。"

休休！这回去也，千万遍《阳关》，也则难留——罢罢，不说了，说也没用，知道这回你非去不可，我就是唱千万遍《阳关》，也难以把你留住。休休：乃绝望语，含有无计可施之意，同"罢了""算了"（不说了，说也没用）。阳关：原是地名，在今甘肃敦煌市西南。这里指《阳关曲》。唐·王维《送元二使安西》："劝君更尽一杯酒，西出阳关无故人。"后被谱入乐府，以为送别曲，人称《阳关曲》或《阳关三叠》。此处作劝阻亲人远行之意。则：语助词。

念武陵人远，烟锁秦楼——只是不敢想你远去之后，这居所，该是怎样的被重重雾霭笼罩，昏暗不明。武陵人：指代远行在外的丈夫。武陵：地名，今湖南常德市。武陵人典出晋·陶渊明《桃花源记》及南朝宋·刘义庆《幽明录》。陶文中误入桃花源的渔夫系武陵人。故后世诗文便多以武陵人指代去乡远游之人。后人又将桃花源事与《幽明录》中所述刘晨、阮肇的传说结合起来，作为情人怀远的爱情典故。《幽明录》载：东汉明帝永平五年，剡县人刘晨、阮肇同入天台山采药，路遇二仙女，留住半年。迨还，子孙已历七世。唐宋诗人将此与桃花源事合一而用。唐·王焕《惆怅诗》："晨肇重来路已迷，碧桃花谢武陵溪。"锁：封闭，这里是笼罩的意思。秦楼：

指秦穆公女弄玉与恋人萧史所居之楼。此处借指李清照夫妇之青州居所。

惟有楼前流水，应念我、终日凝眸——只有楼前的流水，该记着我，记着我整天在这里凭栏远眺。

凝眸处，从今又添，一段新愁——它知道，从今天起，这远眺之地，又添上了一段新愁。凝眸：目不转睛地注视。唐·李商隐《闻歌》："敛笑凝眸意欲歌，高云不动碧嵯峨。"

什么是大诗人？

大诗人是至少应该做到以下两点的诗人。

其一，他（她）的创作的总体水平远远超于一般诗人。

其二，他（她）能够不断地突破自己、超越自己，因而其创作生涯的总体曲线图是直达天庭的台阶，他的绝唱，是天籁之音；而在其创作的不同台阶上，都有可以称作丰碑的作品。

李清照无疑就是这样的大诗人。

对于李清照的生平和创作，史家论者多以"两期"划分，即以1127年南渡为界，将之分为北宋（或称南渡前）、南宋（或称南渡后）两个时期。这样的分期，无疑是"历史的"和笼统的，无法"文学地"厘清李清照创作的来龙去脉。

因而本书亦趋步陈祖美先生，试着就现存作品的系年、内涵以及呈现状态（也就是重视同期内作品的总体风貌，尤其是重视具有丰碑意义的作品在分期上的意义）进行了分期。

一、元符元年至崇宁五年（1098—1106）：汴京·待字闺中和新婚初年，亦即李清照15岁至23岁时期的创作。

二、大观元年至宣和三年（1107—1121）：青州·屏居乡里，亦即李清照24岁至38岁时期的创作。

三、宣和四年至建炎三年（1122—1129）：莱州、淄州、建康·明诚为仕及南渡初年，亦即李清照39岁至46岁时期的创作。

四、建炎四年至绍兴二十六年（1130—1156？）流寓江浙及临安辞归，亦即李清照47岁至73岁（？）时期的创作。

在这里，如果说《一剪梅》（红藕香残玉簟秋）即是其第一个时期创作的丰碑的话，那么，此首无疑是这一时期内具有丰碑意义的作品。

所谓丰碑意义，也就是说，它既是这一时期内同类题材作品之冠，也是自己这一创作阶段的集大成者；它不仅把自己本期创作的某些特点（如意象、语言、手法等)推到了极致,而且又对下期创作的某些特点或总体走向有所昭示。

而这一首,便如同分水岭一般,显示出了上述意义。

词的上片,可谓集"闺怨"词之大成:不仅在表现方式上集中展示了此前创作的突出特点,而且在人物塑造上,似也把一个慵懒的"思妇"形象写到了极致,以致此后再也不能重复。

而词之下片,则也至少在两个方面对此后的创作有所昭示:

其一,在创作中更多地运用日常口语,并使之出神入化而成"雅词""痴语"。(一如这首中的"多少事、欲说还休","休休!这回去也";一如清·王又华《古今词论》引张祖望之所评:'惟有楼前流水,应念我、终日凝眸。'痴语也。如巧匠运斤,毫无痕迹。")

其二,由刻画角色的或类型的人(如闺人、思妇),转而抒写生命个体本身——也就是词人自己,即"这一个"——抒发"这一个"的喜怒哀乐(下首《蝶恋花·晚止昌乐馆寄姊妹》,便是一个突出的案例,写词诉说对丈夫之外的人的深厚情感,这在此之前,是没有过的)。

诚然。自《诗经·卫风·伯兮》唱出"自伯之东,首如飞蓬。岂无膏沐,谁适为容"以后,"女为悦己者容"——这样一种在现实生活中存在着的思维定式或行为规范,便不仅成为诗词创作中的一个主题,而且也成了"闺人怀春"、"思妇怀人"类诗词创作的主要表现手段或表情模式。于是,"闺人怀春"之什,总要写"闺人"是怎样为"悦己者"而"容";"思妇怀人"之篇,则总要写因"悦己者"(恋人或丈夫)不在身边,"思妇"是如何如何地不"容"——

小山重叠金明灭,鬓云欲度香腮雪。懒起画娥眉,弄妆梳洗迟。(唐·温庭筠《菩萨蛮》)

日上花梢,莺穿柳带,犹压香衾卧。暖酥消,腻云𩑺,终日厌厌倦梳裹。(宋·柳永《定风波》)

——两个名家,一个套路,那就是写思妇之不"容"、之"慵懒":懒得起床,不愿化妆。

李清照这一首,显然也没有走出这个套路,她的"集大成",则是把这个套路推到了极致,一口气写了六个"慵懒"——"香冷金猊",懒得续香;"被翻红浪",懒得起床;起床之后,"慵自梳头";"宝奁尘满",懒得拂拭;"日上帘钩",懒得动弹;心事很多,懒得再说……试想,慵懒至此,几近写尽,谁还能再去这样写呢?

所以, 李清照自己也不能再写了。

此首的抒情主人公形象, 于是也就成了李清照笔下的最后一个"思妇"。

蝶恋花
晚止昌乐馆寄姊妹

题解

此首最早见于宋·曾慥《乐府雅词》卷下, 无题; 元·刘应季《新编事文类聚翰墨全书》, 题作《晚止昌乐馆寄姊妹》, 无撰人姓氏(前首为无撰人《踏莎行·寄妹》词, 再前有署名延安夫人之《临江仙·立春寄季顺妹》一词); 田艺衡《诗女史》、清·周铭《林下词选》、《阳关三叠》等以为延安夫人作, 并题作《暂止昌乐馆寄姊妹》, 明·郦琥《彤管遗编》等亦作延安夫人词, 题作《寄姊妹》。王仲闻《李清照集校注》云: "此首既见于宋·曾慥《乐府雅词》, 题李易安作, 而曾慥又与易安同时, 必无错误。《诗女史》等以为延安夫人作, 皆非。"又云: "《翰墨全书》作无名氏, 疑误夺李易安姓名。此首殆为宣和三年辛丑八月间清照相馆由青州至莱州途中宿昌乐寄姊妹所作。按地理图, 由青至莱, 须经昌乐……《翰墨全书》所题《暂止昌乐馆寄姊妹》(按: 暂应为晚, 或为笔误, 或为印刷错误), 恐为原题。"是以王本中题作《晚止昌乐馆寄姊妹》, 兹从之。

这是李清照词中少有的、标明了是写给谁(虽然没说明姊妹的实指)的一首词。有论者言"李清照婚后之词, 首首有丈夫", 曾信。然至此首却没有了, 解释可能会有很多, 但可圆之说中, 必有这样一种: 即当时李清照和丈夫是在一起的。也就是说, 她是随丈夫一起到莱州赴任的。

于中航《赵明诚题名和乡居青州考》文中曾云:

自宣和三年下半年起, 有关明诚守郡的记载有:

1. 李清照《感怀诗序》"宣和辛丑八月十日到莱, 独坐一室内, 平生所见, 皆不在目前。几上有《礼韵》, 因信手开之, 约以所开为韵作诗, 偶得子字"(《彤管遗编》)。

2.《金石录》卷二八(唐富平尉颜乔卿碣)跋中有云: "宣和癸卯(五年)中秋, 在东莱重易装标。"

……

就清照《感怀诗序》所说, 宣和三年八月十日清照到莱, "平生所见, 皆不在目前", 是明诚到任未久的情景。

而在《李清照柳絮泉故宅说质疑中》, 中航先生则更明确表述云:"《后序》后面说：'因忆侯在东莱静冶堂，装卷初就，芸签缥带……' 这些材料充分证明，明诚曾守莱州，而清照随夫居于任所。另外，益都仰天山，有赵明诚宣和三年四月的两处题名，其出守莱州当在宣和三年四月以后，或即是年八月。"

又：黄盛璋《李清照事迹考辨》亦在分析《感怀诗序》及诗中之句"寒窗败几无书史"后云："因为明诚是初上任，前任卸任必然把一切都搬走，所以住的地方显得四壁萧然，寒窗败几以外，略无陈设。""据诗意，清照应该是随明诚同往。"

两位先生所言极是，故在此依李清照夫妇同往解评之。

泪湿罗衣脂粉满，四叠《阳关》，唱到千千遍。人道山长山又断，萧萧微雨闻孤馆。　　惜别伤离方寸乱，忘了临行，酒盏深和浅，好把音书凭过雁，东莱不似蓬莱远。

泪湿罗衣脂粉满，四叠《阳关》，唱到千千遍——眼泪和着脂粉沾湿了衣裳，反复地唱着《阳关》，唱了有一万遍。罗衣：质地轻软、布纹呈眼纹状的衣服，也泛指丝绸衣服。罗，丝织品，质地轻而薄。阳关：唐·王维《送元二使安西》："劝君更尽一杯酒，西出阳关无故人。"唐代盛唱此曲，名《阳关》，又名《渭城》，后人以此为离别之曲。《阳关》曲在尾句演唱时需重复三遍，故称《阳关三叠》。宋·苏轼《论三叠歌法》云："若通一首言之，又是四叠。"意谓全诗唱完一遍后，尾句再重复叠唱三遍，故为四叠。极言离别之不忍。

人道山长山又断，萧萧微雨闻孤馆——人们说青山绵长，青山却隔断了自己和姐妹。如今在这孤寂的驿馆里，听着细细的雨声，真有凄清之感。人道：人们说。断：隔断，隔绝。宋·苏轼《大风留金山两日》："塔上一铃独自语，明日颠风当断渡。"萧萧：雨声。唐·徐凝《八月望夕雨》："今年八月十五夜，寒雨萧萧不可闻。"孤馆：孤寂的馆驿、客店。

惜别伤离方寸乱，忘了临行，酒盏深和浅——惜别伤离，心乱如麻，临行的时候举杯一饮而尽，竟忘了看看酒杯是深是浅。方寸：指心，也称方寸地。这里是心绪的意思。方寸乱，心绪紊乱。酒盏：小酒杯。

好把音书凭过雁，东莱不似蓬莱远——好在可以把书信托付给过往的大雁，莱州并不像蓬莱那般遥远。音书：书信。凭：倚仗，这里是托付的意思。过雁：天空飞过的鸿雁。东莱：即莱州，今山东省莱州市，时赵明诚守地。蓬莱：传说中海上三神山之一，此处指神仙所居的渺茫遥远之地。

前首已谈及：李清照本是想着要老在青州的（"甘心老是乡"），她没有想过，赵明诚突又起知莱州，这不能不令李清照愁肠百结，因为宦海浮沉，翻云覆雨，这对李清照来说，真可谓是深受其害了。于是就劝丈夫，可偏偏赵明诚返身宦海之意已决，不听劝阻，以致让李清照不得不说"休休，这回去也……"这很像是两口子吵架时所说的话。或者二人也真的吵了，只是李清照最终还是没拗过丈夫，不仅劝阻未成，而且最终跟着丈夫离开了她一生中最为怀念的青州，到莱州赴任了。

一个人的一生，不可能有多少"黄金岁月"，对于李清照而言，似乎也只有"新婚前后"和"屏居青州"为其"黄金岁月"了。然而，这一切眨眼间就都要远去了。这或者也就是她说"多少事，欲说还休"，"新来瘦，非干病酒，不是悲秋"的根本原因（《凤凰台上忆吹箫》），也就是这首词为什么会说"泪湿罗衣脂粉满"、"人道山长山又断"、"惜别伤离方寸乱"的原因吧。

陈祖美先生在解读此词时曾云：

> 关于李清照的生平和创作，以往被分为前后二期。历来认为她前期生活美满、婚姻幸福。"诸书皆曰与夫同志，故相亲相爱之极"（郎瑛语）。这虽然几成共识，但却不完全符合实际。依照二期说，此首无疑是前期所作。此时作者只有三十八岁，离"靖康之变"还有五年，离丈夫逝世还有整整八年。词的内容非伉俪暌违，倒是夫妻即将相见，而且是她自己主动前往，按说届时她应该喜形于色才是，词的基调反倒如此悲苦，这是发人深思的。
>
> 不妨设身处地地想一想，一个即将与最亲密、最想念的人团聚的多情女子，在告别姊妹（并非亲生）时，难免伤感或流泪，此系人之常情。而李清照却痛苦到泪如泉涌，以致冲掉脸上的脂粉，污染了衣衫。走到半路，心情更加沉重，以至把未来的希望仍然寄托在"姊妹"身上。这难道不是隐喻着对丈夫的怀疑或失望？本来青州到莱州的实际空间，谈不上那么山高水长。词中所云"人道山长山又断"，当是喻指她与丈夫的心理空间，是一种前程未卜的揪心。眼下又离情同手足的"姊妹"愈来愈远，前不着村后不着店，孤馆闻雨，凄苦无似！这当是上片的词旨所在。
>
> 下片写她临行时乱了方寸，以至忘了喝了多少酒。这其中亦当别有寓意，即她虽然身在离筵，心却悬挂着——自己即使到了丈夫身边，倘若他把我视为不受欢迎的人，该如何是好！心里藏着这样的难言之隐，其方寸如何不乱？看来在这里，词人是有意以离情来掩盖怨情。（《李清照诗词文选评》）

李清照写此词的苦心，除了以山高水长之意喻指心理距离以外，结拍的"好把音书凭过雁，东莱不似蓬莱远"二句中，恐怕也隐含着她的一段心事。此二句尽管字面可以意译为："姐妹们别忘了给我写信，莱州不像蓬莱那样远。"但其深层语义却要委婉丰富得多，可否这样理解：对姐妹们的雁书，词人看得很珍贵，她绝不会像她们那个"武陵人"的姐（妹）夫那样，词人给他写了那么多的信，竟如石沉大海，只字不回。原因是他置身"蓬莱"，向往的是"武陵源"，哪里还把"老婆"放在心上！假如他仍然冷遇她，那么她到"东莱"后的唯一希望和安慰，就是收到姐妹们的信函。（《李清照词新释辑评》）

祖美先生的这些话，让我有"对话"的欲望（其实她的许多解评都是这样），因为她是李清照研究专家（本身任"李清照辛弃疾学会"副会长），在包括把李清照生平创作由"二期"改为三期，等等研究上都极有见地，让我受益匪浅。然而，在读过能找到的先生的著述后，却也十分清楚地感到了一点，即：也许是先生对自己"婕妤之叹"、"'萧史'成了'武陵人'"的发现太重视了，因而每每将对作品的解读扯到这上面来，以致让晚辈大有"障目"之感。

就说这首，也许真的不是祖美先生所理解的那样，因为李清照是同丈夫一起赴莱，因而不存在"喜形于色"的问题；此"词的基调反倒如此悲苦"，以致"痛苦到泪如泉涌"，只是因为她敏感地意识到自己人生的"黄金岁月"就要过去，而且以后很可能不再有了；她说"人道山长山又断"，也许只是说她原本是想要老死青州的（终其一生自然可以说是长），但现在"断"了，不可能了。她"把未来的希望仍然寄托在'姊妹'身上"，并言"她到'东莱'后的唯一希望和安慰，就是收到姐妹们的信函"，也许只是因为这些身在青州的姐妹就是青州的象征，她不愿失去青州的记忆、不愿割断和青州相连的"血脉"……

以上或可作解评，或可用文雅点的话叫和祖美先生商榷，用现在流行的网络语言说叫"拍砖"吧。

<h1 style="text-align:center">殢人娇</h1>
后亭梅花开有感

此首《花草粹编》卷七题作"后亭梅花开有感"，作李清照词；《历代诗馀》、四印斋刊本《漱玉词》及赵万里《宋金元人词·漱玉词》俱收之。赵本案云："《梅苑》九引上阕，不注撰人。《花草粹编》题作李词者，其所据《梅苑》，殆较今本为善故也。兹并校之。"

王仲闻《李清照集校注》列为"存疑之作"，云："按旧本《梅苑》，今不可见。

传本《梅苑》既不注撰人姓名,或《花草粹编》误题清照姓名,亦不可知。只能存疑。"徐培均《李清照集注》就此案云:"王系揣测之辞,应从赵说作李词。又《梅苑》成书于建炎三年(1129),其收李词当可信,不可因今人不见原刻本而妄加否定。"所言是。

靳极苍老曾提出——

> 《李清照集校注》中的存疑部分,有些还是可以归之清照所作的。于此,定一原则,凡是词所表现的生活、思想、情感和词的风格,可归之清照者,俱归之清照。这样在清照词严重遗失的情况下,也该是合于要求的吧。

——尤其是。因而这里尊靳先生之意,而不从其将此首归"存疑"之为:仍依徐说,不作存疑。

黄墨谷《重辑李清照集》将此词系于"大观二年屏居乡里至南渡以前之作",就此,徐培均又言:"可备一说。然词云'江楼楚馆',为江南建筑物之美称。此词当为建炎二年(1128)春日,清照抵江宁未久时作。至三年二月,明诚罢守江宁,清照不可能有此心情矣。'后亭'当指江宁郡斋后院。"

或者正是徐先生的"心情"说引发了我的思考吧,深感系年于建炎二年(1128)之不妥。

宋钦宗靖康二年(也就是建炎元年)三月,赵明诚由淄州奔母丧至江宁(今江苏南京)。三四个月内金人先后俘徽宗赵佶、钦宗赵桓北去,北宋亡。五月,宋徽宗第九子康王赵构(即高宗)即位于南京(今河南商丘)应天府,改元建炎,史称南宋。此后不久,高宗政权便丢弃北方的大片国土一路南逃,十月至扬州。十二月青州兵变,李清照载书十五车离青州南渡。不料"屋漏偏遭连阴雨",在镇江又遇盗(即张遇)掠,一路坎坷,建炎二年春方抵江宁。

李清照亦在《金石录后序》谈及这段历史:

> 至靖康丙午岁,侯守淄川,闻金寇犯京师,四顾茫然,盈箱溢箧,且恋恋,且怅怅,知其必不为己物矣。建炎丁未春三月,奔太夫人丧南来。既长物不能尽载,乃先去书之重大印本者,又去画之多幅者,又去古器之无款识者。后又去书之监本者,画之平常者,器之重大者。凡屡减去,尚载书十五车。至东海,连舻渡淮,又渡江,至建康。青州故第,尚锁书册什物,用屋十馀间,期明年春再具舟载之。十二月,金人陷青州,凡所谓十馀屋者,已皆为煨烬矣。

如此遭际,又是青州兵变,又是镇江遇盗,李清照可谓是死里逃生,因而到达江宁时,必犹惊魂未定,绝无可能见到"后庭梅开",便有"心情"与南来的"赵、李亲族""歌与共"（徐培均先生释"坐上客来"句时云："赵、李亲族多南来，明诚时又知江宁，故来客较多"）。

况且，就此词内容来看，也似怀人而非思乡。是以窃以为还是放在南渡前为宜，或可系年于建炎元年(1127)三月赵明诚江宁奔丧不久？此时，李清照尚在淄州府衙，时梅已渐谢，而北宋亦近亡国之日。

暂依此解。待证。

　　玉瘦香浓，檀深雪散，今年恨、探梅又晚。江楼楚馆，云闲水远。清昼永，凭阑翠帘低卷。　　坐上客来，尊前酒满，歌声共、水流云断。南枝可插，更须频剪。莫直待、西楼数声羌管。

玉瘦香浓，檀深雪散，今年恨、探梅又晚——白梅花已然萎谢，但浓烈的香味依然；最先开花的檀香梅，其花已如消融的雪花一般，不复再见。今年的遗憾和往年一样，赏梅又晚了。玉瘦：形容白梅开始萎谢。宋·陈亮《梅花》："疏影横玉瘦，小萼点珠光。"檀深雪散：注评者多解为：积雪渐渐消融，露出深檀色的梅枝。然徐培均所解似更贴切——"檀深：指檀香梅。宋·范成大《范村梅谱》：'(腊梅)凡三种……最先开，色深黄，如紫檀，花密香汝，名檀香梅。此品最佳。'"唯其"最先开"，是以在白梅萎谢之际，檀香梅之花已如冰雪尽融，不复见也。恨：遗憾。唐·刘禹锡《三阁词》："不应有恨事，娇甚却成愁。"探梅：即赏梅。探：探看，察看。宋·杨万里诗："城中忙失探梅期，初见僧窗一两枝。"

江楼楚馆，云闲水远——身处江楼楚馆，云自飘忽、水自流远，而你我二人就像这云、水一般漂流在外，距离又是那样遥远。江楼：即江边之楼。唐·岑参诗："归心望海日，乡梦登江楼。"楚馆：即指楚地之馆。宋·赵抃《和戴天使重阳前一夕宿长沙驿》第二首："楚馆夜衾凉，离人念故乡。"词人在这里以江楼楚馆代指丈夫身在江宁，而自己又独在淄州。云闲水远：云彩悠闲，流水绵长。意指夫妇间相隔十分遥远，而且都是漂流在外，就像悠悠的白云和长长的流水一样。闲，安静，悠闲。唐·李白《独坐敬亭山》："众鸟高飞尽，孤云独去闲。"

清昼永，凭阑翠帘低卷——冷清的白昼是如此漫长，想凭栏远望，偏偏帘子又没卷起来，挡住了视线。清昼永：清闲的白天显得很漫长。清，闲暇。宋·王安石《太湖恬亭》："清游始觉心无累，静处谁知世有机？"永：长。凭阑：倚楼栏远望。凭，倚，靠。阑，即栏，栏杆。古代诗人在表现女子怀念远人时，常以凭栏远望代之。南唐·李煜《浪淘沙》："独自莫凭阑，无限江山。"翠帘低卷：或喻不能高卷，因为帘子之外，已是乱世。事实正是如此，金兵是于靖康元年(1126)正月进犯京师的。同年十一月二十六日，赵明诚姨兄谢克家曾为请命使赴金军议和。但不过三月，金人便俘徽宗北去(靖康二年三月)。这也正是赵明诚江宁奔丧之月。

坐上客来，尊前酒满，歌声共、水流云断——想起了当年，宾客满座，一边饮酒，一边和歌，歌声仿佛随江水漂流、浮云漫游，直到云水交接之地。坐：席，席位，今作"座"。尊：同"樽"，酒杯，酒器。水流云断：指歌声似乎随江水漂流，随浮云漫游，直到云水交接的地方。

南枝可插，更须频剪——现在的情况是，向阳的梅花开得尚好，犹可插戴；但更需要及时地去摘剪。南枝可插：向阳的梅花开得尚好，可摘下来插在头上。南枝，梅树南向的花枝，由于朝阳，比北枝先开花。《佩文韵府》引无名氏诗："南枝向暖北枝寒，一种春风有两般。"插，将花插戴在头上。宋·欧阳修《洛阳风俗记》："洛阳之俗，大抵好花。春时城中无贵贱者，皆插花，虽负担者，亦然。"

莫直待、西楼数声羌管——却莫等到在西楼上听到《梅花落》的笛曲时再去采摘，到那时，可能已是满地残花了。西楼：指词人的居所。唐·李益《写情》："从此无心爱良夜，任他明月下西楼。"羌管：即羌笛。因原出羌族故名羌笛。笛曲有《梅花落》，故咏梅联及羌笛，或有韶华易逝之意，或更是暗喻好景不再，北宋局势岌岌可危，呼唤丈夫赶快回来。

前已说到，李清照喜梅，以致写梅之词几占存词五分之一。此前咏及梅花，或是"雪里已知春信至，寒梅点缀琼枝腻，香脸半开娇旖旎……此花不与群花比"(《渔家傲》)；或是"不知酝藉几多香，但见包藏无限意"(《玉楼春》)；或是"柳眼梅腮，已觉春心动"(《蝶恋花》)……虽也多为咏物怀人，甚至也有过"要来小酌便来休，未必明朝风不起"之句，但梅之作为意象却是饱满的，既不似此首起句便说"玉瘦"，又不含类似于此首中的"探梅又晚""更须频剪"，尤其是"数声羌管"之憾、之悲。

个中原因，或者正是因为金兵进犯，李清照因之而"四顾茫然"，知中原国土就如"盈箱溢箧，且恋恋，且怅怅，知其必不为己物矣"。况且还有离人，因而此词亦就与此前怀人之作殊异：还是儿女情长，但情长之中又增家国之念，怀人怀国，实为一体。

〔存疑〕生查子

此首原载《历代诗馀》卷四，《汇选历代名贤词府全集》、《古今名媛汇诗》、《绣谷春容》《名媛玑囊》《古今女史》等录之并均题作《闺情》。明·杨金本《草堂诗馀》、清·周铭《林下词选》《三李词》等并作李清照词；而元·杨朝英《乐府新编阳春白雪》、清·朱彝尊《词综》、金绳武《花草粹编》、陈廷焯《白雨斋词话》等均作朱淑真词；明·杨慎《词林万选》、陈耀文《花草粹编》、彭氏知圣道斋所藏汲古阁未刻词本《樵歌拾遗》等则作朱敦儒希真词。

王仲闻《李清照集校注》列入"存疑之作"，徐培均《李清照集笺注》列"存疑辩证"并案云：上海古籍出版社1998年版邓子勉《樵歌》校注，以四印斋所刻词本为底本，校以天一阁《唐宋名贤百家词》本等多种，并广搜宋、明、清、近现代多种选本，皆未见其词，可证非朱敦儒作。此为朱淑真词或李清照词，疑不能明。

朱、李之词，确多有相通处，分辨似难，故亦权依王、徐，将此首暂列存疑。此其一。

其二，如属李清照词，则当以南渡前所作为宜。

细读李清照词则不难发现：在《殢人娇·后亭梅花开有感》之前，词写怀人是很少用到类乎"楚楼江馆"、"江南"、"楚云"的"江"、"楚"之词的。此前，已将《殢人娇》厘定于建炎元年(1127)三月赵明诚江宁奔丧不久所作；此首创作时间或与之大致相同？时李清照尚在淄州府衙，而赵明诚则身居江宁。后不久，李清照方到青州并由青州载书南渡。姑且依此系之。

年年玉镜台，梅蕊宫妆困。今岁未还家，怕见江南信。
酒从别后疏，泪向愁中尽。遥想楚云深，人远天涯近。
· · · · · · · · · · · · ·

年年玉镜台，梅蕊宫妆困——年复一年，对着这玉制的镜台；现在，对镜梳妆，却成了令人厌倦的事。玉镜台：玉制的镜台，这里暗含定情信物之意。据《世说新语·假谲》："温公(峤)丧妇，从姑刘氏家值乱离散，惟有一女，甚是姿慧。姑以属公觅婚。公密有自婚意，答云：'佳婿难得，但如峤比，云何？'姑云：'丧败之馀，乞粗存活，便足慰吾馀年，何敢希汝比。'却后少日，公报姑云：'已觅得婚处，门第粗可，婿身名宦，尽不减峤。'因下玉镜台一枚。姑大喜。既婚，交礼，女以手披纱扇，抚掌大笑曰：'我固疑是老奴，果如所卜。'"唐·李白《送族弟凝之滁求婚崔氏》："玉台挂宝镜，持此意如何？"梅蕊：即梅花妆。传说南朝宋武帝之女寿阳公主于人日(正月初七)卧含章殿檐下，有梅花飘着其额，成五出之花，时人因仿之为梅花妆。宋·欧阳修《诉衷情·眉意》："清晨帘幕卷轻霜，呵手试梅妆。"宫妆：宫中女子的装束。唐·高适《听张立本女吟》："危冠广袖楚宫妆，独步闲庭逐夜凉。"困：

疲倦,精力不济。唐·白居易《卖炭翁》:"牛困人饥日已高,市南门外泥中歇。"这里言"困",是指懒于梳妆,类乎《凤凰台上忆吹箫》中"起来慵自梳头"之意。

今岁未还家,怕见江南信——今岁又启,可思念的人仍未还家;是以自己都怕见梅花了,怕睹花怀旧,愁情更甚。未还家:一作"不归来"。江南信:注者多解为来自江南的信。然徐培均解为:"此以'江南信'指代梅花,谓征人未归,怕见梅花,因其易于触动离愁也。"甚好甚是。《荆州记》载:"陆凯与范晔善,自江南寄梅花诣长安与晔,并赠诗曰:'折梅逢驿使,寄与陇头人。江南无所有,聊赠一枝春。'"

酒从别后疏,泪向愁中尽——自从别后,酒便喝得少了,可是泪水却在愁思中流尽。疏:稀,此处可作"少"解。宋·秦观《千秋岁》:"飘零疏酒盏,离别宽衣带。"

遥想楚云深,人远天涯近——想起思念的人所在的江南楚地,遥远且又云遮雾罩;世人都以天涯谓远,可我却觉得人比天涯远,天涯比人近。楚云:楚地的云天,指代江南地区。

词写思妇怀人、相见无期的愁情。起句用晋·温峤与其姑母之女订婚之典,点明了思妇怀夫的主题;又借"梅花妆"典,写倦于梳妆,从而表现了女主人公精神不振、郁郁寡欢的情境。接着,词人便以"今岁未还家,怕见江南信"二句结束上片,既说明了愁闷之因、思念之重——年年盼夫归,今岁犹未还——又再现了思妇内心的重重矛盾:愿梅开,又"怕见"梅花(当然也可解为因于久别,本该盼信,我却"怕"来信);何以"怕见"?词人却又不说,而让读者自己去体会:或是怕见花忆旧,更动思情离愁(或是怕"信"言不归,或是丈夫该归未归,如有信来,怕多是发生意外之事)吧。

词之下片,叙别后愁苦之状、相思之烈:酒疏泪尽,本已说透无可排遣之念;而"遥想楚云深,人远天涯近",则更以神来之笔再掀波澜,写尽了情之深、意之长、望之切、体悟之独一无二。以致许多年后,元·王实甫在《西厢记》第二本第一折《混江龙》中犹引用此首结句云:"系春心,情短柳丝长;隔花阴,人远天涯近。"

菩萨蛮

此首原载《乐府雅词》卷下。从词的内容、情调及风格上看,可能是南渡以后的作品。徐培均云:"此为怀乡之词,应作于流寓杭州期间,意虽沉痛而笔致轻灵,盖赵明诚辞世已数年。于谱称绍兴二年(1132)春,清照赴杭,词盖作于此后数年。"

似不妥。因就词之内容看，只有怀乡之情，而无悼亡之意，因而与其说"赵明诚辞世已数年"，倒不如说他尚未去世。

或如陈祖美云："这虽然是南渡以后的作品，但从中却读不出泉路相隔或悼亡之意。又因词人离开故乡南渡，首先抵达的是江宁(后改称建康)，李清照居江宁只有一年多，那么此词当作于赵明诚罢离江宁之前。赵于宋建炎三年(1129)二月被罢，三月迁离。这段时间即可作为李清照此类词写作的下限。"在理。

据王仲闻《李清照事迹年表》考：李清照抵江宁时，必在建炎二年(1128)正二月之交。从上年冬十二月载书十五车南渡抵江宁，虽一路坎坷如同噩梦，但到了丈夫身边，虽不至于惊魂尽定，但心情有所放松却也是必然。加之不日亦正是换冬装而着"夹衫"的节令，因而说"心情好"当不是为词之起伏所造之语，而是当时李清照真实的情况。结合不久的"上巳节如亲族"(三月初三)也不难得出这样的结论，李清照初到江宁的那些日子，心情其实是非常矛盾的。有时"好"，有时"恶"："好"是好在同丈夫及亲友团聚，"恶"即恶在忧国思乡之际。这其实也正是我们理解此首及同期其他作品的钥匙。

是以窃以为，此首当作于建炎二年(1128)春二三月。

风柔日薄春犹早，夹衫乍著心情好。睡起觉微寒，梅花鬓上残。　　故乡何处是？忘了除非醉。沉水卧时烧，香消酒未消。

风柔日薄春犹早，夹衫乍著心情好——风和日暖的早春，刚刚褪去冬装、换上夹衫的时候，心情是好的。风柔：指柔和温暖的春风。日薄：指温暖和煦的阳光。宋·黄机《传言玉女》："日薄风柔，池面欲平还皱。"乍著：刚刚穿上。著，通"着"。

睡起觉微寒，梅花鬓上残——可是今晨一觉醒来，却感到微有寒意，头上插着的梅花也被压坏了。梅花：指插于鬓上之梅；亦有解为"梅花妆"，即梅花头饰。据唐·韩鄂《岁华纪丽》载，相传南朝宋武帝之女寿阳公主，人日(正月初七)睡于含章殿檐下，梅花落额上，成五出之花，拂之不去。此后，女子便仿之饰梅花妆(亦称寿阳妆)。

故乡何处是？忘了除非醉——我的故乡在哪里呀？想把它忘了，除非是喝醉。除非：只有。

沉水卧时烧，香消酒未消——沉水香是躺下时点上的，如今已然烧完，可昨夜的酒意却依然未消。沉水：即沉香，一种名贵熏香料。酒未消：或不是不能消，只是词人"但愿沉醉不愿醒"而已。

词写对于故乡的深切怀念，却从"心情好"说起，淡墨轻泼，可谓出手不凡，极见功力。

上片以"喜"起句，写早春给人带来欢欣："风柔日薄"，"夹衫乍著"，心情怡然，但这种怡然却又转瞬即逝。因为"睡起觉微寒，梅花鬓上残"。这两句其实互为因果，说"觉微寒"，是因为看到了鬓上梅残，正因为看到了鬓上的梅花，才不由得想起了有着"插花"风俗的故乡——宋·欧阳修《洛阳风俗记》："洛阳之俗，大抵好花。春时城中无贵贱者，皆插花，虽负担者，亦然。"宋·张端义《贵耳集》："李清照南渡以来，常怀京洛旧事。"显然，"京洛"之对于李清照，实际上也就是故土故国——想起了故乡故国，所以心就"寒"了、"悲"就来了。

于是词的下片写"悲"。"故乡何处是？忘了除非醉"，突如其来的喟叹，震撼人心，让人深感国破家亡之痛痛彻心脾、力透纸背。

由睡起觉凉意，到心为故乡碎，其间跨度显然极大，因而词人所思所想肯定很多——当然至少是有如上所说的对"京洛旧事"的怀想——可是词人却有意将这一切都略去了，只是将它们化入过片的间隙中，这不仅使词的容量得以扩展并达到情感与节奏的大起大落，而且让词人复杂难解的情结和激动不安的灵魂得以凸现，令"故乡何处是"的悲叹更加有力，更加震撼人心。

蝶恋花
上巳召亲族

此词元刻初印本《翰墨大全》及清·沈辰垣等编《历代诗馀》调下无题，明·陈耀文《花草粹编》题作"上巳召亲族"（赵万里《宋金元人词·漱玉词》及王仲闻《李清照集校注》同此）。

题中"上巳"指上巳节，秦汉时，以阴历三月上旬巳日为"上巳"，魏晋以后改为农历三月三日。在这一天有修禊的习俗，即召宴亲族，临水插花，被除不祥。词中所叙，即是李清照在上巳节召宴亲族之事。

词中写到"梦中长安"，当是代指北宋京城汴京；所以言"梦中"，则说明此时汴京已为"故都"，是以此词当写于南渡之后。

李清照是于建炎元年冬南下、二年春抵达江宁的。当时，赵明诚为江宁守，但建炎三年二月便被罢，移知湖州。唯此，此词当作于建炎二年三月"上巳"。

永夜厌厌欢意少,空梦长安,认取长安道。为报今年春色好,
花光月影宜相照。　　随意杯盘虽草草,酒美梅酸,恰称人怀抱。
醉莫插花花莫笑,可怜春似人将老。

永夜厌厌欢意少,空梦长安,认取长安道——夜太长了,昏暗不明,让人厌倦
不已,睡梦中回到故国都城,每一条街道都是那么熟悉,醒来后才知是一场空喜。
永夜:长夜。唐·郎士元《宿杜判官江楼》:"故人江楼月,永夜千里心。"厌厌:本
指光线微弱,《汉书·李寻传》:"列星皆失色,厌厌如灭。"这里引申为精神萎靡的
样子。一作"恹恹"。空梦:使人空欢喜的梦。空,徒然。长安:即汉唐旧都(在今
西安市),宋人多借指北宋京城汴京(今开封市),此同。宋·辛弃疾《菩萨蛮·书江
西造口壁》:"西北望长安,可怜无数山。"认取:记得,熟悉。认,动词,犹"记"。取:
语助词,相当于"得"、"着"。

为报今年春色好,花光月影宜相照——为了不辜负今年这美好的春色,应当
去赏花赏月。报:告知,答谢。唐·李贺《秦王饮酒》:"宫门掌事报一更。"花光:
花的光彩。宜:相称,合适。宋·苏轼《饮湖上初晴后雨》:"欲把西湖比西子,淡
妆浓抹总相宜。"

随意杯盘虽草草,酒美梅酸,恰称人怀抱——酒席虽简单,但很合口味。家常
便宴虽然简单,但酒味很美,梅子甜酸,正好和人的心境相合。杯盘:指代酒宴。
草草:简单,即言不丰盛。宋·王安石《示长安君》:"草草杯盘供笑语,昏昏灯火
话平生。"梅酸:古代以梅的果实酸果(即酸梅子)作菜肴的调味品,故这里的"梅酸"
指代菜肴可口。《尚书·说命》下:"若作和羹,尔唯盐梅。"亦另有说宴中用梅,可
以解酒。《本草·果部三品》:"梅实,味酸平,主下气,除热烦满,安心。"称:合适。
怀抱:心意。

醉莫插花花莫笑,可怜春似人将老——喝醉了酒,且不要往头上插花,但若是
插了,花也不要笑话;可惜梅还像以前的梅一样,人却老了。插花:簪花。唐宋时
风俗,宴会佳节,男女皆戴花。宋·苏轼《吉祥寺赏牡丹》:"人老簪花不自羞,花
应羞上老人头。"李清照在此句中反其意而用之。可怜:可惜。唐·韩愈《石榴》:"可
怜此地无车马,颠倒青苔落绛英。"春:指代花,李清照词中多次以"春"代"梅"。
如"小阁藏春"。此句似暗用唐·刘希夷《代悲白头翁》诗句之意:"年年岁岁花相
似,岁岁年年人不同。"

李清照曾批评晏几道"苦无铺叙",既说明她看重词的"铺叙",也说明她对自己的"铺叙"本领是自信的。以往论者,总以为李清照现今存词不到五十首,其中大部分又是小令,自无可铺叙的空间,因而展示其铺叙才能的作品,只是那些篇幅稍长的慢词,譬如《满庭芳》(小阁藏春)、《多丽·咏白菊》(小楼寒)、《声声慢》(寻寻觅觅)、《庆清朝》(禁幄低张)、《凤凰台上忆吹箫》(香冷金猊),等等,这显然是一种误解。

其实李清照的许多小令,同样也是十分讲究铺叙的。

此首六十字令词《蝶恋花》,便写意绵密细致、层层深入,抒情委婉曲折、笔意浑成,起合舒卷自如,运斤成风,极具长调铺叙的气势——

词一开始,便先铺开"永夜",继而则就此展开叙述:永夜厌厌、人少欢意、梦回长安,醒来却是空喜;于是便想,春色是无辜的,且这样美好,该赏花望月才是……

这便是词之上片,写所在、所感、所梦、所思,可谓绵密细致,婉转曲折;虚实相生,相辅相成。

词的下片,则铺叙家宴情景:杯盘、酒、梅、人、花,以至最终发出花似人老的感喟……所铺所叙,可谓物衬人意,人与物化,用语清新流畅,叙述跌宕有致。

曾有论者云:此词写"眼前景,口头语",看来似乎一目了然,但认真推究,却含有深沉的家国之思。词不长,但采用了多种艺术手法。大将杰才"不示人以璞",又不见运斤操斧,妙哉!(刘瑜《李清照全词》)

极是。

青玉案

此词汲古阁未刻本《漱玉词》有录,明·胡桂芳《类编草堂诗馀》题作《春日怀旧》,并题为欧阳修作,但欧阳修集中未收。杨金本《草堂诗馀》题作《春情》。另有《花草粹编》、《历代诗馀》、《词综》等亦均作欧阳修词。

王仲闻《李清照集校注》将之归入"存疑之作"并云:"此首或为无名氏词,《类编草堂诗馀》误以为欧阳修作……唐圭璋《全宋词》(初版本),咸承其误。"

徐培均《李清照集笺注》则归李清照作,云:大观元年(1107)秋,赵明诚、李清照夫妇屏居青州乡里。歇拍云:"相思难表,梦魂无据,惟有归来是。"当已回至青州。词云"买花载酒长安市,又争似家山见桃李",谓在京做官,不如在青州屏居可赏春光。据此,词当作于大观二年二三月初也。

同是以词意而系年，靳极苍《李煜李清照词详解》则云：

> 据词中"买花载酒长安市"，则主人公所在地当是国都。又"争似家山见桃李"、"吹客泪"则所在地必非北宋的京都汴梁。"惟有归来是"是作者尚有可"归来"的想法，与在杭州绝无可归之心不同。如此，则以作者初到建康一二年内作为宜。《宋史·高宗本纪》："建炎元年，会宗泽来言，南京乃艺祖兴王之地……遂决意趋应天。……癸未至应天府……五月庚寅朔，帝登台受命，礼毕痛哭，遥谢二帝，即位于府治，改元建炎。"是时赵明诚为此地太守，清照建炎二年（1128）一二月来，三年二月因明诚罢守离去。这时作者曾有几首爱国盼归之词，如《蝶恋花》（永夜厌厌欢意少）、《菩萨蛮》（风柔日薄春犹早）、《鹧鸪天》（寒日萧萧上琐窗）都是。这首词也是这样的内容，所以定于此时此地作。建康已为高宗建都之所，称为"长安"是可以的。

与徐解比，靳先生所言似更在理。故依其说，将此首系年于建炎二年（1128）。又以此首"一年春事都来几？早过了三之二"句，参照宋·郭应祥《卜算子》"春事到清明，过了三之二"句，或可进而将写作时间定在清明节后。

> 一年春事都来几？早过了三之二。绿暗红嫣浑可事。绿杨庭院，暖风帘幕，有个人憔悴。　买花载酒长安市，又争似家山见桃李。不枉东风吹客泪。相思难表，梦魂无据，惟有归来是。

一年春事都来几？早过了三之二——一年春天所做之事已有多少？总的算来，早过了三分之二。春事：原指春季耕种之事。唐·李白《寄东鲁二稚子》："春事已不及，江行复茫然。"这里泛指春天当做或可做之事。这是就词意解，若就所反映的实际情况及词人心理而言，似可做如下理解：此时，词人到建康刚两三个月，除三月初三召亲族聚宴之外，再无他事，初到异地，虽因与丈夫团聚而惊魂稍定，却毕竟思乡心切，是以深感度日如年，总在计算春的时间。都来几：算来已有多少。都来，算来。唐宋时常用语。南唐·冯延巳《谒金门》："年少都来有几？自古闲愁无际。"几：多少。三之二：三分之二，宋时方言。宋·郭应祥《卜算子》："春事到清明，过了三之二。"

绿暗红嫣浑可事——绿叶浓郁，红花娇艳，全然都是小事，并不能令人释怀。绿暗：绿叶浓郁。红嫣：红花娇艳。浑可事：全然是小事。浑，尽，完全，整个。可事，小事，宋时方言。可，含有轻易之意，引申则为"小事"之意。

绿杨庭院，暖风帘幕，有个人憔悴——庭院里的杨树是绿的，吹拂帘幕的风是暖的，却仍无法让憔悴的人愁情稍解。绿杨：一作"垂杨"。

买花载酒长安市，又争似家山见桃李——在这都城，买花的、沽酒的、游乐的随处可见，一派繁华；然而，这一切，又怎能比得上长着桃李的家乡呢！载酒：买酒。长安：今陕西省西安市，曾为京都，是以这里借其指代京城建康。市：市场。借其喻指京城之繁华景象。争似：怎比，怎及。争，怎。家山：家乡。唐·钱起《送李栖桐道举擢第还乡省侍》："莲舟同宿浦，柳岸向家山。"

不枉东风吹客泪——不能怨春风，怨春风白白地搅动乡情、吹落游子的眼泪。枉：徒然，白费。东风：春风。《礼记·月令》："东风解冻，蛰虫始振。"客：即客居之人，游子。唐·杜甫《中夜》："长为五里客，有愧百年身。"

相思难表，梦魂无据，惟有归来是——因为对故土的思念太深了，难以表述，如今就是梦归故土也绝无可能，唯有感叹：还是陶渊明说得对："胡不归……奚惆怅而独悲？"无据：没有依据，引申为没有可能之意。据：依托。归来：晋·陶渊明《归去来兮辞》："归去来兮，田园将芜胡不归！既自以心为形役，奚惆怅而独悲？悟已往之不谏，知来者之可追。实迷途其未远，觉今是而昨非。"是：对，正确。

论者多云：这是一首思妇词。是写思妇伤春憔悴，盼望游子归来。

非也。

因为这实是一首怀国思乡之词。

而且这怀国思乡的情感是如此强烈，以致"绿暗红嫣"不能释，"绿杨庭院，暖风帘幕"不能慰，"买花载酒长安市"则不仅不能消解，而且相反的却是更加深了对家乡桃李的记忆。

李清照的伟大，或者也就正在于此：在于她清楚何为"浑可事"（绿叶浓郁，红花娇艳，全然都是小事），居优（身居衙内，外院庭阔杨绿，内宅帘幕风暖）犹"憔悴"，在于她身处繁华都会（宋·张耒《上元都下诗》曾说："管弦楼下争沽酒，巧笑车中旋买花。"可谓游乐宴饮，歌舞升平）而更添"归来"之意。

靳极苍先生说得好："'惟有归来是。'怀国思乡，很是感人。或把此词解为思远人，那就太狭隘了。"

青玉案

此首《花草粹编》卷七题作《送别》，与《历代诗馀》《词谱》等均作李清照词。

但唐圭璋、王仲闻、赵万里诸氏因拜经楼旧藏元刻初印本《翰墨大全》后丙集卷四未标作者姓名，疑非李词。

徐培均就此案云："旧刻本往往前一阕为某某，后一阕便不注撰人，而仍为前一阕之作者。赵氏仅因《翰墨大全》一书不注撰人而否定之，似属不当……此首宜从'粹编'，以李作为是。"

黄墨谷《重辑李清照集》以此词为"建炎元年南渡以后之作"，徐培均从而谓之："李清照于建炎二年(1128)春抵江宁。三月上巳召亲族，作《蝶恋花》词。此词当为本年秋间作于江宁。"是。

就词之内容言，亦似以再三挽留而呈"送别"之实，所送的人或即其弟李远(敕局删定官)。权且以此解之。

　　　　征鞍不见邯郸路，莫便匆匆归去。秋正萧条何以度？明窗小酌，暗灯清话，最好流连处。　　相逢各自伤迟暮，犹把新词诵奇句。盐絮家风人所许。如今憔悴，但馀双泪，一似黄梅雨。

征鞍不见邯郸路，莫便匆匆归去——奔走多年，或许仍未看清仕途，还是不要再为追求功名而匆匆忙忙地去奔波了吧。征鞍：远行者所骑的马，指代远行之人。唐·张九龄《初入湘中有喜》："征鞍穷郢路，归棹入湘流。"邯郸路：指仕途。邯郸，地名，即今河北邯郸市。唐·沈既济传奇小说《枕中记》载：开元中，吕翁得神仙术，行之于邯郸道中，在邸舍休息而坐。忽见少年卢生自叹穷困，吕翁以枕授生曰："子枕吾枕，当令子荣适如志。"卢生枕而睡去，梦登进士第，历享数十年荣华富贵。后因事贬谪。忽然一觉醒来，主人炊黄米饭还未熟。后人称邯郸梦，或黄粱梦。因这个故事发生在邯郸路上，所以后人也用"邯郸路"指代这个典故。宋·王安石《渔家傲》："贪梦好，茫然忘了邯郸道。"莫便：不宜。

秋正萧条何以度——正是寂寞冷落的深秋，你说，该怎样度过呢？秋正：一作"秋风"。但依律该为仄声，故而以"正"为是。萧条：寂寞，冷落。汉·班固《西都赋》："原野萧条，目极四裔。"何以：用什么，这里可解为怎样。度：过。

明窗小酌，暗灯清话，最好流连处——白天，窗明几净，我们可以饮酒赋诗；夜晚，则在灯下闲谈话旧，这样才最好，才是令人眷恋的。明窗：白日窗前。小酌：犹浅酌。暗灯清话：在昏暗的灯光下闲谈。清话，闲谈，或高雅的言谈。唐·李中《吉水暮春访蔡文庆处士留题》："恋君清话难留处，归路迢迢又夕阳。"流连：犹眷恋，不愿离开。处：时间，时刻。宋·柳永《雨霖铃》："都门帐饮无绪，留恋处，兰舟催发。"

相逢各自伤迟暮，犹把新词诵奇句——不久前相逢，方知都已老了，似没有希望回归故土了，因而多生伤感；但即使如此，也还是拿出诗词新作来吟咏，并对其中的奇辞佳句赞叹不已。迟暮：以日暮喻人之老迈。《离骚》："惟草木之零落兮，恐美人之迟暮。"把新词：拿着新词。把，执，握，这里可作"拿"解。唐·杜牧《酬许十三秀才兼依来韵》："烦君把卷侵寒烛，丽句时传画戟门。"

盐絮家风人所许——谈诗论词，这是咱们的家风，也是人们都赞许的。盐絮家风：即指家中有谈诗论词的风尚和传统。《世说新语·言语》："谢太傅(安)寒雪日内集，与儿女讲论文义。俄尔雪骤，公欣然曰：'白雪纷纷何所似？'兄子胡儿曰：'撒盐空中差可拟。'兄女曰：'未若柳絮因风起。'公大笑乐。"许：称赏，赞许。

如今憔悴，但馀双泪，一似黄梅雨——而现在活得的确心力交瘁，只有痛苦的泪了，常常泪流满面，就像那黄梅雨。一似：好似；竟像。宋·张炎《长亭怨》："漂流最苦，便一似，断蓬飞絮。"黄梅雨：江南地区春末夏初梅子成熟时，阴雨连绵，俗称"黄梅雨"。唐·杜甫《多病执热奉怀李尚书》："思沾道渴黄梅雨，敢望宫恩玉井冰。"

说是"送别"，实不确切，确切的是"劝留"。是以词中也就不说离愁别恨、不告"此去如何如何"，而是或说现在，或忆往日，或念家风，或伤迟暮……字里行间，多有沧桑之感，溢满手足之情。

此首若与词人别丈夫、别姐妹之作(如《凤凰台上忆吹箫》《蝶恋花·晚止昌乐馆寄姊妹》)对读，则更能体察李清照对兄弟姐妹的关爱、厚道、亲切、庄重。

鹧鸪天

词写流落他乡的苦闷和无奈。原载《乐府雅词》卷下。

孙崇恩《李清照诗词选》云：

> 这应是李清照南渡后感时伤离的怀乡之作。此词的写作时间，有人认为"当作于建炎二年(1128)在建康时"；有人认为"晚年流寓越中所作"。李清照南渡后居建康之日，其词作主调较深沉，内容多为感时伤乱，怀乡念国之情；当流寓越中后，其词作主调不仅深沉，而且沉郁、凄苦，内容多为飘零之苦，孤冷之悲，身世之感，家国之痛。从此词的主调和内容来看，当为南渡之初居建康时作。是。

或作于建炎二年暮秋尤是。

　　　寒日萧萧上锁窗，梧桐应恨夜来霜。酒阑更喜团茶苦，梦
断偏宜瑞脑香。　　　秋已尽，日犹长，仲宣怀远更凄凉。不如
随分尊前醉，莫负东篱菊蕊黄。

　　寒日萧萧上锁窗，梧桐应恨夜来霜——秋风萧瑟，凄冷的日光爬上雕花的窗
棂。梧桐叶子凋落了，应该怨恨夜里的寒霜。寒日：指惨淡的阳光。晚秋的霜晨，
气温低，人们感觉不到太阳的热量。萧萧：凄清冷落的样子。锁窗：雕刻有连锁花
纹的窗棂。锁，连环。《乐府雅词》《历代诗馀》作"琐窗"，他本多作"锁窗"。

　　酒阑更喜团茶苦，梦断偏宜瑞脑香——饮完酒，更喜欢团茶的苦味；梦醒后，
特别适宜闻瑞脑的香气。酒阑：酒兴将尽。阑，尽。五代·毛文锡《恋情深》："酒
阑歌罢两沉沉，一笑动君心。"团茶：宋朝一种为进贡而特制的茶饼，上印龙凤花
纹，又叫"龙凤团"，是茶中珍品，宋·欧阳修《归田录》："茶之品，莫贵于龙凤，谓
之团茶，凡八饼重一斤。"梦断：即梦尽、梦醒之意。偏宜：特别适合。瑞脑：一种
名贵香料，又名"龙脑"，即现在的"冰片"。

　　秋已尽，日犹长，仲宣怀远更凄凉——秋天已尽，白昼还是那么悠长，比当年
王粲登楼作赋、怀念故土的日子，还要凄凉。日犹长：白天还长。本来秋尽冬来，
白天变短，这里是因为愁苦而感到日长难熬的意思。仲宣：王粲，字仲宣，汉末文
学家，"建安七子"之一，年轻时即有才名。董卓之乱时，他避难荆州，依附刘表而
不得重用，登当阳城楼作《登楼赋》："登兹楼以四望兮，聊暇日以销忧……虽信美
而非吾土兮，曾何足以少留。"抒发久留客地的思乡情绪。

　　不如随分尊前醉，莫负东篱菊蕊黄——与其无可奈何地怀乡，倒不如就这样
今朝有酒今朝醉吧，莫要辜负了东篱盛开的菊花。随分：随意、照例。唐·姚合《武
功县中作》之八："只应随分过，已是错弥深。"尊：同"樽"，酒器。东篱：晋·陶渊
明《饮酒》之五："采菊东篱下，悠然见南山。"

　　词以悲秋起，以醉秋结，音调哀怨低婉：寒日萧萧，梧桐生恨，借酒浇愁，以梦
避闷，酒醒梦断后自是愁闷更甚，于是以团茶之苦释酒，以瑞脑之香续梦……如此
这般，寂寞凄楚本已力透纸背，偏偏又用了"更喜"、"偏宜"，更令人感到孤苦无奈、
凄凉至极。

　　秋已尽，按说该是夜长昼短，可词人所感到的却是"日犹长"，愁日难熬，就去

想古人旧事，想起了汉末仲宣久留客地时，曾登楼作赋，两相比较，词人则觉得自己的处境和故土之思，较其更为凄凉。或者也该像王粲(仲宣)那样"聊暇日以销忧"吧，于是词人最终说道："不如随分尊前醉，莫负东篱菊蕊黄。"

这样的结句，看来像是"源于女词人的明智，换言之，来自她对人生的真切领悟"(林家英《〈鹧鸪天〉赏析》)，其实不然，因为这也就同说"更喜"和"偏宜"一样，并非真是词人的本意，词人的本意，或许仍是同她在《菩萨蛮》中说的"故乡何处是，忘了除非醉"一样。

<h1 style="text-align:center">菩萨蛮</h1>

此首原载《乐府雅词》卷下，当作于某年正月初七(人日)。

有论者认为属李清照早期作品，而且当作于玩赏之兴很浓厚的时期，恐非是。不说其他，仅就"残云""角声""牛斗""旧寒"等，便是李清照早期作品中不曾有的；而"断""直""催"等动词，本就多显硬气，迭加密则更令硬朗殊甚，绝不像早期创作中所常用的"疏""消""慵"那样柔弱而又富有弹性。

这是一个经历了苦难磨砺的词人的独白，因而当作于南渡之后。

徐培均等云"应作于建炎三年(1129)"，可从。

归鸿声断残云碧，背窗雪落炉烟直。烛底凤钗明，钗头人胜轻。　　角声催晓漏，曙色回牛斗。春意看花难，西风留旧寒。

归鸿声断残云碧，背窗雪落炉烟直——北归的鸿雁一声声地啼叫着，愈飞愈远，直到影消音断；青碧色的天空，唯见残云悠悠。北面窗户上的积雪消了，滴滴答答地滴落。屋子里，香炉正冒着直直的青烟。归鸿：鸿雁秋天由北方飞到南方过冬，春天又由南方飞回北方，均可称"归鸿"，这里当指北归之雁。古有鸿雁传书的说法，这里亦暗含音讯之意。也就是说和故土的联系。宋·秦观《江城子》："南来飞雁北归鸿，偶相逢。"断：尽。碧：本为青绿色，这里指傍晚时分天空中青灰色的云彩。背窗：北面背阴的窗户。唐·温庭筠《菩萨蛮》："相忆梦难成，背窗灯半明。"

烛底凤钗明，钗头人胜轻——在烛光映照下，头上的凤钗闪闪发亮，凤钗上佩戴的"人胜"也微微颤动、格外轻盈。烛底：烛光下。凤钗：古代妇女头上镂有凤凰形状的首饰。钗作凤凰形的叫凤凰钗或凤钗。钗上的凤叫钗头凤。人胜：古人在人日(正月初七)剪彩或镂金箔为人形，戴在头上，以求吉利，故称"人胜"(亦有以花为形的头饰，曰花胜)。南朝梁·宗懔《荆楚岁时记》："人日剪彩为人，或镂金箔为人，亦戴之头鬓，又造花胜以相遗。"唐·李商隐《人日即事》："镂金作胜传荆俗，剪彩为人起晋风。"

角声催晓漏，曙色回牛斗——彻夜难眠……报晓的角声终于吹起来了，似乎在催促着黎明早些到来，晨曦的光芒淹没了天上的星辰。角声：古时拂晓、黄昏以号角报时。角，古代军队中的乐器，亦称画角。南朝·梁简文帝《折杨柳·和湘东王》："城高短箫发，林空画角悲。"漏：古时用滴水计时的一种器具：在铜壶中装入水，水中插一枝刻有度数的箭，壶底穿一小孔使水滴漏，以水位下降后箭所露出的刻度来推算计时。晓漏：漏水器标示拂晓已经到来。牛斗：二星宿名，即牵牛星和北斗星。唐·王勃《滕王阁序》："物华天宝，龙光射牛斗之墟；人杰地灵，徐孺下陈蕃之榻。"

春意看花难，西风留旧寒——虽然已是春天的气息，但这时却还很难看到花的，料峭的西风还带着冬天的寒意。春意：指春天的气息。看花难：即难以看到花。旧寒：馀寒，即冬天的寒气。

这是一首思乡词。词以"归鸿"起兴，即寄思乡之情。

词之上片从傍晚写到深夜，下片从夜晚写到天明。随着对时空转换、推移的描写，暗淡凄冷的气氛也不断加深、加浓。

"归鸿声断"，无疑是词人情感的触击点，也即是说：词人在这样一个特定的时刻，突然意识到自己和故土的联系，似乎已经彻底断了。这样的感受，也就成了全词感情发展的线索。

自然界的春天已到，积雪消融，可是词人仍只能孤独地待在房中，虽然烛影摇红，虽然还像旧时那样在烛光下精心打扮自己：为自己插戴上"凤钗"、"人胜"之类的首饰；虽然凤钗和"人胜"都依然明亮轻盈，婀娜多姿，然而这却是一个难熬之夜，这个"人日"，已不是以前所经历过的"人日"，而是人在异地，人在难中。

词的上片，便写了近乎一天一夜的感受；下片则写黎明到来之际，词人既听到了"角声催晓漏"，也看到了"曙色回牛斗"，然而过去日子中的盛妆出游赏花，此时却是不再可能。因为在这样的时候是很难看到花的，虽然自然界已春意萌动，但是现实却是"旧寒"不褪，国已不国，人不为人，因而这样的"人日"亦就只是一个记忆，一个以为仍可过却不能过的节日。一如词人在《蝶恋花·上巳召亲族》中所言"空梦长安，认取长安道"一样，是一场空喜；亦可谓如此后《武陵春》所云："物是人非事事休，欲语泪先流。"

临江仙并序

题解

此首在《乐府雅词》、《花草粹编》、《历代诗馀》等中均无自序；赵万里校辑《宋金元人词·漱玉词》及王仲闻《李清照集校注》"据《草堂诗馀》前集卷上欧阳永叔《蝶恋花》词注"引补。徐培均《李清照集注》亦补自序并言："赵本、王本自序'有'下脱'庭院'二字。"是以加之。窃以为不必：因李清照之"酷爱"的并不是"庭院"一句之句意，而是"深深深几许"之修辞。

李清照是"酷爱"叠字、叠词的(其作品中也多有见证)。或者也不只是李清照，对字词之推敲，对于所有的诗人来说，都是一件既非常辛苦、却又非常尽兴之事。唐时贾岛之"推敲"及"二句三年得，一吟双泪流"便是佳证。

说明这一点很重要。因为这是关乎李清照为什么既对欧阳永叔不满、又言"酷爱"的大问题。

这个问题，实是陈祖美先生提出的。她说：

> 李清照在《词论》中，曾对欧阳修等人的词表示不满云："至晏元献、欧阳永叔、苏子瞻，学际无人，作为小歌词，直如酌蠡水于大海，然皆句读不葺之诗尔，又往往不协音律者。"这里虽然在音、声方面对欧阳修的批评不无苛求之嫌，但作为名公大臣，欧阳修热衷于作"小歌词"，这在当时被认为是不够光彩的事，况且欧词，特别是其《醉翁琴趣外篇》还被人认为"鄙亵之语，往往而是，不止一二也"(《吴礼部诗话》)。这种对于欧词的尖锐批评，虽然出自李清照不得而知的后人之口，但欧词本身的这类问题却是早已存在了的。对于效力于词的纯洁和尊严的李清照来说，对这类问题表示不满，洵为顺理成章之事。那么，她为什么又说"酷爱"欧句？怎样理解这种前后龃龉之说呢？
>
> 原来其中有词人的一段令人不易觉察的内心隐秘(李杜按：这是祖美先生最爱用的句式)，即欧词中的女主人公既与班婕妤的命运相类似，也与常年被锁在危楼高阁中的李清照有某种同病相怜之处。同时，欧词中所写的那个乘坐着华贵的车骑的"章台""游冶"者，恐怕正是词人所担心的自己丈夫所步之后尘。原来在这里她是借"醉翁"的酒杯浇自己的块垒。所以其不满和"酷爱"欧词，各有道理，不是一码事的前后矛盾。

——现在我说：喜欢欧阳修的某个句式和不满意他的"小歌词"创作，也许本就不是什么"龃龉"或"矛盾"，跟"欧词中的女主人公"及自己的"内心隐秘"云云，则更似不沾边的事儿。是祖美先生又将其复杂化了。祖美先生将此复杂化的动机是明白的,只是我一直都无法明白,先生为什么非要如此,非要把李清照弄成个人不疼、夫不爱、充满了"怨""叹"的人。在我的心目中,作为在李清照研究上卓有建树的祖美先生,是断不该因一个"假设"而纠缠不休、进而"误入歧途"的。我之说法可能言重了,好在我和先生的"较劲"只是想让先生能读到一些相反的意见,进而能够完善自己的"假说",想必先生是不会见怪的。

这个话题似说多了。还是回到此词的"系年"及"写作地"上来吧。

王仲闻先生云:

> 此首因各本文字之不同,可能作于"建安"、"远安"、"建康",三者必居其一。远安在今湖北省,清照平生踪迹未至其地,可置勿论。至于建康,则清照曾至其地,时赵明诚守郡。如原文确为"春归秣陵树,人老建康城",则此词自应为清照在建康作。惟四印斋本《漱玉词》、赵辑本《漱玉词》刊刻、排印有无错误,其文字根据何本? 赵辑是否根据赵辑宁星凤阁抄本《乐府雅词》(此本被劫往国外,尚未收回,亦无显微胶卷),尚需证实。而词中云"人老建康城",又云"而今老去无成",明为感旧伤今之语,与在建康时情境不甚相合,不似从明诚居建康时作。疑从《词学丛书》本《乐府雅词》作"建安"为是。清照似曾至闽,其时赵明诚已死,与张汝舟已离异,流离漂泊。在建康时每大雪辄循城远览,意兴甚豪,而此云"踏雪没心情",情境完全不合。

针对王说,靳极苍先生则云:

> 说"人老"两句为"伤旧感今之作"是对的,但认为"与在建康时情境不甚相合……疑作'建安'为是"就不对了。"似曾"只是推测,是否入闽实未可知;纵入,过不过建安也不一定;纵过建安,那小地方是否"试灯",是否是"试灯"时,又是否可踏雪,是否曾踏雪,都很难说。所以此说是站不住脚的。
>
> 依清照事迹和词的内容,我认为此词该是清照到建康的第二年即建炎三年正月初所作。刚到建康该是心情稍安,那年上巳曾召亲族团聚,可为证。可是住了一年,感觉政局日非,回乡无望,生活又不适应,虽曾踏雪,也可能曾试灯,但提不起精神来。居深深官衙之中,读到欧阳修的"庭院深深",颇有同感,于是作此词以见意……

靳说似有理,且有趣。兹从之。

欧阳公作《蝶恋花》，有"深深深几许"之语，予酷爱之。用其语作"庭院深深"数阕，其声即旧《临江仙》也。

庭院深深深几许？云窗雾阁常扃。柳梢梅萼渐分明。春归秣陵树，人老建康城。　　感月吟风多少事，如今老去无成。谁怜憔悴更凋零。试灯无意思，踏雪没心情。

新醉

"欧阳公作《蝶恋花》"三句——欧阳公：即欧阳修(1007—1072)，字永叔，自号醉翁、六一居士。宋代著名文学家。李清照所说的《蝶恋花》，一说是五代词人冯延巳的作品，冯之《阳春录》词集中亦收有此词。词的全文为："庭院深深深几许？杨柳堆烟，帘幕无重数。玉勒雕鞍游冶处，楼高不见章台路。　　雨横风狂三月暮。门掩黄昏，无计留春住。泪眼问花花不语，乱红飞过秋千去。"

用其语作"庭院深深"数阕——用他的词句作"庭院深深"数篇。阕：乐终为阕。词配乐演唱，一篇唱完，即为一阕。"作数阕"，即写了数篇词。

其声即旧《临江仙》也——这数首词所用的词牌，即从前的《临江仙》。声：指词牌。旧：从前的。

庭院深深深几许？云窗雾阁常扃——庭院深深，究竟深到什么程度？树木掩映，门窗紧闭的楼阁若隐若现，如在云雾之中。庭院：欧阳修词指歌楼妓馆之类的游冶场所，这里指词人的居所。几许：犹言"多少"，表程度。唐·韩愈《桃园图》："当时万事皆眼见，不知几许犹流传。"云窗雾阁：云彩缭绕的窗户，雾气笼罩的楼阁，形容其高。唐·韩愈《华山女》："云窗雾阁事恍惚，重重翠幔深金屏。"扃：门扇上的插关，引申为关闭之意，与晋·陶渊明"门虽设而常关"意同。

柳梢梅萼渐分明。春归秣陵树，人老建康城——柳梢吐绿，梅萼泛青，看得越来越清楚了。春天回到了秣陵，柳梅都已尽显春意，可是我呢？却是归乡无望，恐怕要终老在建康城了。萼：花朵根部外围的小托片。秣陵：地名，即今南京市。建康：地名，今南京市。秦时称秣陵，三国东吴时改为建业，晋代改称建康，北宋时称江宁，南宋高宗建炎三年(1129)五月，又改称建康，明代称为南京。老：一作"客"。

感月吟风多少事，如今老去无成——过去，感于风月而写诗填词之事太多了，见景生情，便可作诗；可如今却心态苍老，没有这样的雅兴了。感月吟风：即吟风弄月，指写诗填词。宋·朱熹《抄二南寄平文》："析句分章功自少，吟风弄月兴何长。"去：助词，相当于"了"、"啊"。唐·白居易《盐商妇》："绿鬟富去金钗多，皓腕肥来银钏窄。"

谁怜憔悴更凋零。试灯无意思，踏雪没心情——谁又同情这憔悴呢？无人同情，便不只是憔悴，而是凋零。本可以去赏灯的，可是没意思；也可去踏雪，却是没心情。凋零：草木凋谢零落，这里引申为身世飘零。试灯：正月十五为灯节，节前张灯预赏为试灯。宋·吴礼之《喜迁莺》："乐事难留，佳时罕遇，仍旧试灯何碍。"此句一作"灯花空结蕊"。踏雪：南宋·周辉《清波杂志》："顷见易安族人言：明诚在建康日，易安每值天大雪，即顶笠披蓑，循城远览寻诗，得句必邀夫赓和，明诚每苦之也。"没心情：即无意思，没情绪。此句一作"离别共伤情"。

词引"欧阳公《蝶恋花》"首句"庭院深深深几许"开篇，既浑化无迹，又另辟蹊径，独抒感今伤旧、忧国怀乡之情。

《蝶恋花》中的"庭院"，本是指游冶处，"深深深几许"亦只是作者对于其地"杨柳堆烟，帘幕无重数"的惊奇或感叹，是惊其繁盛。而李清照在这里却反其意而用之，不仅将深深"庭院"化为自己的居所或处境，而且以"深深深几许"写透了自己孤寂无望的心情。

词之上片写"庭院深深""云窗雾阁""柳梢梅萼""春归秣陵树"……着重写景，却又以景寄情，饱含"人老建康城"的苍凉感受。词之下片，则承上片"人老"之慨，借"多少事""老去无成""谁怜憔悴""无意思""没心情"——极抒感今伤旧之情，却又情中有景："试灯无意思，踏雪没心情。"既将词人的寂寥推到极致，又将读者留到景中，以致由不得地再三回味词人的感受。

一如论者所述，采用了多侧面、多层次的对比手法，既是此词特点，也是成功之要：首先是"庭院深深""云窗雾阁常扃"之幽寂环境，同"柳梢梅萼渐分明"的妩媚风光相比；其次是"春归"同"人老"之比；最后是以往昔吟风弄月、写诗作词的欢悦生活，同今日的面目憔悴、飘零他乡的凄苦处境相比……词人就通过这层层对比，不仅有力地烘托和渲染了自己"老去无成"的感慨，而且在视觉和情感上都给人以巨大冲击，使人们在对其飘零身世产生深切同情之际，更加强烈地感受并理解了词人心系家国的情感和山河破碎、背井离乡的不尽悲伤。

临江仙
梅

此首，《花草粹编》卷七、《历代诗馀》卷三十八皆作李清照词。《梅苑》卷九作曾子宣妻(即魏夫人)词，然《乐府雅词》魏夫人名下未收此词。

王仲闻《李清照集校注》从《花草粹编》题作《梅》,云:"他本俱无题。"又云:

> 四印斋本《漱玉词》注:"此首疑亦有伪,似借前《临江仙》词模拟为之者。"赵万里辑《漱玉词》云:"案《梅苑》九引作曾子宣妻词,《乐府雅词》下魏夫人词不收。以《草堂》所载前阕自序证之,自是李作无疑。王鹏运云:借前调模拟为之者,盖未之深考也。"按此首泛咏梅花,情调与另一首完全不同,未必同时所作。《乐府雅词》下李词亦未收此首。《梅苑》以此首为曾子宣妻词,《花草粹编》以为李易安词,俱不详所本,存疑为是。

这里,我想说的是,既是"酷爱""深深深庭院"这样的句式、因而"用其语作'庭院深深'数阕",便不必同内容、同"情调",感今怀旧也好,吟咏梅花也罢,都是可以的。

这不是"存疑"的理由,可作"理由"的倒是:此首确是前首《临江仙》和另首《殢人娇》的"拼凑"——

词之开首两句"庭院深深深几许,云窗雾阁春迟"与前首同自不必说,"为谁憔悴损芳姿"则无疑也是"谁怜憔悴更凋零"的"克隆";而"发南枝"、"玉瘦檀轻"、"南楼羌管休吹"、"浓香吹尽",又分明是由《殢人娇》中"南枝可插"、"玉瘦香浓,檀深雪散"、"莫直待、西楼数声羌管"化来……如此,全首便基本上全由前《临江仙》和《殢人娇》合成,说是伪托之作,似乎并不过分。

然而,即使如此,也仍是可以解释的:因是喜他句而仿其作,自不必太重原创,将自己写过的句子或意思拿来组合成篇,亦是说得通的。

况据徐培均言,在清道光二十年杭州刊汪玢辑、劳权手校《漱玉词汇钞》中,前首的自序,本是在此首之前的;在《历代诗馀》卷三十八,此首则置于"云窗雾阁常扃"一首之前,署"宋媛李清照"……如是,将前首定为李作,而将此首存疑或不录,便有些说不过去了。

故仍以李清照效法欧阳修《蝶恋花》所作的数阕《临江仙》之一系之。

> 庭院深深深几许?云窗雾阁春迟。为谁憔悴损芳姿。夜来清梦好,应是发南枝。　　玉瘦檀轻无限恨,南楼羌管休吹。浓香吹尽有谁知。暖风迟日也,别到杏花肥。

庭院深深深几许?云窗雾阁春迟——庭院深深,究竟深到什么程度?高楼深院，居然阻隔了春的消息。春迟：春已迟暮。而词人却因幽居深院，浑然不知。

为谁憔悴损芳姿。夜来清梦好，应是发南枝——昨夜做了一个好梦，梦见向南的梅枝开花了。早上起来一看，却见花已憔悴，也不知它是为谁而损伤了自己的芳姿。清梦：不浊之梦，好梦。南枝：向南的树枝。因向阳，所以先开花。

玉瘦檀轻无限恨，南楼羌管休吹——南枝的梅花萎蔫，而最早开花的檀香梅，则更是花落枝轻，看它们那样子，该是怀有无限的怨恨。因而请南楼上游赏兴浓的人们不要再吹羌笛了，不要再给梅花添加愁绪。玉瘦檀轻：形容梅花开始萎谢。玉，喻白梅。瘦，萎谢。檀轻："檀"喻指深黄色之檀香梅，为梅中最早开花者，故白梅萎谢时该已花朵无存，枝即"轻"也。宋·范成大《范村梅谱》："(腊梅)凡三种……最先开，色深黄，如紫檀，花密香浓，名檀香梅。此品最佳。"南楼：《晋书·庾亮传》："(亮)在武昌，诸佐吏殷浩之徒，乘秋夜往共登南楼，俄尔亮至，诸人将起避。亮徐曰：'诸君少住，老子于此处，兴复不浅。'"这里用"南楼"取其游赏兴浓之意。唐·李白有诗云："清景南楼上，风流在武昌。"羌管：即羌笛，因笛出羌族而名，笛曲中有《梅花落》曲，哀怨凄婉。唐·杜甫有诗云："楼高欲愁思，横笛未休吹。"

浓香吹尽有谁知，暖风迟日也，别到杏花肥——如果你们仍要吹羌笛，吹《梅花落》，那梅花的香味也会荡然无存，可你们有谁知道呢？暖风春日，千万别赶到杏花开放的日子，让梅多开一些时候吧！迟日：春日。王仲闻注云：舒缓之日也。《诗经·豳风·七月》篇"春日迟迟"，日行舒缓，言春日长也。唐·杜甫《绝句二首》："迟日江山丽。"也：语助词，无实意。别到：不要到，即怕其到了之意。也有人解"别"为"另"。肥：指盛开。

词借落花以写逝水沧桑之感。写花写人，花人合一。

一如前词，此首亦是以"欧阳公《蝶恋花》"首句"庭院深深深几许"起句，而且同样是浑化无迹。"云窗雾阁春迟"，与前首"云窗雾阁常扃"仅差两字，却又别有境界，语非同日——"常扃"言门紧闭，总的来说是客观叙写。"春迟"却无疑是主观感受，是词人在上片中特意强调的"矛盾"之一："春迟"，并不是"姗姗来迟"，因为就客观现实而言是"春已迟暮"（下边提到的梅谢可证），只是因为庭院太深了，云窗雾阁，竟隔断了春的消息，令幽居深院的词人浑然无觉，以致还以为春来迟了。也正是因为这个错觉，便有了第二个"矛盾"，即"梦"和现实的矛盾："夜来清梦好，应是发南枝。"结果第二天醒来一看，却不是"花发"而是"花谢"，以致令词人不得不感慨道"为谁憔悴损芳姿"，这一设问，本是该放在"发南枝"之后的，但词人却有意将之倒装而置于"夜来"之前，实际上既是为了突出词人之"问"，也

中国家庭基本藏书

是有意给读者阅读造成一种滞涩之感，因为这种不通畅的感觉，本是词人创作时的感觉。

词之下片，词人则将梅花和人融为一体叙写，貌似写花，实是写人："玉瘦檀轻无限恨。"——梅之"恨"实是人之恨："南楼羌管休吹"，"浓香吹尽有谁知"——怜梅则是怜己："暖风迟日也，别到杏花肥。"全词以此结拍，可谓言尽而意不尽。也许正是因为如此，才使论者有了多种解释：比如"恨'暖风迟日'因见梅花芳姿凋损就绝情绝义，另寻新欢，去向那盛开的杏花献殷勤"（侯健、吕智敏《李清照诗词评注》）；比如"意谓春风离梅而去，却掉头（'别到'）吹拂杏花，遂使之'肥'！"（陈祖美《李清照词新释辑评》）也比如笔者之以为："暖风春日，千万别赶到杏花开放的日子，让梅多开一些时候吧！"

我之所以如此解，一是因为这样可能更接近清照做人为文——她只是怜爱梅花，想让梅多开些时日，这和杏花肥瘦有关（时序更迭），但和杏花本身无关，所以李清照自不会有怜梅花而恨杏花之意——再就是从词之谋篇而言，这样解释似更能使上下片布局匀称：上片写两个"矛盾"，下片发两个"祈使"：一是对南楼上游兴正浓的人说"羌管休吹"；一是对"暖风迟日"说"别到杏花肥"。

<h1 style="text-align:center">行香子</h1>
七 夕

此词原载《乐府雅词》卷下，题作《七夕》。当写于建炎三年（1129年）。

徐培均《李清照集笺注》云：黄本卷三系此词为"建炎元年南渡以后之作"，恐非是。陈祖美云："此首或作于崇宁三四年间（1104—1105）。当时廷争之情景，活像被人荡来荡去的秋千，又酷似儿童玩的跷跷板。此词当是有感于这种政治上的跷跷板运动而作。"可备一说。案：据王仲闻《李清照事迹编年》，崇宁三年（1104）夏六月重定党籍，元祐党人被刻石朝堂。蔡京奉诏书"元祐"奸党姓名进呈；九月，赵挺之至光禄大夫、中书侍郎除门下侍郎。崇宁四年春三月，赵挺之除尚书右仆射（右相），夏六月罢相。崇宁五年春正月乙巳，毁"元祐党人碑"，丁未，赦天下；庚戌，叙复"元祐"党人。可见二三年间政界风云变幻，阴晴不定。盖本年七夕作此词，讥切时政。

徐、陈之说似有道理，但细究词意，"天上愁浓"、"关锁千重"、"纵浮槎来，浮槎去，不相逢"、"经年才见"、"想离情、别恨难穷"、"莫是离中"……却又是跷跷板似的廷争所不可能引发或者对应的。况此间变幻，虽有公公起落可令李清照心生

"讥"意，但毕竟还有乃父获赦而使之不可能去"讥"（朝廷儿戏也罢，父亲受冤也罢，但这样一个结果，对李清照来说必定还是属"喜"）。所以，还是得到李清照的亲身经历中寻找原因。

建炎元年(1127，即靖康二年)二月，金兵攻陷汴京，徽、钦二帝被虏。三月，明诚奔母丧至江宁。十二月，载书十五车，李清照离青州南渡，由此而开始了国破家亡、流离失所的痛苦生涯。二年(1128)春，李清照抵江宁。三月上巳召亲族，清照写《蝶恋花》(词云：永夜厌厌欢意少，空梦长安)。九月，明诚起知建康府。十二月，金人犯青州，明诚、清照所留青州文物尽毁。三年(1129)春三月，赵明诚罢守江宁，具舟西上；五月至池阳(今安徽贵池)，被旨知湖州(今属浙江)；六月十三日，明诚和李清照告别，只身赴建康受命(途中不幸染疾，八月十八日卒于建康)。

纵观史实，在不足两年半的时间里：金兵节节进逼，可谓"惊落梧桐"、"天上浓愁"；李清照随赵明诚，由江宁"具舟上芜湖，入姑孰，将卜居赣水……夏五月，至池阳"(《金石录后序》)，真的是"浮槎来，浮槎去"、"关锁千重"；而池阳方驻，明诚又不得不建康赴命，官职忽罢忽召，人忽来忽走，也真是总在"莫是离中"、"甚霎儿晴，霎儿雨，霎儿风"。

细读全词，似也多有沧桑之感、乌江之慨，浑不似二十二三岁的闺怨清愁。再者，此词同能够确认为这一时期的其他作品相比较："寒日萧萧"、"永夜厌厌"、"南来尚怯吴江冷，北狩应知易水寒"、"相逢各自伤迟暮"……也确是情、意切近，气脉融通。

　　草际鸣蛩，惊落梧桐，正人间、天上愁浓。云阶月地，关锁千重。纵浮槎来，浮槎去，不相逢。　　星桥鹊驾，经年才见，想离情、别恨难穷。牵牛织女，莫是离中。甚霎儿晴，霎儿雨，霎儿风。

草际鸣蛩，惊落梧桐，正人间、天上愁浓——蟋蟀在草叶上鸣叫，寒意瑟瑟，让梧桐惊悸不已，落叶飘零。这时候，天上、人间，都笼罩在一片深愁之中。蛩：即蟋蟀。《埤雅》："蟋蟀随阴迎阳，一名吟蛩。初秋生，得寒乃鸣。"惊落梧桐：拟人化写法，意即梧桐听到蛩鸣，因惊惧而骤然叶落。

云阶月地，关锁千重——牛郎、织女就在天上，他们为重重关锁阻隔着。云阶月地：以云为阶，以月为地，指天宫。唐·杜牧《七夕》："云阶月地一相过，未抵经年别恨多。"关：关卡，要道。锁：封锁，关闭。千重：千层。

纵浮槎来，浮槎去，不相逢——纵然能乘着往来于天上人间的木筏来来回回、苦苦追寻，也不能相逢。浮槎：传说中往来于天河、海上的木筏。西晋·张华《博物志》卷三："旧说云：天河与海通，近世有人居海者，年年八月，有浮槎来去，不失期。"

星桥鹊驾，经年才见，想离情、别恨难穷——喜鹊架起天桥，一年才有这么一次，想来牛郎织女的离情别恨，是难以说尽的。星桥：银河之桥，即传说中的鹊桥。传说每年农历七月初七晚上，有喜鹊在银河上搭桥，让牛郎织女相会。唐·李商隐《七夕》："鸾扇斜分凤幄开，星桥横过鹊飞回。"经年：每经过一年。

牵牛织女，莫是离中。甚霎儿晴，霎儿雨，霎儿风——今晚刚刚相会的牛郎织女，莫非是又在别离之中？要不然，为什么一会儿晴朗、一会儿下雨、一会儿刮风？牵牛织女：二星宿名，又是神话中的两个人物。牵牛：俗称牛郎星，位于银河之东。织女：即织女星，是天琴座中最亮的一颗星，位于银河西，与牵牛星相对。南朝梁·宗懔《荆楚岁时记》载："天河之东，有织女，天帝之女也。年年织杼劳役，织成云锦天衣。天帝怜其独处，许嫁河西牵牛郎。嫁后遂废织纴。天帝怒，责令归河东，唯每年七月七日夜渡河一会。"莫是：莫非是。甚：正，正当，正值。霎儿：齐鲁方言，刹那间，一会儿。

借写牛郎织女之苦，诉说人间生离之痛。天上、人间，一样的愁浓。牛郎织女，或者也就是李清照夫妇的化身，一样的命运，一样的苦痛。

全词以"草际鸣蛩，惊落梧桐，正人间、天上愁浓"起句，一如世人所言，确实是从秋声秋景落笔，暗示人间悲苦和主人公处境的凄凉；但世人所言，却也的确没有说够。因为这悲苦实际上也是天上的悲苦，身处凄凉之境的也不只是主人公，还有织女、牛郎，甚至是"蛩"。

今人刘瑜曾只眼独具，提问曰：万籁声繁，作者何以选取"蛩"鸣？这一问问得好，不仅仅只是问出了她自己想说的——因为"蛩"，蟋蟀，又名促织，这与织女的辛勤劳作密切联系起来——而且也问出了我们应该说的：

其一，《埤雅》云：蟋蟀"得寒乃鸣"，而词人又何尝不是"得寒而鸣"？

其二，鸣蛩惊落梧桐，是在七夕(而非像众人所说，到"云阶月地"方才转而联想到牛郎织女)，因而"正人间、天上愁浓"，实际上也就是说：七夕，正是人间天上，愁情最浓的时候。这一点非常重要，一如定弦之音，此后所有弦音皆以为准。

以理论之，七夕牛、女相逢，该属喜事。但从实情看，却非如此。这或许也就如唐·李商隐所云"相见时难别亦难"；或者这也就是李清照在词中以"莫是离中"取代相会的原因，或者也就是词人为什么要以一个"难"字统领全词的理由。

"关锁千重",是难;纵然天上地下、"浮槎"来去,终不能逢,尤难;"经年才见,想离情、别恨难穷",则尤其是难。

而所有这些难,又都是当时现实的写照:世事难料,亲人难聚,故土难回,愁怨难平。

也唯其如此,此词结句"甚霎儿晴,霎儿雨,霎儿风"对于李清照来说,便不只是心神不定、哭笑不能的一种写照,它更是一种预感,是一个受尽磨难的词人的预感或冥冥之中的觉悟:是天不怜人,想晴却雨、求安却风。

"莫是离中"是一句谶言,就如是年六月十三日李清照送明诚赴建康受命时所问的话一样——

李清照《金石录后序》云:"六月十三日,始负担舍舟,坐岸上,葛衣岸巾,精神如虎,目光烂烂射人,望舟中告别。余意甚恶,呼曰:'如传闻城中缓急奈何?'戟手遥应曰:'从众,必不得已,先弃辎重,次衣被,次书册卷轴,次古器,独所谓宗器者,可自抱负,与身俱存亡,勿忘也!'遂驰马去。"

这一去却成永别。

八月十八日,赵明诚卒于建康。

南歌子

徐培均《李清照集注》云:"词盖屏居青州不久作。案:大观元年(1107),清照24岁。据《宋史·赵挺之传》及《宋宰辅编年录》,是岁正月,蔡京复为左仆射,三月丁酉,赵挺之罢右仆射,癸丑,卒于京师,七月,追夺所赠司徒,落观文殿大学士。于是全家徙居青州。于中航《李清照年谱》:'按中国封建时代官吏,父母丧,例须离职回乡守制,故明诚、清照相偕回青州当不迟于是年秋。'词云'天上星河转',写七月天气,兼喻时局变化,家道中落。"可备一说,然似不切。

就词之内容看,写秋夜感怀、睹物思人,当属南渡之后作品——其南渡后作品的一个最大特点是:虽只是写生活琐事,但却寄托着强烈的身世之感、隐含着深沉的故国之思——而将此首之"凉生枕簟泪痕滋"和"笑语檀郎,今夜纱橱枕簟凉"及"佳节又重阳,玉枕纱橱,半夜凉初透"对读,即显似丈夫已逝。用陈祖美的话来讲即:此"是一首悼亡词。词中的每一句,都与作者丈夫生前的情事有关"。

谨以此解,系年于宋建炎三年(1129)赵明诚病卒后的深秋。

天上星河转,人间帘幕垂。凉生枕簟泪痕滋,起解罗衣,天上星河转，人间帘幕垂——夜深了，银河已经转向西边。在人间，家家户户都重帘低垂。星河：银河。星河转，是指秋夜银河逐渐西移，至天亮时消失。《汉书·天文志》："日东行，星西转。"

凉生枕簟泪痕滋，起解罗衣，聊问夜何其——独自倚枕躺在竹席上，玉枕竹席凉意袭人，泪水打湿了枕席。起来脱下罗衣，不禁自言自语地询问：夜到了什么时辰？枕簟：枕头和竹席。滋：多。聊问：姑且问问。或可解为自己心下估量，不必实在此问。夜何其：夜有多深，夜至何时？其：读"基"，语助词，表示疑问。《诗经·小雅·庭燎》："夜如何其？夜未央。"宋·朱熹《诗集传》解曰："王将起视朝，不安于寝，而问夜之早晚曰：夜如何哉？"

翠贴莲蓬小，金销藕叶稀——因多年穿用，罗衣上绣制的翠绿的莲蓬似乎变得比以前小了，金线已经磨损，所织成的荷叶似乎也变得稀少了。翠贴莲蓬：饰在衣服上的绿色莲蓬。细线缝连不见针脚曰"贴"。小：因磨损而显小。金销藕叶：用金或金色丝线做成的罗衣上的藕叶形状饰物。

旧时天气旧时衣，只有情怀，不似旧家时——以前和丈夫在一起，也是这样的一个秋夜，穿的也是这件罗衣，而今秋凉天气如旧，金翠罗衣如旧，只是人的情绪和心境，却和从前大不一样了。情怀：情绪，心境。旧家时：即旧时。旧家，宋时惯用语，犹"从前"。"家"为估量之辞。

上片以"秋"为时、以"夜"为境：写秋夜伤感，起笔宏阔，以天上星河与人间帘幕对举，虽属描述自然，却也不能说不暗含着"牛女"之别、沧桑之慨——

就是此前不久的"七夕节"，词人刚写下《行香子·七夕》云"正人间、天上愁浓"，"牵牛织女，莫是离中"，没想竟成"谶言"。

一月后，丈夫便真的离去了……而今，又过了月馀，与丈夫实隔霄壤，却又总以其在；丈夫在世时的情景挥之不去。夜不能寐，就想；想起就泪流满面，就回味"旧时"的一切并沉浸其间，以致"起解罗衣"之际，仍由不得会像以前那样"聊问夜何其"。

于是，词之下片即以"罗衣"为主体意象，上承和衣而卧（"凉生枕簟泪痕滋"）、"起解罗衣"，下启审视罗衣（"翠贴莲蓬小，金销藕叶稀"），评说罗衣（"旧时衣"），触物伤怀，极写物是人非、曾经沧桑之叹。尤其是"旧时天气旧时衣，只有情怀，不似旧家时"，凡一十六字，连用三个"旧"字、三个"时"字，可谓"看似平淡实奇崛"，将自己凄凉孤寂的处境及怀念亲人的情感，表达得淋漓尽致。

全词一如前人所说"反反复复，字字悲咽"，堪称脉络清晰，结构精巧，匠心独运。

忆秦娥

题解

王仲闻《李清照集校注》云：四印斋本《漱玉词·补遗》题作《咏桐》。按《全芳备祖》各词收入何门，即咏何物。惟陈景沂常多牵强附会。此词因内有"梧桐落"句，故收入梧桐门，实非咏桐词。

所咏何物，仲闻先生未究，倒是陈祖美提出："此首写作背景与《南歌子》相同，均为悼亡之作。"并云：

> 此词旧本或题作《咏桐》，或将其归入"梧桐门"。这是只看字面，不顾内容所造成的误解。也可以把这种误解叫作"见物不见人"，因为此处的"梧桐"是作为"人"，也就是赵明诚的象征。在《漱玉词》中，作者的处境及其丈夫的生存状态，往往从"梧桐"意象的丰富多变的含义中体现出来……

对此，徐培均《李清照集笺注》强调云：此词黄本列为"建炎元年南渡以后之作"，并校云："下片词笔较弱，姑存之。"陈祖美则以为作于建炎三年(1129)深秋赵明诚病卒后，并称之为悼亡词。皆非是。细玩词境，乃乡村景色。据明诚青州仰天山罗汉洞题名："余以大观戊子之重阳，与李擢德升同登兹山。"此为大观二年(1108)重阳，时值晚秋，北方早寒，正梧桐叶落之际，而南望青州附近，亦有"乱山平野"。故知此时明诚方出游，而清照登高怀远赋此词也。

纵观徐说，犹似证据不足，况徐言祖美之说"非是"，却又未触及陈说要害，未能消解陈说所提"证据"。陈祖美的"证据"为：

> 下片的"西风"，其深层含义是指金兵。据记载，在南宋初年，每当秋高马肥之时，金兵便进行南扰、东进之攻势。在李清照看来，就像自然界的西风吹落梧桐一样，赵明诚的谢世与时局和金人的催逼有关。所以"西风"句就是以梧桐的飘落喻指赵明诚的亡故。

此词中特别值得玩味的是"梧桐落"二句。因为在古典诗词中，桐死、桐落既可指妻妾丧亡，亦可指丧夫。前者如贺铸《鹧鸪天》(又名《半死桐》)："梧桐半死清霜后，头白鸳鸯失伴飞。"后者如《大唐新语》："定安公主初降王同皎，后降韦濯，又降崔铣。铣先卒，及公主薨，同皎子繇为驸马，奏请与其夫合葬，敕旨许之。给事中夏侯铦驳曰：'公主初昔降婚，梧桐半死；逮乎再醮，琴瑟两亡。'"

陈说是。故仍趋步，将此首系于建炎三年(1129)暮秋。

> 临高阁，乱山平野烟光薄。烟光薄，栖鸦归后，暮天闻角。
> 断香残酒情怀恶，西风催衬梧桐落。梧桐落，又还秋色，
> 又还寂寞。

临高阁，乱山平野烟光薄——登临高阁，凭栏远眺。远山蜿蜒起伏，原野平坦空阔，被昏暗的云烟笼罩着。临：在这里含两层意思：既有登临之意，亦有居高视下之意。乱山：参差的群山。平野：空旷的原野。烟光：云气。薄：昏暗。

烟光薄，栖鸦归后，暮天闻角——乌鸦归巢了，凄凉的鸦叫声消逝了，秋日黄昏，远处又传来阵阵号角声。栖鸦：傍晚归巢的乌鸦。暮天：黄昏。角：军号。又称画角，形如竹筒，本细末大，以竹木或皮革制成，外形彩绘，故称。古时军中多在拂晓及黄昏时吹响以报时。

断香残酒情怀恶，西风催衬梧桐落——香燃尽了也懒得再去续，杯里的残酒也不想再喝，心绪糟透了；这样的时候，偏偏西风劲吹，催得梧桐叶都凋落了。断香残酒：即香断酒残。催衬：这里亦为"催促"之意。亦有解：催衬：通"催趁"，宋时口语，犹催赶、催促。催，催促；促使。衬，帮衬，相帮。宋·岳飞《池州翠微亭》诗："好水好山看不足，马蹄催趁月明归。"情怀恶：心情很不好。

梧桐落，又还秋色，又还寂寞——桐叶飘零，还是这样悲凄的秋色，还是这样的愁苦、寂寞。又还：还是。"又"和"还"均表重复之意，两词连用，是为了加重语气。另有将"还"解作"回到，复归"者，亦可。

此首自可看作悼词，而且所悼非一，而是有二：一是凭吊半壁山河，二是祭奠已故之人。因而词风也就同李清照夫死后其他的作品一样，于婉约本色中添加了沉郁、苍凉及粗放之气。

上片写登阁所见所闻："乱山平野"，一个"乱"字，显然不只是说山乱，更道出词人之心乱，既怀河山残破之痛，又怀家亡夫死之悲，可谓忧心如焚，欲咬牙碎；加之"烟光薄"（暮霭沉沉、落日惨淡）、"栖鸦归"（人不能归）、"暮天闻角"（更显空

旷悲凉），当真是不忍看、不敢想、不堪闻。

下片写居家所为所感："断香残酒情怀恶。"一个"恶"字，呼应上片之"乱"，既将词人登高望远的抑郁、听鸦噪角鸣的悲凉以及借酒浇愁的无奈和凄苦串成一线，又启下边对外界之恶的指控（即是丈夫身死之因），对身世之恶的长叹："梧桐落"，一如陈祖美所评，跟《念奴娇》之"清露晨流，新桐初引"及《鹧鸪天》之"梧桐应恨夜来霜"自非同日而语，显是悼亡；而"又还秋色，又还寂寞"，则无疑是说词人遭遇悲秋已非一日、更非头遭，或也可用靳极苍先生所评曰：说出了词人对秋色带来的寂寞既厌恶又畏惧的心理。"又还"二字的时间，既包括有过去，又预示着将来的"寂寞"，哀哀欲绝！

孤雁儿并序

此首似在咏梅，实是悼亡。原载《梅苑》卷一。四印斋本《漱玉词》调作《御街行》。

"孤雁儿"，原本作"御街行"，因无名氏词中有"听孤雁声嘹唳"句（《古今词话》载变格词云："霜风渐紧寒侵被。听孤雁，声嘹唳。一声声送一声悲，云淡碧天如水……"），遂又名。有论者云：词人不取原名而取又名，盖亦以自况也。

徐培均《李清照集笺注》云：此为悼亡词，据《金石录后序》，赵明诚于建炎三年（1129）八月十八日卒于建康。本年冬，《梅苑》编成，将此词收入。词云"笛声三弄，梅心惊破，多少春情意"，系指笛曲《梅花三弄》而言，并非确指春日。词当作于明诚卒后不久也。

针对《梅苑》收录此词，陈祖美曾作如下说：

> 它就是王灼《碧鸡漫志》卷二所说的，其友黄载万（名大舆）"所居斋前，梅花一株甚盛，因录唐以来词人方士之作，凡数百首，为斋居之玩，命曰《梅苑》"。周辉《清波杂志》卷一亦云："绍兴庚辰（1160），在浙东得蜀人黄大舆《梅苑》四百馀首。"此书卷首的编者自序称辑录于己酉（指宋建炎三年，1129）冬。所录悉为咏梅之词，起于唐代，止于北宋末南宋初，共十卷。这里有一个明显的问题，即李清照的这首《孤雁儿》和另一首含有悼亡之意的《清平乐》词，均被收入《梅苑》。收有李清照悼亡词的《梅苑》，不会是成书于己酉之冬的黄氏原编本《梅苑》。因为赵明诚卒于己酉之秋，李清照忙于他的后事，又大病仅存喘息，不大可能马上去作悼亡词。退一步说即使当年秋冬所作，又怎能在兵荒马乱之中，长江上游已不通航的情况下，李清照在江浙一带所作的词，立即传到四川黄大舆的手

中呢？况且这两首词不仅是李清照痛定思痛之作，甚至还带有对她一生遭际的总结之意。所以必然是时隔数年或多年以后所作。

陈祖美之言在理，原编本《梅苑》显不可能收录此首，因而不能以此作为系年的根据；但反过来说，却也不能因周辉所得之《梅苑》收录此词，便引以为证，否定它可能作于原编《梅苑》成书前一两月、甚或同时。换而言之，此首果为后人加入原编《梅苑》，那也是因为将其加入《梅苑》者同徐培均看法一样，认为此首当作于"明诚卒后不久"。

为什么不能"久"呢？因为"悼亡"。

说此首为悼亡词，现在好像并无争议，因为词中不仅有"悼亡之意"，而且有悼亡之"语"——即"吹箫人去玉楼空，肠断与谁同倚"——说是悼亡之语，也就是说此语类乎现在所说的"你走了，让我们怎么办呀"，是悼词。悼词当然不一定只能在追悼会上说，却又毕竟是有时间限制的，这个限制，就是新亡。什么算新亡，似无定论，但就相关风俗、传统看，或为三月（百日），或最长也不能超过周年吧。"肠断与谁同倚"，便只能是这段时间里说的话，否则，"时隔数年或多年以后"还说此语，那就不是"悼亡"，而是说想"再婚"了。

顺便再说说"大病仅存喘息，不大可能马上去作悼亡词"，此说似有道理，却非道理。因为李清照的"悼亡词"绝非摆开架势、苦思冥想"作"出来的：情之所至，血泪为词；况"大病"、"悼亡"、"作词"之对于夫亡，无疑是一体的，是夫死所引发的整体"反应"，不能断言因"词"而"病"或因"病"而"词"，同时却也不能断言"病"不能"词"、不可"词"。

故以为，此首还是系于建炎三年（1129）初冬为宜。

世人作梅词，下笔便俗。予试作一篇，乃知前言不妄耳。

藤床纸帐朝眠起，说不尽，无佳思。沉香断续玉炉寒，伴我情怀如水。笛声三弄，梅心惊破，多少春情意。　　小风疏雨萧萧地，又催下、千行泪。吹箫人去玉楼空，肠断与谁同倚？一枝折得，人间天上，没个人堪寄。

世人作梅词，下笔便俗——世上人所作有关梅的词，一下笔便很庸俗。
予试作一篇——我试着写了一篇。予：我。
乃知前言不妄耳——才知道前边的话不过分。不妄：不过分。耳：语气词。

藤床纸帐朝眠起，说不尽、无佳思——早晨睡醒起来，心情很不好，说不完，道不尽。藤床：用藤条制成的床。宋·朱敦儒《念奴娇》："照我藤床凉似水。"纸帐：用藤皮茧纸做成的帐子，纸上常画梅花，故亦称梅花纸帐。宋·朱敦儒《鹧鸪天》："道人还了鸳鸯债，纸帐梅花醉梦间。"无佳思：意谓心绪很坏。思，心绪。

沉香断续玉炉寒，伴我情怀如水——沉水香燃尽了，却无心再续，香炉冰冷，就像要与我清冷如水的心境为伴似的。沉香：一种名贵的香料，又名沉水香。脂膏凝结成块，入水能沉，故名。断续：停止添加。续，添加。"断续"一作"烟断"。玉炉：香炉的美称。情怀如水：指心境像水一样清冷。

笛声三弄，梅心惊破，多少春情意——《梅花落》又一遍遍响起，梅花心中包蕴的深情厚意，都被这凄凉的笛声惊碎。笛声三弄：古笛曲有《梅花落》，多用笛或箫吹奏，因有三叠，故称《梅花三弄》。弄，拨弄，弹奏，吹奏；"弄"又为乐曲单位，指乐曲的一段或一支。这里的"三弄"妙在用词模糊，既可理解为连续吹笛，也让人联想到《梅花落》或《梅花三弄》。梅心惊破：梅蕊因闻笛声而被惊破。"梅心惊破，多少春情意"，即"惊破梅心多少春情意"。注者多将"梅心惊破"解为"实指梅花开放，此为拟人手法"、"梅蕾因受笛声惊动而绽开"，"一声笛曲，催绽万树梅花，带来春天的消息"……显然既不合情理，也不合此词意境。"梅心"，在这里还是理解为"梅之心"为好：梅也是有"心"的，是有情有义的。"梅心"即人心。

小风疏雨萧萧地，又催下、千行泪——就在这令人感伤的时候，偏偏又响起淅淅沥沥、凄凄切切的风雨声，让人更加泪流不止。萧萧地：指风雨凄切之声。地，语助词，无实意。

吹箫人去玉楼空，肠断与谁同倚——吹箫人飘然而逝，只留下空荡荡的小楼，又有谁能与我在一起呢？没人了，这不能不令我肝肠寸断！吹箫人去：用弄玉、萧史典，以萧史喻赵明诚，以"吹箫人去"，喻明诚去世。《列仙传》："萧史者，秦穆公时人也，善吹箫，能致孔雀、白鹤于庭。穆公有女字弄玉，好之。公遂以女妻焉。日教弄玉作凤鸣。居数年，吹似凤声，凤凰来至其屋。公为之作凤台，夫妇止其上，不下数年，一旦皆随凤凰飞去。故秦人为作凤女祠于雍，宫中时有箫声而已。"玉楼：楼之美称。唐·李商隐《代应》："离鸾别凤今何在，十二玉楼空又空。"肠断：形容伤心到了极点。《世说新语·黜免》："桓公入蜀，至三峡中，部伍中有得猿子者，其母缘岸哀号，行百余里，不去，遂跳上船，至便即绝，破视其腹中，肠皆寸寸断。"唐·李白《长相思》："不信妾肠断，归来看取明镜前。"同倚：在一起。

一枝折得，人间天上，没个人堪寄——折了一枝梅花，人间天上，却再也没个人可寄。一枝折得：折了一枝梅花。此句及以下两句，乃化用北魏·陆凯赠梅与范晔的故事：陆凯当年思念远在长安的友人范晔，曾从江南遥寄一枝梅花并作《赠

中国家庭基本藏书

范晔》诗："折梅逢驿使，寄与陇头人。江南无所有，聊赠一枝春。"堪寄：可寄。堪，可，能。

　　词之上片开门见山，倾诉寡居异乡之凄苦："藤床纸帐朝眠起，说不尽、无佳思。"可谓孤寂无奈，语淡情苦；"沉香断续玉炉寒"，则使人想起《醉花阴》中的"瑞脑销金兽"，然一"寒"字，凸现出环境凄冷与心情之痛，尤让人顿生今非昔比之叹。人去楼空，寒炉为伴，心凉如水……寂寞、悲苦之情本已渐显沉痛，偏偏窗外《梅花落》的笛声又起，"梅心惊破"，人心尤碎，"多少游春意"，看似伤春，实是怀人，是《梅花落》所激起的对亡夫赵明诚的忆念，是刹那间涌上心头那些温馨、因而此刻更令人感伤的往事。这种怀想，其实后来便成为词人情结，以致多年以后，仍多次显现在《永遇乐》等词中："落日熔金，暮云合璧，人在何处？染柳烟浓，吹梅笛怨，春意知几许？"

　　"多少春情意"也好，"春意知几许"也罢，显然并非"设问"于人，因为"多少"、"几许"之所指，实是李清照夫妇共同经历的往事，因而亦即是唯有赵明诚和词人自己能够说清的"问题"。而今无人能答，这不能不令词人泪如雨下、悲痛万分。

　　于是下片由"雨"写起——"小风疏雨萧萧地，又催下、千行泪"——是雨催泪下，是泪流如雨，是外境与内心互为因果、悲愁一体。而所有这一切，只是因为"人去"——

　　　吹箫人去玉楼空，肠断与谁同倚？

　　一如词人之祭明诚文所言："坚城自坠，怜杞妇之悲深！"

　　词至此，本已令人怅然，然词人却犹以惟孟姜女能比的悲情、唯自己方有的才情，写下"一枝折得，人间天上，没个人堪寄"，不仅写尽哀思之深重，亦更让人深感哀音绵绵，不绝于心。

　　有论者云：词写感情层次鲜明，步步开掘，愈写愈深刻；尤"人间天上"一语，写尽了寻觅之情；"没个人堪寄"，写尽了怅然之感。

　　诚是。

浪淘沙

此首或题作"闺情"，不妥，因为就词之内容来看，显然是悼亡之词。

104

王仲闻《李清照集校注》校曰：赵万里辑《漱玉词》云："案《花草粹编》卷五引此阕，不注撰人。《词林万选》注：'一作六一居士。'检《醉翁琴趣》无之，未知升庵何据？"按杨金本《草堂诗馀》前集卷下，此首作无名氏词，《续草堂诗馀》卷上、《古今词统》卷七、《古今诗馀醉》卷十……（按：凡八种）一并以为欧阳修词。此首似非李清照作，亦绝非欧阳修词（《近体乐府》、《醉翁琴趣外篇》俱不载）……疑从杨金本《草堂诗馀》作无名氏词为是。

徐培均《李清照集笺注》就此"案"曰："此词感情深挚，技巧高超，前人曾以之与李后主相比，陈廷焯、况周颐评价极高，非有李清照之遭遇才情，绝不能写出。应为清照所作，并世无第二个足以当之。"另"笺注"云：此首拟作于赵明诚卒于建康之后，因词中含悼亡之意。而紫金峰，王仲闻谓"检宋代地志，尚无此名"。然镇江已有紫金、浮玉诸峰，在长江一带，故下句云"一江春浪"。据于(中航)谱，建炎四年(1130)春，"清照追随帝踪，流徙浙东一带"。词当作于自建康沿江经镇江东下南逃之际。

徐说义理皆备，兹从之。

　　帘外五更风，吹梦无踪。画楼重上与谁同？记得玉钗斜拨火，宝篆成空。　　回首紫金峰，雨润烟浓，一江春浪醉醒中。留得罗襟前日泪，弹于征鸿。

帘外五更风，吹梦无踪。画楼重上与谁同——五更的时候，帘外风起，把梦吹得无影无踪。重上华美的楼阁，但没有人陪同。五更：古代计时，一夜分五更，每更约两小时，五更约为凌晨四五点钟。宋·晏殊《蝶恋花》："楼头残梦五更钟，花底离情三月雨。"画楼：有雕画、彩绘装饰的楼阁。

记得玉钗斜拨火，宝篆成空——由不得想起过去，夫妇一起燃香夜读，并不时地以钗拨弄香火；而今却孤寂一身，篆香烧尽，亦无人理了。玉钗斜拨火：用玉钗斜着拨弄香火。玉钗，镶玉的钗，古代妇女所用首饰。宝篆成空：宝篆：篆字形香的美称。宋·秦观《海棠春》："翠被晚寒轻，宝篆沉烟袅。"成空：已烧成灰烬。空，无，没有。

回首紫金峰，雨润烟浓，一江春浪醉醒中——回首望紫金，山峰雨雾浸润、云霭笼罩，半醉半醒之间，一江春水，就像流不尽的泪水、斩不断的哀愁。紫金峰：山名，一说即今南京市中山门外之钟山。一说泛指紫金色的山峰。依徐培均解，江苏镇江当时实有此峰。雨润烟浓：山峰被雨雾浸润、云霭笼罩。一江春浪：化用南唐·李煜《虞美人》："问君能有几多愁，恰似一江春水向东流。"以"春浪"喻愁，留得罗襟前日泪，弹于征鸿——此前夫亡，悲痛的泪水湿透衣襟。愁情难诉，不如将泪水挥洒于鸿雁，带给亡夫在天之灵！罗襟：丝绸衣服的前幅。襟，古指衣服的交领，后指衣服的前幅。前日泪：喻指赵明诚逝世时之悲伤。弹：挥洒。征鸿：远行的鸿雁。相传鸿雁可以传书。

新评

此首乃李清照悼亡夫之词。词意悲苦，一如清·陈廷焯所评："情词凄绝，多少血泪。"(《云韶集》卷十》)"不忍卒读"(《白雨斋词话》卷二)。民国·况周颐《漱玉词笺》亦评曰：《玉梅词隐》云：前《孤雁儿》云："吹箫人去玉楼空，肠断与谁同倚？一枝折得，人间天上，没个人堪寄。"此阕云："画楼重上与谁同？记得玉钗斜拨火，宝篆成空。"皆悼亡词也。其情才也如彼，其深情也如此。玉壶晚节之诬，忍令斯人任受耶？

结合徐培均案，或可这样说：此首，非有情才而不可为，非有深情所不能至，而两情皆备者，惟李清照耳。

说"有情才"，即是说：情以才显，才尽其情——按说，作为悼亡词，极易因悲深而致声嘶，因痛巨而显力竭；然而此首却不仅没有声嘶力竭的痛诉，甚至悲痛之"情"亦似被"才"敛，不喷发，不直抒，就像那"一江春浪"，本该是浩荡腾奔，而词人却偏偏将之收敛在"醉醒中"，并因这半"醉"半"醒"、不"嘶"不"竭"，反让此词更显"凄绝"，以致令人"不忍卒读"……我这样议论，当然不是说李清照在悼念亡夫时还斟词酌句，因为她根本用不着刻意为之，因为她的"情才"似乎天生、浑然一体：才在情中，情生才动。她的词都是自然而然地"流"出来的，而非搜肠刮肚地"做"出来的，这也就是我们说她"有情才"的理由，或许也就是她能够独步古今的理由。

说"有深情"，则不仅是说词人情深意痛，更是说"悼亡词"所表达的"情"是深的，是李清照自己痛彻肺腑的感受——而不是借公用"哀乐"的悼亡，因而也就不可能像"永垂不朽"那样为悼亡之人所通用——帘外，五更，风起，吹梦，孤寂而又凄切的感喟(画楼重上与谁同)；尤其是对往昔夫妇二人相亲相爱、相依相偎、"玉钗斜拨火"的细节的回忆，以及"留得罗襟前日泪"，并借助丈夫生前多次读过的"征鸿"而带给丈夫在天之灵的思念，则分明都是属于李清照的，也就是说：完全是"李清照式"的。

这里，或仍应(或犹想)重复徐培均所言：(此词)非有李清照之遭遇才情，绝不能写出。应为清照所作，并世无第二个足以当之。

诉衷情

此词原载《乐府雅词》卷下，明·陈耀文《花草粹编》题作《枕畔闻残梅喷香》，但题旨却不在咏梅香，而只是以残梅为线索，抒发思乡归不得、孤寂难熬的愁绪。

徐培均《李清照集笺注》曰：陈祖美云："此首当系赵明诚守建康日(靖康二年八月至建炎三年二月)，清照所作数首闺怨词之一。"基本可信。惟梅花乃腊尽春回时开花，词当作于建炎二年(1128)或三年春初。词云"梦断不成归"，当为怀念故土而作，时间以到建康之第二年为宜。

赞同徐之"怀念故土"说，因而不赞成陈祖美"闺怨"之谓。其实祖美先生也是料定会有对"闺怨"说提出异议的，故而早已阐发在先：

> 称此首为"闺怨词"，或有论者为之哗然，而笔者的这一看法是根据此词中的用典得出的。尽管这类典故像溶于水的盐一样，几乎无影无踪，但如果不从这类典故说起，就很难了解作者的内心，遂误以为词人借酒浇愁至于"沉醉"，完全是思念故国故家所致。这是作者用的障眼法。

接着，祖美先生便提出了她所说的那个"几乎无影无踪"的"典"，即此首的起句是化用《诗经·邶风·柏舟》之"微我无酒，以敖以游"之意。这个"发现"显然多属臆断，或者本就是无有影踪之事。

然而，祖美先生为何非要舍本逐末、论定"化用"不可呢？因为她认定《柏舟》乃"系妇人不得于夫而作"，因而只要认定"化用"《柏舟》，也就认定了"李清照不敢明说的内心怨言"这样一个"事实"。但可惜的是，这个事实也许只是陈祖美先生的一个臆断，而且这个臆断则是对李清照的曲解、甚或伤害。李清照是一个欣赏"生当作人杰，死亦为鬼雄"的、多有"丈夫气"的大家，或者也可以说是"坦荡荡"的"君子"，而非"常戚戚"的"小人"。然而，陈祖美先生却要一而再、再而三地论定她有"不敢明说的内心怨言"(即所谓班婕之怨)，既"不敢明说"也就罢了，但在许多的词里(按陈祖美的论述至少可占李清照存词的四分之一多)，她偏偏仍要用"障眼法"障人眼目，然后诉说自己的怨言……由陈祖美先生如此论定的李清照，无疑还不如鲁迅笔下的祥林嫂之唠叨"阿毛和狼"那般令人可怜。所以我认定陈祖美先生将自己的一个"发现"强加到李清照的总体创作中，并像当年以"阶级斗争的观点"看待所有创作一样，以"班婕之怨"观照李清照的总体创作，这无疑是对李清照的贬低。

（我在其他的解评中，亦说到过这点，但至此，可能说得更明白了一些、严重了一些，谨望得到祖美先生及诸位方家的批评。）

还是回到此词上来。就其所表达的情绪看，是悲凉的，确似孤寂一人、时光难熬的情绪，不像丈夫在时。"人悄悄"，或许只是人不在了，无论是对是错都不存在了；"月依依"，但是月亮仍记着夫妻恩爱的情景，因而当一方不在时，更加想安慰另一方，因此不见离去；"翠帘低"，是不必再卷起来了，因为"人"不可能再回；或许也正是这样的情况，词人才授、才撚，这是孤寂无法排解的写意。然而李清照的伟大，是她知道这样的情形必须过去，而且不是马上可以过去，需得些时。

唯此，窃以为，此词当写于赵明诚病故之后，可暂系于1130年早春。

夜来沉醉卸妆迟，梅萼插残枝。酒醒熏破春睡，梦远不成归。
人悄悄，月依依，翠帘垂。更接残蕊，更撚馀香，更得些时。

夜来沉醉卸妆迟，梅萼插残枝——晚间饮酒醉了，未卸头饰便和衣睡去，头上插的梅花的花瓣落了，只有花萼还残留在枝上。卸妆：古代妇女头上戴有许多装饰品，卸去这些装饰品，叫卸妆。萼：花萼，梅花最外一轮呈叶状的绿色小片，亦有呈红及其他颜色的，俗称"花托儿"。这里指整体的梅花。南朝宋·谢灵运《酬弟惠连一首》："山桃发红萼，野蕨渐紫苞。"

酒醒熏破春睡，梦远不成归——夜深了，酒醒了，梅花的浓香把我从春睡中薰醒，旧梦难续，连梦回故土也成了泡影。熏：通"薰"，原意为草香，这里指梅花的香气。

人悄悄，月依依，翠帘垂——人们都睡着了，周围一片寂静，只有天空的月亮依依不舍，含情脉脉，而我那绿色的帘子也低低垂着。悄悄：静谧的样子。唐·韦应物《晓至园中忆诸弟崔都水》："山郭恒悄悄，林月亦娟娟。"依依：形容月色柔和，朦胧而缓缓移动，似有留恋难舍、不忍离去之意。唐·吴融《情》："依依脉脉两如何？细似轻丝渺似波。"翠帘：青绿色的帘子。

更接残蕊，更撚馀香，更得些时——夜深枯坐，竟无意识地揉搓着梅花的残蕊，并将落在枕上的花瓣捡起来慢慢捏碎，时光难熬，然而要挨到天亮，还是得有一些时间的。更：又。授：用手揉搓。唐·韩愈《读东方朔杂事》："瞻相北斗柄，两手相自授。"撚：手捏，用手指搓转拨弄。馀香：梅花馀留的香味，这里指代梅花馀留的花瓣。得些时：得一些时间。得，待，需要。

词的上片，写思念故土的沉痛感情，借助于"醉"；下片，写夜阑更深，垂帘枯坐，"揉"蕊"撚"香(实为失眠者单调而又无意识的动作)，悲情至极。

此前，李清照每写及梅，无论情绪如何，都非"探"(探著南枝开遍未)即"赏"(共赏金尊沉绿蚁)，然而此首及此后不久写及梅花，却是既"揉"且"撚"，甚或说到"梅蕊重重何堪俗"(《摊破浣溪沙·揉破黄金万点轻》，其中还有"熏透愁人千里梦，却无情"句，也可作此首中"酒醒熏破春睡，梦远不成归"的注脚；两首互照，亦可证出于同期)，何以至此？回答当然只能是：李清照正经历着极度的寂寞和悲愤。何以至极？由于国破家亡夫死。

的确，清照喜梅，但梅之于国、家、夫相较，即使可以同日而语，却也势必是无法替代的。因而国既破、家既亡、夫既死，那梅亦就必由此"残"，必是残梅……

而此词亦就正是借写残枝、残蕊、馀香，象征山河破碎、夫去不归；并借一系列动作性极强的词——卸、插、熏、破、揉、撚……表现了词人近于绝望的孤寂，抒发了词人的沉痛悲凉之情、凄婉哀叹之意。

渔家傲

此首原载《乐府雅词》卷下。《唐宋诸贤绝妙词选》《林下词选》《诗词杂俎·漱玉词》《花庵词选》等均题作"记梦"。当为南渡后所作。

徐培均曾解云：南渡以前，李清照足迹不出闺门；南渡以后，"飘流遂与流人伍"，视野开始开阔起来。据《金石录后序》记载，她在建炎中，为了辩明"馈璧北朝"之诬，曾追随宋高宗行踪，"从御舟海道之温(今浙江温州)，又之越(绍兴)"。建炎四年(1130)春间，她曾在海上航行，历尽风涛之险。词中写到大海、乘船，人物有天帝及词人自己，都与这段真实的生活所得到的感受有关。

徐说分析透脱，论证确凿，可信；而靳极苍先生之说却也很到位，且推理谨严而又颇显灵气：

> "问我归何处"是作者无可归处时；"路长嗟日暮"是作者苦无办法时；"蓬舟吹取三山去"是要一死脱离人世时。依次，此词当作于南渡之次年，建炎三年(1129)八月十八日以后。时明诚刚死，清照乍失爱夫，哀痛欲绝，而且国家危殆，家财难保，无子无女，身将何依？她深痛当前，深忧以后，想一死同归。这是合乎

作者当时思想的。据《金石录后序》："（明诚）夏五月，至池阳，被旨知湖州，过阙上殿。……七月末，书报卧病。余惊怛，念侯性素急，奈何。病痁或热，必服寒药，疾可忧。遂解舟下，一日夜行三百里。比至，果大服柴胡、黄芩药，疟且痢，病危在膏肓。余悲泣，仓皇不忍问后事。八月十八日，遂不起。取笔作诗，绝笔而终，殊无分香卖履之意。葬毕，余无所之。""无所之"正是作者当时的实际。祭明诚文中云："白日正中，叹庞翁之机捷；坚城自堕，怜杞妇之悲深。"愿先夫而死，悲堕坚城，正是作者当时的心情。所以此首词必当作于此时。

——参照二说，系年既不能早于明诚亡故，亦不可故后过久。就情感的逻辑发展而言，靳说显然无错，但就实际情况而言，徐说可能更接近于真实。

众所周知：李清照此前甚或此后的创作所呈现的总的特色是：精巧玲珑的意境，委婉柔丽的词风，含蓄内向的气质……而此首无疑有着显著不同。当然，我们可以说这只是表现出词人性格和气质的另一重要侧面：即奔放、雄奇、脱略世俗、不让须眉的傲岸品质；则是表现了李清照词创作风格的多样性；则是清照词中仅见的气势磅礴、音调豪迈的浪漫主义名篇……这肯定不是问题，问题是：何以"这一首"会表现出如此之多的与众不同？是什么原因使之"磅礴"、使之"豪迈"、使之"浪漫"？夫死大悲、欲随其后，自是理由；但必要却不充分，充分的理由，可能还是因为李清照经历了人生中唯一的一次"海上航行"。无边无涯、波涛汹涌的大海，不仅给久居"寂寞深闺"的李清照以强烈的震撼，使之胸襟顿开；同时也给了她跟"小院闲窗"及深闺愁怨完全不同的意象和激情。

李清照《金石录后序》云："(建炎三年)冬十二月，金陷洪州……上江既不可往，又虏势巨测，有弟远任敕局删定官，遂往依之。到台，守已遁。之剡出陆，又弃衣被走黄岩，雇舟入海，奔行朝，时驻章安，从御舟海道之温，又之越。"

据徐培均考据，李清照至章安行在，当是建炎四年正月初三以后，"从御舟海道之温"，当是正月十八日(因是日高宗移舟离章安)。

如是，此首当系于建炎四年(1130)春为宜。

　　　天接云涛连晓雾，星河欲转千帆舞；仿佛梦魂归帝所，闻天语，殷勤问我归何处。　　我报路长嗟日暮，学诗谩有惊人句；九万里风鹏正举，风休住，蓬舟吹取三山去。

天接云涛连晓雾，星河欲转千帆舞——夜色将尽，满天云雾中，曙光微露，天河渐转,像是有千帆起舞。云涛:指海涛。论者多以"云层舒卷如波涛起伏"解之,非不可,只是"天接"便有些说不通。天接云涛,实谓"海天相接",既是李清照海上所见实景,也包含古代传说于其中。西晋·张华《博物志》卷三:"旧说云:天河与海通。近世有人居海渚者,年年八月有浮槎,去来不失期。"晓雾:晨雾。星河:即银河。唐·杜甫《阁夜》:"五更鼓角声悲壮,三峡星河影动移。"转:移动。千帆舞:比喻天上风云飘转的万千气象。千帆,极言船只之多。

仿佛梦魂归帝所,闻天语,殷勤问我归何处——梦中,仿佛乘着风帆到了天帝的宫殿,听到天帝和我说话,他亲切地问我将要到何处去。梦魂:古人认为人有灵魂,在睡梦中可以离开肉体,故称梦魂。帝所:天帝居处,即天宫。天语:天帝的话。唐·李白《飞龙吟》其二:"造天关,闻天语,屯云河车载玉女。"殷勤:情意恳切。

我报路长嗟日暮,学诗谩有惊人句——我回答说:要去的地方路很遥远,可叹的是时间无多,人已迟暮。习诗多年,纵使能写出惊人的诗句,又有什么用呢?报:回答。路长:隐喻人生之路漫长而又充满艰难。嗟:感叹。日暮:隐喻人生暮年已至。谩有惊人句:徒有使人惊奇的诗句。此句当是针对杜甫诗"为人性僻耽佳句,语不惊人死不休"而言。既是言"有惊人句又能怎样",也是说自己空有才情,于事无补。谩:空、枉自,徒然。唐·罗隐《仙掌》:"谩向上头高举手,何曾招得路旁人。"

九万里风鹏正举,风休住,蓬舟吹取三山去——我要像大鹏展翅,乘万里长风高飞远举,风啊,你不要停,请将我的小舟吹到那三座仙山上去吧!九万里风鹏正举:表示自己正要像鹏鸟那样高飞远举。《庄子·逍遥游》:"鹏之背,不知其几千里也。怒而飞,其翼若垂天之云……鹏之徙于南冥也,水击三千里,抟扶摇而上者九万里。"举,高飞。休住:不要停止。休,莫,不要。住,停止,歇下。蓬舟:形同飞蓬的小船。蓬,一种草,枯萎后,叶很轻,可随风飞旋,故称飞蓬。三山:传说中的仙山。《史记·秦始皇本纪》:"齐人徐市等上书,言海中有三神山,名曰蓬莱、方丈、瀛洲,神人居之。"取:着。语助词。宋·苏轼《雨中花慢》:"不如留取,十分春态,付于明年。"

同以往词中的"小院闲窗"、"寂寞深闺"形成鲜明对照,此首将整个宇宙作为场景,以大胆而又丰富的想象,为我们创造了一个似真非真、似幻非幻、充满奇情异彩的神话世界,一种阔大而又豪迈的境界。

海天相接,晓雾弥漫,星河渐转,千帆起舞……一开始,词人就以大手笔勾出一幅宏大而又壮美的画图,将人们带入浩瀚无垠、且又变幻万千的茫茫宇宙之中;

而词人自己也就乘梦帆、渡银河、抵天宫、见天帝,并向天帝倾诉自己的不幸:天帝"殷勤问我归何处"? 而"我报路长嗟日暮"……这两句,也就是词之上片的结拍、下片的起句,诚如徐培均所云:在一般双叠词作中,通常是上片写景,下片抒情,并自成起结。过片处,或宕开一笔,或径承上片意脉,笔断而意不断,然而又有相对的独立性。此词则不同:上下两片之间,一气呵成,联系紧密。问答之间,语气衔接,毫不停顿。可称之为"跨片格"。"我报路长嗟日暮"句中的"报"字与上片的"问"字,便是跨越两片的桥梁……如此处理,不仅使整首浑然一体,实际上也有力地凸现了"我"与"天帝"间交流的毫无阻碍的心心相同——

天帝是慈祥的,是关心民瘼的(绝非像置民水火、只顾自己一路逃命的高宗);而"路长"与"日暮"也确是词人所面临的最大的、也是无法摆脱的困境。因为这显然是一对不可解决的矛盾(这矛盾,也就是个体生命的有限性,和人类追求未来及理想的无限性之间所必然构成的矛盾吧),李清照将之并举,既是诉说自我困苦的体悟,无疑也是借此以抒屈原《离骚》之情:"欲少留此灵琐兮,日忽忽其将暮。吾令羲和弭节兮,望崦嵫而勿迫。路漫漫其修远兮,吾将上下而求索。"——如此情境,仅用寥寥四字便说通透,真的是浑化无迹,鬼斧神工。

或者还可以这样说,"路长""日暮",四个字,看似平凡,却确实令人"惊"。李清照是自信的,她清楚这四个字以及整首中"穿天心,出地腑"的神来之笔,是达到怎样"惊人"的程度,所以才说"纵使能写出惊人的诗句,又有什么用"——"谩有惊人句",与其说是自嘲,倒不如说是自省;或者说是李清照对困扰着自己的第二个问题——即创作的审美价值和社会功用——的审视和思考。这样的思考,对于真正的诗人来说,无疑是必然的,甚或也是永恒的。

现实就是如此,李清照的"惊人句",不仅与世无补,甚至不能让自己在国破、家亡、夫死的大悲痛中得以自救。或者这也就是词人必然"三山去"的理由吧。

按说,这终究是遁世,免不了会有些虚无,有些消极,可是我们读后却没有丝毫的虚无感,为什么? 因为"九万里风鹏正举",因为词人自己即如天帝一般大喝:"风休住!"是的,万里风卷,大鹏展翅,人立舟上,风吹蓬舟,三山在望……一系列豪迈而又灵动的意象,让我们不仅毫无消极之念,而且豪气陡生,拥有了一种奔放无羁、扶摇直上的快感。

这就是理想,就是精神,就是追求,就是抗争,就是激情,就是气度。

放浪恣肆,痛快淋漓,轰轰烈烈,大气磅礴!

近人梁启超曰:"此绝似苏辛派,不类《漱玉集》中语。"清·黄苏亦云:"此似不甚经意之作,却浑成大雅,无一毫钗粉气,自是北宋风格。"

添字采桑子

　　添字采桑子，又名添字丑奴儿，同调异名。古人依谱填词，字有定数，若要变旧曲为新声，需增字或减字，此时，词牌上就要写入"添字"或者"减字"加以标明。"采桑子"原为双调四十四字，此首增加了四个字(上下片各二字)，故谓"添字采桑子"。

　　词写"愁损北人"，因而当为南渡后所作。徐培均《李清照集笺注》云："此为李清照初到江南不久之作，观歇拍可知。因其初到，故对雨打芭蕉之声尚感陌生。若已住久，则无此感矣。案：清照于建炎二年(1128)春南渡江宁，不久为江南梅雨季节，乍听殊不惯，因作此词。"

　　而蔡中民、平慧善、刘瑜等方家却以为当作于其夫赵明诚死后，陈祖美则更将时限后推，认为当"划归后期，即从宋建炎四年至宋绍兴二十五年(1130—1155)，或可再略进一步，将它视为作者定居杭州后的生命途程的末后几年中，从初夏到盛暑的一段时间内"。

　　细体词意，亦似写于寄居之家而非建康府衙，当在夫死之后。或是作于如李清照《金石录后序》所说的"在会稽，卜居土民钟氏舍"(绍兴元年，1131年，时年李清照48岁)？似有可能，姑安系之。

　　　　窗前谁种芭蕉树？阴满中庭。阴满中庭，叶叶心心、舒卷有馀情。　　伤心枕上三更雨，点滴霖霪。点滴霖霪，愁损北人、不惯起来听！

　　窗前谁种芭蕉树？阴满中庭——窗前的芭蕉树是谁所种？现在已是如此高大，芭蕉树的树荫遮盖了整个庭院。芭蕉树：即芭蕉，多年生草本植物，叶大，成椭圆形，开白花，果实似香蕉。唐·张说《戏草树》："戏问芭蕉叶，何愁心不开？"中庭：庭中，即大宅院的内庭。

　　阴满中庭，叶叶心心、舒卷有馀情——芭蕉树的树叶往外舒展，蕉心却向里卷缩，一舒一卷之间，像是包蕴了无穷的情意。阴：树荫。馀情：丰富的情感。馀，长久，这里是不尽之意。

　　伤心枕上三更雨，点滴霖霪——三更醒来，因伤心而不能入睡，窗外的雨偏是淅淅沥沥下个不停，雨点滴滴答答地打在芭蕉叶上，声音单调而又凄凉。三更：旧时一夜分为五更，每更大约两小时，三更即深夜。宋·陆游《东关诗》："三更酒醒残灯在，卧听潇潇雨打蓬。"

点滴霖霪，愁损北人、不惯起来听——雨打芭蕉，声声在心，愁坏这南渡之人，听不惯，只好起来，枯坐到天明。点滴霖霪：雨点滴滴答答，绵绵不停。霖霪，连雨三日为霖，久雨为霪，这里只表示夜雨不停。愁损：愁煞，愁坏。北人：李清照自称，即指南渡之人，亦就是"流离之人"、"沦落之人"。不惯起来听：听不惯，只好起来。

词之上片写白昼所见、所感，下片写夜晚所闻、所愁。构思精巧，结构谨严。

尤其是"叶叶心心"之叠字连用，及"阴满中庭""点滴霖霪"之重言叠句，更使此词或语清意隽，错落有致；或情深调苦、哀楚动人。

靳极苍《李煜李清照词详解》评点说："叶叶心心"，是卷着时叶叶都卷着个心。"舒展有馀情"就是舒展成叶时，也还存有卷心时的未尽之情……"心"与"情"相映既是芭蕉之形，又是作者之意，用字很巧。

刘瑜《李清照全词》则解评云：此词，亦有所祖，温庭筠《更漏子》："梧桐树，三更雨，不道离情更苦！一叶叶，一声声，空阶滴到明。"与易安此词意境相似，只是"梧桐树"表示秋天的时令，而易安词中"芭蕉""心心""卷"着，时指春季罢了，写的是离情。李煜《长相思》有"秋风多，雨相和，帘外芭蕉两三窠。夜长人奈何"，与易安词意境略同，写的是相思。《词苑丛谈》载宋徽宗时无名氏《眉峰碧》云："薄暮投村驿，风雨愁通夕。窗外芭蕉窗里人，分明叶上心头滴。"写的是乡愁，与易安词更见相同之处了。而易安词写的是思国怀乡的深厚情感，立意高远。她融化前人词意，脱胎于古人诗句，不着痕迹，并能创意出奇。叶少蕴云："诗人点化前作，正和李光弼将郭子仪之军，重经号令，精神数倍。"

摊破浣溪沙

题解

此首徐培均《李清照集笺注》以为建炎三年八月所作，理由是：

其一，《金石录后序》谓赵明诚建炎三年八月十八日因病卒于建康，"葬毕，余无所之。……余又大病，仅存喘息"。

其二，此词歇拍云"木犀花"，时令相合。

而陈祖美则认为当作于绍兴二年（1132）八月。理由则也是根据李清照的"自述"，不过不是《金石录后序》，而是《投内翰綦公崇礼启》。

陈祖美云：

从李清照现存的文字中,可以得知她至少患过两次大病。一次是建炎三年(1129)的闰八月,那是因为丈夫去世悲恸,劳累过度所致;另一次患病更危重:"近因疾病,欲至膏肓,牛蚁不分,灰钉已具。"(《投内翰綦公崇礼启》)正在此时,一个名叫张汝舟的市侩小人,乘其之危骗了婚。一旦病情好转,便无法与其共处。在与张汝舟离异过程中,词人蒙受种种毁谤,以至身系大狱……在这一切苦难终究过去、重病初愈之时,李清照写了这首词,记录了她在某一天继续服药治病的养病生活,故此词约写于宋高宗绍兴二年(1132)八月,地点是在杭州西湖一带。

以词之内容、风格看,当不会是写于丈夫刚死之际;又据王仲闻《李清照事迹编年》考:公元1132年(绍兴二年壬子),春,清照赴杭;秋八月丙辰,与张汝舟离异,并作启谢翰林学士綦崇礼……亦同"木犀花"时令相合。

因而当以陈祖美所言为是,故依其说解之。

　　病起萧萧两鬓华,卧看残月上窗纱。豆蔻连梢煎熟水,莫分茶。　　枕上诗书闲处好,门前风景雨来佳,终日向人多酝藉,木犀花。

　　病起萧萧两鬓华,卧看残月上窗纱——大病初愈,稀疏的两鬓,已经花白。躺在床上,看着一钩残月慢慢爬上窗纱。起:治愈。萧萧:头发花白稀疏的样子。华:花白。宋·苏轼《南歌子》:"苒苒中秋过,萧萧两鬓华。"残月:将落的月亮。宋·柳永《雨霖铃》:"今朝酒醒何处,杨柳岸,晓风残月。"

　　豆蔻连梢煎熟水,莫分茶——饮用了豆蔻汤,不再去泡茶。豆蔻连梢:即指连枝的豆蔻。豆蔻:多年生草本植物,外形似芭蕉,花淡黄色,果实扁球形,种子像石榴,有香味。果实种子可入药,性温辛,能行气、祛寒、化湿、温中、和胃。连梢,连枝。南朝梁简文帝《和萧侍中子显春别》:"别观葡萄带实垂,江南豆蔻生连枝。"宋·张良臣《西江月》:"蛮江豆蔻影连梢。"煎:熬煮。熟水:宋人常饮的一种药用饮料。这里即指豆蔻熟水。宋·陈元靓《事林广记》别集(卷七)载《造熟水法》:"夏月,凡造熟水,先倾百煎滚汤在瓶器内,然后将所用之物投入,密封瓶口,则香倍矣。"又载《豆蔻熟水》法:"白豆蔻壳拣净,投入沸汤瓶中,密封片时用之,极妙。每次用七个足矣,不可多用,多则香浊。"莫分茶:不要沏茶。中医认为,茶性凉,能解药性,故服中药时不宜饮茶。亦有说茶能助湿,豆蔻能去湿寒,两者相忌。莫,不要,不能。宋时口语。分茶,宋代流行的一种沏茶技巧、一种茶戏或茶道,主要做法是:

用沸水冲茶,使茶乳变幻出各种如画的物象。宋·赵万里《澹庵坐上观显上人分茶》:"分茶何似煎茶好,煎茶不似分茶巧。"

枕上诗书闲处好,门前风景雨来佳——卧床读诗书,闲静时最好;窗外的景色在雨中愈发好看。闲处:闲静的时候。

终日向人多酝藉,木犀花——整日里含情脉脉地陪伴着我的,只有桂花。终日:整天。向:归趋,崇尚。这里为陪伴之意。酝藉,同"蕴藉",宽和有涵容。《北史·魏道武七王·京兆王黎传》:"风流蕴藉,俯仰可观。"木犀花:即桂花,桂花属木犀科,以木材纹理如犀,故名。

此首写于国破、夫亡、流寓、误婚、大病之后,心情愁苦自可想知;然而词人却以恬淡的笔触,变沉重为轻灵,写得从容、恬静,将孤独惆怅以及在极度悲痛中寻求自我解脱的情感,表达得简练而又自然。

上片写病愈后服药调养的情景。按说大病初愈,自是喜事,可词中却不仅无有喜色,而且开篇即言:"病起萧萧两鬓华,卧看残月上窗纱。"——"两鬓华"显是"大病"摧残的结果;而"卧看残月",则或是因为体力不支,或是由于夜思难眠,抑或则是说词人本是处在似看非看之间,从而表现出一种因"大病"——也就是大悲大恸的生活经历——所凝结的近于麻木的平静。而接下来的"豆蔻连梢煎熟水,莫分茶",也是如此,看似以淡语道出"服汤调养,忌饮清茶"之具体细节,其实只是说:由于"大病",词人开始"老"了,变得小心翼翼、琐琐碎碎了。其间悲凉,实是直陈愁情所不能企及的。

在这里,如果说词之上片是对"大病"的总结,并含有"清算"、了结之意,那么,下片则是通过对枕上观书、门前观雨、看桂花开等三件事的叙写,进而表达自己从"大病"中得以解脱的渴望和努力:"枕上诗书闲处好",重在"闲"(静),"闲处"知其"好";"门前风景雨来佳",贵在"雨","雨中"见其"佳":一"好"一"佳",已足见词人豁达、坚强的精神风貌;加之结句"终日向人多酝藉,木犀花",无疑则更加烘托出词人对桂花高洁、坚忍品格的向往和追求。

全词叙写平实,笔调和缓,所含时间仅一天,所写范围唯一病榻,然而词人却能抓住生活中的几个片段,加以巧妙组合,以臻蕴藉无穷,若非高手,断难为之。

〔存疑〕行香子

此首近人多不录,或是因其在《乐府雅词拾遗》作无名氏词,且是为近人李文裪辑《漱玉词》所收吧。

　　未见李之理由，但依据靳极苍先生之"可归李清照者，即归李"的原则，既有收者，即使彼本不收，便是列入存疑也好，算是为后世研究者留个问题、多条线索吧。

　　故此谨作存疑。

　　　　天与秋光，转转情伤，探金英知近重阳。薄衣初试，绿蚁新尝，渐一番风，一番雨，一番凉。　　黄昏院落，凄凄惶惶，酒醒时往事愁肠。那堪永夜，明月空床。闻砧声捣，蛩声细，漏声长。

　　天与秋光，转转情伤，探金英知近重阳——天增秋光，悲情愁绪亦渐渐浓烈，以致无暇顾及时日；去看菊花，才知道快到重阳节了。与：助。亦有"增"之意。唐·皮日休《襄州春游》："信马腾腾独处行，春风相引与诗情。"转转：犹渐渐。亦有解为更加。转，愈加之意。探：看。金英：菊花。

　　薄衣初试，绿蚁新尝——刚刚试穿过粗糙的衣服，品尝过新酿的米酒。薄衣：粗糙的衣服。《梁书·武帝纪》："菲饮薄衣，请自孤始。"绿蚁：酒之代称。酒刚熟时，酒面浮的泡沫如同蚂蚁，故名。唐·白居易《问刘十九》："绿蚁新醅酒，红泥小火炉。"

　　渐一番风，一番雨，一番凉——正当风凄雨苦的季节，刮一阵风，下一阵雨，天气便增添一分凉。渐：正当。宋·柳永《迎新春》："渐天如水，素月当午。"

　　黄昏院落，凄凄惶惶，酒醒时往事愁肠——黄昏的院落，凄清的景象叫人深感悲凉不安；酒醒了，往事便桩桩件件浮上心头，愁断肝肠。凄凄惶惶：悲凉不安之感。

　　那堪永夜，明月空床——哪能忍受得了漫漫长夜啊！月明如水，床更显得空空荡荡。那堪：哪能忍受。永夜：长夜。

　　闻砧声捣，蛩声细，漏声长——只听见空远的捣衣声，纤细的蛩鸣声，悠长的滴漏声。砧声捣：捶衣声搅闹。砧声，砧石上捣衣的声音。捣，搅闹。古代妇女将秋冬衣物置于砧上用木杵(棒槌)捶洗，叫捣寒衣。砧，捣衣石。蛩声：蟋蟀的叫声。唐·白居易《禁中闻蛩》："西窗独闲坐，满耳新蛩声。"漏声：漏壶滴水声。漏，计时的漏壶。

　　词抒愁肠，字字含愁，句句呼应，可谓无一笔落空。

117

上片写风、写雨、写秋凉;下片写黄昏、写长夜、写心寒,层层推进,愁肠百结,不胜悲凉。

摊破浣溪沙

题解

此首是李清照词作中引发论者争议较大者之一。而且争议的话题亦多、亦有趣。

首先是:是不是李清照作品。

按说这是本不该成为问题的:《花草粹编》、《历代诗馀》、《天籁轩词选》、《三李词》等均作李清照词,且也没什么人说过是他人之词;可是黄墨谷却提出:"词意浅薄,不类清照之作。且清照所作咏梅之词,情意深厚,有'此花不与群花比'之句,而此词则云'梅蕊重重何俗甚',非清照之作明矣。"

抛开"非清照之作"的"明"暗与否不论(其实大家也没管这个结论),黄的评说,至少为研究者提出了如下话题:

其一,此首"词意浅薄"吗?

其二,清照对梅"情意深厚",何以在此首中却要颂桂"损"梅?

对于其一,论者差不多都是持否定态度的;而关于其二,则就众说不一了:

陈祖美云:对"梅蕊重重何俗甚"一句的正确理解是解读此词的关键,但这却是一个大难点。其难不在于词句本身,而在于它与词人以往对梅的情感和评价相左。其实……《漱玉词》中有涉于梅的虽不下十来首,但真正称得上咏梅之章的,也就是《渔家傲》、《玉楼春》、《孤雁儿》等这么三四首。孤立地看《渔家傲》的"此花不与群花比",仿佛对梅的评价无与伦比,但如果对比一下,她在稍后的《鹧鸪天》中,把桂称为"自是花中第一流",岂不是已经高过了对梅的评价! 再联系她先后所写的现存三首地地道道的咏桂词,哪一首比咏梅之什的分量轻呢? 对于梅,她着重于外形的描写,而对于桂,则处处着眼于其内美的揭示,二者对比,在李清照心目中,梅和桂孰重孰轻,不言而喻。尽管这样,也不能认为"何俗甚",就是把梅看得俗不可耐、一无是处,而应作如是解:梅只注重于外形,它那重重叠叠的花瓣儿,就像一个只会化妆打扮的女子,假如不具备内在的美,它会使人感到很俗气……

周振甫云:那为什么说梅花的香"俗甚"呢? 这个"俗"不好理解,不知是否"淡"字之误。说梅花香何以这样清淡,正好与桂花香的浓烈对比;清淡的香宜于入梦,正好跟浓香妨碍人的入梦相对比,再用丁香来比,丁香结是指丁香的花蕾,比喻愁思的固结不解……正好和下句"愁人千里梦"相应。

而祝诚则如是说：其实，同一词人在不同的时刻，不同的场合，对同一事物给以不同乃至相反的评价，并无不可，"此亦一是非，彼亦一是非"也。反之，如若只准词人有一种单一的固定不变的审美意识、审美情趣、审美判断，稍加变化便疑为伪作，这对已故的词人意味着什么呢？

……

说法还有很多，且都很有意思，彼此参读，是有益和有趣的。

对此首多有争议的第二个问题是：写于什么时候？

靳极苍《李煜李清照词详解》将之列入"北时期"，并解云：这首词先赞桂花，责梅花，责丁香，最后也责桂花无情。当是明诚外出时作。总的意思是：丈夫不在，什么都不好。

孙崇恩《李清照诗词选》则云：从语言、内容、风格、结构等方面来分析，这应是李清照居青州时崇尚清高和怀念丈夫赵明诚远行的作品。

以上是主张为南渡前所作者，或也可说都是解作品为"怀人"。而主张南渡后作者，则多解为"怀乡"，或"怀乡""怀(亡)人"兼而有之：

徐培均《李清照集笺注》云：此词咏丹桂(金桂)，盖作于南渡以后，故歇拍云"熏透愁人千里梦，却无情"。案：建炎年间，易安生活荡不定，此词较闲雅，虽亦思乡，然不如建炎时激烈，当作于绍兴中定居杭州时。因系于绍兴十年(1140)前后。

陈祖美《李清照词新释辑评》则云：在现存《漱玉词》中，凡是使用同一词牌的作品大都有连贯性，很可能是相继写作的。这一首与前一首(按：指《摊破浣溪沙》"病起萧萧两鬓华")的时间、空间也是相同的，略有差别的是：在写前一首时桂花尚处在含苞待放之日，而这一首则写于金桂怒放、馨香馥郁之时，词人还没有完全摆脱病患的困扰，她的着眼点除了病榻、药盏、"枕上诗书"，就是其房前屋后的"木犀花"；写这一首时，看来作者的病体已经痊愈，其情思又回到忧国伤时之中。

众说相照，靳极苍老所言此首"责梅花，责丁香，最后也责桂花无情"是因为"丈夫不在，什么都不好"，无疑极是透脱；但其将作品系年于北宋则恐不妥，因为"丈夫不在"本身亦包含着"不在世了"，而就此首对梅、丁香以至桂一概贬斥的实质——无非是说这种种花木都不仅不能排遣人的忧思，反而更加搅"醒"人之浓愁——而言，就"何俗甚"、"熏透愁人千里梦"之强烈程度所反映出的极不平和的心境来看，还是理解为"不在世了"为宜。徐培均先生云此首"虽亦思乡，然不如建炎时激烈"或犹可，但说其"闲雅"则恐未必，因而将此词系年于"绍兴十年(1140)前后"，便似有些依据不足。而恰恰就是在这一点上，祖美先生提出"同调词""可能是相继写作的"，以及"此一首和前一首的时间、空间也是相同的"，便更显得理由充分,或可称确。

故权将此首系于绍兴二年(1132)。

摊破浣溪沙:词牌名,又名"山花子"、"添字浣溪沙",为"浣溪沙"之变体,即把浣溪沙前后阕的末句由七字改为十字并破分为两句,故名。摊破:又称"摊声",唐宋曲子词术语,指音乐节拍的变动所引起的句法(如破句、添字)和协韵的变化。

揉破黄金万点轻,剪成碧玉叶层层。风度精神如彦辅,大鲜明。 梅蕊重重何俗甚,丁香千结苦粗生。熏透愁人千里梦,却无情。

揉破黄金万点轻,剪成碧玉叶层层——桂花盛开,像揉碎的金粒,金黄万点而又轻盈不俗。层层翠绿的叶片,亦如碧玉剪裁而成。碧玉:比喻桂树叶子青翠碧绿。"剪成碧玉"一句,似化用唐·贺知章《咏柳》:"碧玉妆成一树高,万条垂下绿丝绦。不知细叶谁裁出,二月春风似剪刀。"

风度精神如彦辅,大鲜明——桂花的风度精神,就像东晋名士彦辅一样,清高、飘逸,非常鲜明。彦辅:即东晋名士乐广,字彦辅,以其见识深远,与世无争为人推重。唐·房玄龄等《晋书·乐广传》载:"性冲约,有远识,寡嗜欲,与物无竞。""广所在为政,无当时功誉,然每去职,遗爱为人所思。""广与王衍俱宅心事外,名重于时。故天下言风流者,谓王、乐为称首焉。"《晋书·刘隗传》则载刘纳语云:"王夷甫太鲜明,乐彦辅我所敬。"此处是言桂花有着乐广那样的清高、飘逸的精神气质。大鲜明:四印斋本《漱玉词》作"太鲜明",大:通"太",很,非常。

梅蕊重重何俗甚,丁香千结苦粗生——梅之花蕊一重又一重,拥拥挤挤,凡俗极了;丁香花一簇簇地聚结在一起,又未免显得过于粗笨。蕊:花蕊,花心。唐·杜甫《江梅》:"梅蕊腊前破,梅花午后香。"何:语助词,无实义。丁香千结:丁香花开茂盛,常常是一串串、一簇簇。是以诗人亦常以"丁香结"喻愁思难解。唐·李商隐《代赠》:"芭蕉不展丁香结,同向春风各自愁。"苦粗生:苦于粗糙。苦,嫌。生,语助词,后缀。有时相当于"然""样"。这里亦可作极甚解。"何俗甚"与"苦粗生"互文,极言粗俗不堪。唐·李白《戏赠杜甫》:"借问别来太瘦生,总为从前作诗苦。"

熏透愁人千里梦,却无情——只是这桂花的香味也太浓了,竟熏醒我正和千里之外的亲人团圆的梦,却未免显得太无情了。

词以大笔写小花，又以小花托浓愁，手法别致，别出心裁。

上片对桂花初放作整体描摹，落笔从容：先是以"黄金万点轻"、"碧玉叶层层"赞其"形美"；转而以人喻花赞其"神"美，点出桂花"大鲜明"的内在精神。其间尤其需要称道的是，以"黄金万点"喻桂花，色彩虽亮，但毕竟又因黄金之贵重而令人觉得奢华、沉重，是以词人缀一"轻"字，以致既使咏桂不入流俗，又令轻盈之感顿生。

下片先是以梅花之"俗"、丁香之"粗"来反衬桂花之淡泊疏清、高雅不凡，进而以其浓香作结："熏透愁人千里梦，却无情"——既道出了桂花的香气，更表达了词人的思乡怀人之情、之愁，可谓神来之笔，一击二鸣。

全篇用语率真，结构似散实凝，短短八句，便使用比喻、铺叙、拟人、反衬、反语等多种表现手法且又均显夸张，堪称情"千结"、意"层层"、愁"千里"、词"鲜明"。

长寿乐
南昌生日

此首原载元《截江网》卷六，《全宋词》据以录入。王仲闻《李清照集校注》云：此首原题撰人为易安夫人，宋人未见有以此呼清照者，未知有误否？《翰墨大全》有延安夫人、易少妇人，俱仅一字之异。

黄墨谷《重辑李清照集·漱玉词》则曰："风格、笔调均不类李清照其他慢词，兹不录。"

徐培均曾作《关于李清照两首词的笺证》云：

> 寿词为词中另一格，须多颂辞，如辛弃疾《感皇恩》四首皆为寿词，其中《滁州寿范倅》第二首之"七十古来稀，人人都道，不是阴功怎生到"。又《庆婶母王恭人七十》云："满床靴笏，罗列儿孙新妇。"又《寿铅山陈丞及之》云："冠冕在前，周公拜手，同日催班鲁公后。"风格笔调全不似其《摸鱼儿》、《贺新郎》诸什。岂能谓非稼轩词乎？盖寿词为应景之作，难得佳句，清照当不例外……此词盖为韩肖胄母文氏而作。南昌，乃夫人诰命，全称为南昌县君或郡君。词云："昼锦满堂贵胄。"昼锦堂乃肖胄曾祖韩琦所建，欧阳修为之作《相州昼锦堂记》曰："仕宦而至将相，富贵而归故乡，此人情之所荣，而今昔之所同也……公在至和中，尝以武康之节，来治于相，乃作昼锦之

堂于后圃。"《宋史·韩肖胄传》云："琦守相州，作昼锦堂；治（肖胄父）作荣归堂；肖胄又作荣归堂，三世守乡郡，人以为荣。"宋绍兴三年（1133），韩肖胄奉命使金，《宋史》本传载："母文语之曰：'汝家世受国恩，当受命即行，勿以我老为念。'帝称为贤母，封荣国夫人。"清照有《上枢密韩公诗》，序称"有易安室者，父祖皆出韩公门下"，有此渊源，故当其母生日，上此寿词。

又：徐培均在《李清照集笺注》中又云："因附此词于绍兴二年（1132）。"待考。

　　微寒应候，望日边、六叶阶蓂初秀。爱景欲挂扶桑，漏残银箭，杓回摇斗。庆高闳此际，掌上一颗明珠剖。有令容淑质，归逢佳偶。到如今，昼锦满堂贵胄。　　荣耀，文步紫禁，一一金章绿绶。更值棠棣连阴，虎符熊轼，夹河分守。况青云咫尺，朝暮重入承明后。看彩衣争献，兰羞玉酎。祝千龄，借指松椿比寿。

微寒应候，望日边、六叶阶蓂初秀——天气稍寒，正应节气季候。看帝京，蓂荚刚生出六片叶子，该是阴历初六。应候：应和节令。唐·方干《胡中丞早梅》："凌晨未喷含霜朵，应候先开亚水枝。"日边：指帝王身边。即指寿主（南昌夫人）的出生地。六叶阶蓂初秀：阶蓂已生六叶，刚刚开花，指寿主生日为阴历初六。阶蓂：即蓂，亦称蓂荚，古代传说中的瑞草。相传蓂荚每月从初一到十五，日生一荚；十六日后，日落一荚。观荚数多少，即可知日期。《帝王世纪》："尧时有草夹阶而生，每月朔生一荚，月半则生十五荚，自十六日一荚落，至月晦而尽。月小则馀一荚，厌而不落，名为蓂荚。"唐·李益《问路侍卿六月大小》："故人为杜史，为我数阶蓂。"秀，草木开花。唐·杜甫《九日寄岑参》："是节东篱菊，纷披为谁秀。"

爱景欲挂扶桑，漏残银箭，杓回摇斗——冬天的太阳将要挂上扶桑，漏壶里的水也将滴尽，天就要亮了；而斗柄亦已回转，春天也将来临。爱景：指冬天的太阳。唐·徐坚《初学记·岁时部上·冬四》："杜预注《左传》曰：'冬日可爱，夏日可畏。'"景，通"影"，指日光。南朝梁·康孟《咏日应赵王教》："相欢承爱景，共惜寸阴移。"扶桑：神木名，传说日出其下。汉·刘安等《淮南子·天文》："日出旸谷，浴于咸池，拂于扶桑，是谓晨明。"屈原《离骚》："饮余马于咸池兮，总余辔乎扶桑。"此句言寿主出生的时候是冬日的黎明。漏残银箭：漏水将滴尽，只馀银箭，指天将晓。漏残,漏壶里的水将要滴尽。漏,即漏壶,古代滴水计时的器具。银箭,古代漏壶中竖立的带刻度的计时标尺,外形似箭,颜色银白,故称银箭。唐·宋之问《寿阳王花烛图》:"莫令银箭晓,为尽合欢杯。"杓回摇斗:斗柄回转,指春天即将来临。杓,北斗七星中柄部的三星,又称斗柄、杓星。斗,北斗七星。宋·杜安世《菩萨蛮》:"玉烛光明正旦好,斗柄东回春太早。"

庆高闳此际,掌上一颗明珠剖——就在这时,在高门大院里,正庆贺一个姑娘的降生。高闳:高门,显赫的门庭。指富贵之家。南朝陈·徐陵《报尹义尚书》:"伊昔梁朝,共奉嘉聘,张兹大帛,处彼高闳。"闳,巷门。明珠:比喻极为钟爱的儿女。《梁书·刘孺传》:"七岁能属文,十四居父丧,毁瘠骨立,宗党咸异之,叔父瑱携以至官,常置座侧,谓宾客曰:'此儿吾家之明珠矣。'"从下句之"归逢佳偶"看,此寿词所呈之寿主为女子。剖:破开,指出生。

有令容淑质,归逢佳偶——这位姑娘有美丽的容貌、善良贤惠的品德,出嫁时遇上好配偶。令容:美丽的容貌。令,美好。三国魏·曹植《美女篇》:"容华耀朝日,谁不希令颜。"淑质:善良贤惠的品德。《后汉书·祢衡传》:"淑质贞亮,英才卓跞。"归逢佳偶:出嫁时遇上好配偶。归,古代女子出嫁。《诗经·周南·桃夭》:"子之于归,宜其室家。"李清照《金石录后序》:"余建中辛巳,始归赵氏。"佳偶,指南昌夫人之夫韩治。

到如今,昼锦满堂贵胄——到现在,她已是儿孙满堂,且都是穿着锦衣的达官显贵。昼锦:即昼锦还乡,白天穿锦衣还乡,和衣锦还乡意思相同。《史记·项羽本纪》:"富贵不归故乡,如衣锦夜行,谁知之者。"即谓夜锦还乡,人们看不到,故改"昼锦还乡"。宋·姚勉《沁园春》:"二叠阳关锦还乡,油幢佐幕,谁道青天行路难。"依徐培均言,这里即指韩肖胄曾祖韩琦所建"昼锦堂"。贵胄:帝王或贵族后代,亦泛指后代。

荣耀,文步紫禁,——金章绿绶——荣耀啊!家中做文官的,一个个都掌管官印,系上绶带,在皇宫中行走。紫禁:皇宫。古代以紫微垣比喻皇帝居所,故称皇宫为"紫禁"。唐·皇甫曾《早朝日寄所知》:"长安雪夜见归鸿,紫禁朝天拜舞同。"金章绿绶:指达官显要。《汉书·百官公卿表上》:"相国、丞相皆秦官,金印紫绶。高帝即位,更名相国,绿绶。"金章,即金印,古代用黄金铸造的官印。绶,古代达官显要结于腰间的丝带。唐·王昌龄《青楼曲》其二:"金章紫绶千馀骑,夫婿朝回初拜侯。"

更值棠棣连阴,虎符熊轼,夹河分守——另有两兄弟是武官,掌虎符,伏熊轼,两个儿子则都夹河而为郡首。棠棣连阴:兄弟福荫相续,都做高官。棠棣:又称常棣,木名。《诗经·小雅·常棣》:"常棣之华,鄂不韡韡。凡今之人,莫如兄弟。"诗中因常棣花每两三朵为一缀，彼此相依，故以其喻兄弟。连阴：既取棠棣相连成荫之意，又取兄弟受封获荫之意。阴：同"荫"，覆蔽，庇护。虎符熊轼：指掌兵权，当刺史。虎符，即兵符，古代帝王调兵遣将的凭证。因为虎形，故称。铜铸，背有铭文，分两半，一半留朝中，一半交领兵将帅。调兵时，由使臣持符验合方能生效。此行于隋代之前，唐时，改为鱼符。熊轼，古代高级官员所乘之车，车前横轼为伏熊之形。南朝梁·范晔《后汉书·舆服制》上："公、列侯安车，朱班轮，倚鹿较，伏熊轼。"后即用"熊轼"指公卿及地方长官。唐人多以其指刺史。夹河分守：指寿主两个儿子荣任太守之职。《汉书·杜周传》："始周为廷吏，有一马。及久任事，列三公，而两子夹河为郡守，家赀累巨万矣。"

况青云咫尺，朝暮重入承明后——况且他们不久还要高升，很快就会再入朝为官啊！青云咫尺：指寿主之子将飞黄腾达。青云，比喻高官显位。唐·李白《忆旧游寄谯郡元将军》："北阙青云不可期，东山白首还归去。"咫尺，犹"一步之遥"，比喻极近的距离。咫，古代长度单位。唐·鱼玄机《隔汉江寄子安》："含情咫尺千里，况听家家远砧。"朝暮：犹早晚，意即不久。《汉书·五行志》："独有极言待死，命在朝暮而已。"承明：即承明庐，汉代皇帝侍臣值班之所，因在承明殿旁，故名。后世以入承明庐指入朝或在朝为官。后：语气助词，相当于"呵""啊"。

看彩衣争献，兰羞玉酎——今天你过生日，做了高官的儿子们争献美酒佳肴。彩衣：指寿主之子。据《孝子传》载，老莱子年七十而父母健在，为娱双亲，穿着小孩的彩衣做天真状。后遂以彩衣指孝子。《艺文类聚》卷二十亦有载："列女传曰：'老莱子孝养二亲，行年七十，婴儿自娱，著五色彩衣，尝取浆上堂，跌仆，因卧地为小儿啼，或弄乌鸟于亲侧。"兰羞玉酎：犹美酒佳肴。兰羞，指美食佳肴。羞，同"馐"，即食物。唐·李白《行路难》："金樽美酒斗十千，玉盘珍羞值万钱。"玉酎，指美酒。酎，反复酿制而成的醇酒。

祝千龄，借指松椿比寿——我也祝愿你像松椿一样长寿。千龄：千岁。祝词，意谓长寿。松椿：即松树和椿树，古人认为最为长寿的两种树。宋·晏殊《拂霓裳》："今朝祝寿，祝寿数，比松椿。"比寿：齐寿。战国·屈原《九章·涉江》："与天地兮比寿，与日月兮齐光。"

一如徐培均言，既为寿词，须多颂辞(靳极苍则称为阿谀)，清照概莫能外，作为应酬之作，实也难言何新意。不过就语言运用上，却仍多有可取之处。整首写得委婉含蓄，尤其是起首几句——"微寒应候，望日边、六叶阶蓂初秀。爱景欲挂扶桑，漏残银箭，杓回摇斗"——从容铺陈，点明寿主是于冬末月阴历初六之凌晨生于帝京，耐人寻味；"昼锦"、"金章绿绶"、"棠棣连阴"、"虎符熊轼"、"夹河分守"及"彩衣"等用典亦从容不迫，典雅蕴藉，而"掌上一颗明珠"、"青云"等比喻也恰切生动，至今仍为人们所用。

好事近

词写伤春之感、念夫之情，幽深悲切。当为李清照孀居异乡所作。

陈祖美《李清照词新释辑评》云：此首写作大致与《渔家傲·记梦》一词差同，均系在赵明诚谢世的翌年春天所作；徐培均《李清照集笺注》则云：此词似作于赵明诚逝世后某年之暮春。歇拍"魂梦"二句，实为创巨痛深之语，非因悼念亡夫不能至此。姑系于绍兴三年(1133)定居杭州前后。

徐说虽未细言，却是应当考虑的。

理由有二：

其一，词含思夫之哀，但却非悼亡词。因而写作当不在赵明诚逝世后不久的几个月内。

其二，依词的内容看，亦似应写于经历了大的风浪(包括伤夫之痛、离乱之苦及再婚之辱)后，起居及心境稍安初"定"之日。如是，系年定居杭州时，便似更为合适。

毋庸置疑，从建炎三年(1129)八月赵明诚病逝，到绍兴三年(1133)定居杭州，李清照是在"悲泣仓皇"、病痛交加、颠沛流离中度过的。金兵南犯，皇室奔乱，李清照不得不"与流人伍"，在连天烽火中孑然一身漂泊逃难。先是去投奔跟随御驾的弟弟李远(当时任敕局删定官)，后是因遭"玉壶颁金"之诬(有人诬陷赵明诚生前曾将所藏玉壶奉送金人，贿赂通敌)，为了洗雪冤辱，李清照想将家中所剩铜器古物等奉献朝廷以表心迹，是以又一路"追帝踪"，以致先后辗转越州(今浙江绍兴)、台州(今浙江临海)、嵊县、黄岩、章安、明州(即四明，今浙江宁波)、温州、衢州，大约于绍兴二年(1132)春，到达临安。一路奔波，李清照可谓历尽坎坷，其间，她视同生命的大量古书石刻、书画铭器，抑或在战火中"散为云烟"，或屡遭盗窃，以致所剩无几。李清照为此悲恸不已，再次大病(初次是赵明诚死后)。命蹇事乖，没想到偏又遭遇误嫁张汝舟之辱。是年夏天，她在大病无助的情况下，改嫁张汝舟。婚后方知张汝舟完全是为了占有古玩财物。婚后不久便对她横加虐待，忍无可忍之下，李清照即告发他以谎报参加科举考试的次数骗取官职，并与之离异。张受到贬官柳州的惩处，而按宋《刑统》规定：妻告夫，即使属实，也得"徒二年"。李清照因此而陷囹圄九日，因获赵明诚之姑表兄弟、曾与高宗皇帝共过患难的翰林学士綦崇礼出面营救，才得以出狱(时间大致为当年八月)。

此后至绍兴四年(1134)冬赴金华(今属浙江)避难，李清照便一直定居在临安。

综上背景，并细揣此首起句——风定落花深——词意，所谓"风"，或许即是指上述一波未平一波又起之磨难？而言经历了再婚风波、病体渐愈之后定居临安的日子为"定"，当是说得过去的。那厚厚的"落花"，显然不只是"海棠"或自然之花，而更是词人被夫亡、离乱、误婚、陷狱等一次次、一片片地撕碎的心。其间悲怆，是深的。

故而随徐说，谨将此首系于绍兴三年(1133)暮春。

> 风定落花深，帘外拥红堆雪。长记海棠开后，正伤春时节。
> 酒阑歌罢玉尊空，青釭暗明灭。魂梦不堪幽怨，更一声啼鴂。

新解

风定落花深，帘外拥红堆雪——风停了，帘外落花遍地，红花白花拥积成堆。定：停，住。唐·白居易《湖亭望水》："日沉红有影，风定绿无波。"深：厚。拥红堆雪：红色的花瓣聚团，白色的花瓣成堆。拥，聚，聚集。红、雪，均以花的颜色指代花瓣。

长记海棠开后，正伤春时节——常常想起在伤春时节开放的海棠，更加伤感。长记：同"常记"，经常记起。正伤春时节：《乐府雅词》卷下作"正是伤春时节"。四印斋本、赵万里校辑《宋金元人词·漱玉词》均疑"是"字为衍。赵本注云："案此句无作六言者，'正是'二字，必有一衍。"兹从之。伤春：为春天将尽而感伤。

酒阑歌罢玉尊空，青釭暗明灭——酒喝光了，歌唱完了；酒杯空空，油灯忽明忽灭地闪着。阑：尽。歌罢：歌声停止。罢，完。五代·毛文锡《恋情深》："酒阑歌罢两沉沉，一笑动君心。"玉尊：玉制的酒杯，亦泛指精美的酒具。青釭：青灯，即油灯，因灯光青荧，故称。釭，灯盏。暗明灭：指灯光忽明忽暗地闪烁。宋·范仲淹《御街行》："残灯明灭欹枕头。"

魂梦不堪幽怨，更一声啼鴂——本想在梦中能得到一些慰藉，没想到梦也充满幽怨，令人难以忍受。何况又听到杜鹃的一声哀鸣。不堪：不能忍受。幽怨：潜藏在心里的怨恨。更：又，再。啼鴂：杜鹃鸟的叫声。鴂：鹈鴂，《汉书·扬雄传》："鹈鴂，一名子规，一名杜鹃，常以立夏鸣，鸣则众芳皆歇。"又：传说中此鸟为古代蜀国皇帝杜宇的灵魂所变，故又名杜宇，啼声悲切。还有一说，即："鹈鴂、杜鹃实两物。"(见宋·辛弃疾《贺新郎》："绿树听鹈鴂。更那堪、鹧鸪声住，杜鹃声切。"自注)

词从"风定"写起，写因遭受狂风摧残而堆积满地的落花，却省去对狂风摧花情形的描述，或是因于不堪触目，或是实在一言难尽，总之匠心独具、极尽功力。"深""拥""堆"，本已惨不忍睹，而词中层层加迭的一系列既有情感意义、又有审美意义的意象——落花、帘、红、雪、海棠、酒、歌、玉尊、青缸、明灭、啼鴂……则无疑包蕴了词人太多的愁思、悲绪，既情景交融、意境幽怨，又由浅入深、由淡至浓、由外及内、层层深入，让人深感透不过气来。

一如以"落花深"、"拥红堆雪"便写透伤春深愁；词人之思夫之悲，亦是以"长记海棠开后"、"玉尊空"、"魂梦不堪幽怨"、"啼鴂"等数语，便力透纸背、悲深至极。它令人想起"瑞脑香消魂梦断"、"醒时空对烛花红"的少女时代，想起"玉人浴出新妆洗"、"共赏金樽沉绿蚁"、"笑语檀郎"的燕尔新婚，想起婚后"玉钗斜拨火"、"夜阑犹剪灯花弄"以及"雨疏风骤"的"昨夜"，想起"云中谁寄锦书来"、"千里关山劳梦魂"的夫妻小别后的无尽相思……虽然也有幽怨、也有愁苦，但是希望总在、团圆总在、关爱总在，而至今，这一切却都成了过去，此生不会再有。所以"雁字"、"归鸿"，已为"啼鴂"取代。

徐培均解：传杜鹃鸣声似"不如归去"，宋·康与之《满江红·杜鹃》词云："镇日叮咛千百遍，只将一句频频说。道'不如归去不如归'，伤情切。"清照此词上阕谓"伤春时节"，亦如康意，盖怀归也。

说得是。但所谓"怀归"，显然不只是，甚至不主要是"故乡"，而是"过去"，是李清照和赵明诚夫妻相爱相依的"昨日"。

〔存疑〕瑞鹧鸪
双银杏

同《减字木兰花》(卖花担上)一样，此词亦是历来争议较多者。只是所争所议主要地并不在于作品真伪上，而是集中于如下两个问题：

其一，是词还是诗。其二，是写于早年还是写于晚期。

先说一。

疑其非词，当始于赵万里。他在《校辑宋金元人词》本《漱玉词》里将此词列入"存疑"并云："案虞、真二部，诗馀绝少通叶，极似七言绝句，与瑞鹧鸪词体不合。"

济南出版社1990年版《济南名士丛书·李清照全集评注》云：清照此词，不仅前后押两韵部，其中间四句，既不对仗，而且上下阕衔接处，亦不粘连，明为两首绝句。有人据此怀疑非清照作品，则证据不足。盖本为两首绝句，误抄一起，《花草粹编》编者遂加《瑞鹧鸪》名,并妄题为"双银杏"耳。

徐培均《李清照集笺注》则亦将其"存疑"并云,均案:查《钦定词谱》卷十二,此调此体为七言八句,仅收冯延巳、贺铸两体,均为一韵到底,无两韵通叶者。又《词律》卷八,仅收侯寘一首,亦用一韵。他首皆变体。故知赵说有理。清照《词论》讲究音律颇细,此处似不应换韵,疑为少作,其时恐词律未精。

徐先生考据到位,然而其先云"赵说有理"(也就是说当是两首绝句相加),后却又说"疑为少作,其时恐词律不精"(也就是说不是诗、仍是词,只是当时清照还不甚懂规矩,错换了韵而已),这是个矛盾。

这个矛盾的产生,也许只是因为牵扯到了创作年代的问题。

徐先生主张此词作于早年(为1101年,即清照18岁时),陈祖美先生亦是(她亦将创作年代系于1101年),然而两人所持理由却不相同,徐是顾词律(也就是何以换韵),陈是就词意(也就是新婚)。亦唯其如此,陈先生才特别强调说:下篇第三句有"居士"二字。如果把这首《瑞鹧鸪》视为李清照新婚不久所作,与她三十四五岁屏居青州时始用"易安居士"之号的事实是否有矛盾? 答案应该是"没有"。因为"易安居士",只有屏居青州后才能引以为号,而"居士"则可泛指自命清高者。无疑,燕尔新婚时的李清照最为清高自许,十八九岁自称"居士",亦无不可。

陈先生之如上说,作为对"新婚不久所作"的辩解,无疑是必要的,但同时却也是有些勉强的。

是以靳极苍、范英豪诸先生才就词意(虽然如人常说:以词意判断、恐不甚妥;但反过来说,词意毕竟属于"内证",不顾词意,无疑更是不妥的)而提出:此词很可能并非作于新婚之时,甚至也不是屏居青州时期,而是作于晚年。

靳极苍说:这首词,依并蒂连枝、明皇太真、擘开有意、两家新(辛)等,当是北宋时明诚外出,寄明诚之作。但依"谁怜流落江湖上,玉骨冰肌未肯枯",已是辗转迁徙挣扎之态,情绪消沉,又不似明诚在时情况。如此则此词当系泛指,作于晚年,自称"居士"也可为证。具体时、地,词中没有。内容该是见并蒂银杏,伤所有因战乱而不能相聚的夫妇。

范英豪则说:据词中"尊前甘橘"、"擘开真有意"推测,这首词可能写于绍兴三年元旦日。因京师人有在岁旦擘柿橘分食求吉利的风俗。旅居临安的李清照仍按旧俗,因无柿而以银杏代之。而此时的李清照,刚刚经过了一次再婚风波。绍兴二年夏,李清照再嫁张汝舟,因不堪忍受张的虐待,同年九月离异,并因此而被判刑两年,后因亲属营救,九天后出狱。此词似作于离异之后。

在此,谨依两位先生之分析,将之系于清照晚期、明诚亡故之后作(或亦可暂系于1133年,李清照是年50岁)。

瑞鹧鸪：词牌名。此调原为七言律诗，唐时谱入歌词，遂成词调。双银杏：并蒂连枝的两颗银杏。银杏，植物名，俗称白果。松柏科，春季开花，花小，无花被，单性，雌雄异株，雄花穗状，雌花二至三个簇生于短枝上，每花具长柄，柄顶二叉，各生一种子，青色，熟时黄色，内皮白色。

　　　　风韵雍容未甚都，尊前甘橘可为奴。谁怜流落江湖上，玉骨冰肌未肯枯。　　谁教并蒂连枝摘，醉后明皇倚太真。居士擘开真有意，要吟风味两家新。

　　风韵雍容未甚都，尊前甘橘可为奴——银杏仪态温雅、端庄大方，却也不算特别美丽。酒杯前的甘橘也不漂亮呀，可却被人们看重并称作"木奴"。雍容：形容仪态温文尔雅，大方端庄。甚：极，很。都：姣好，漂亮。此句是化用了司马迁《史记·司马相如列传》所载的一个典故："相如之临邛，从车骑，雍容闲雅甚都。"尊前：酒杯之前。甘橘可为奴：甘橘，植物名，别称木奴。北魏·郦道元《水经注·沅水》："龙阳县之氾洲，洲长二十里，三国吴丹阳太守李衡植橘于其上，临死，敕其子曰：'吾州里有木奴千头，不责衣食，岁绢千匹。'"后人因称甘橘为木奴。可，正好，恰好。

　　谁怜流落江湖上，玉骨冰肌未肯枯——有谁怜悯过银杏？它和甘橘彼此差不多，可是甘橘为人看重并置于尊前，而它却是流落江湖。即使如此，它仍不自暴自弃，依旧是玉样的骨、冰样的肌，显示出高洁而又澄澈的品性。玉骨冰肌：古人形容美人之辞，喻清秀苗条的身段和洁白光润的肌肤。宋·杨无咎《柳梢青》："玉骨冰肌，为谁偏好，物地相宜，一段风流。"这里将银杏拟人化，言其表里俱佳，有高洁澄澈的品性。

　　谁教并蒂连枝摘，醉后明皇倚太真——是谁让把并蒂连枝的双银杏摘下来，使人仿佛看到醉酒的唐明皇依在杨贵妃的身上。明皇：唐玄宗李隆基。太真：杨贵妃杨玉环。五代·王仁裕《开元天宝遗事》卷下："明皇与贵妃幸华清宫，因宿醉初醒，凭妃子肩同看木芍药。上亲折一枝，与妃子同嗅其艳。"

　　居士擘开真有意，要吟风味两家新——我将双银杏掰开，便看到了果中的仁，是实实在在的有情有意。于是我写诗吟诵，愿天下成双成对的人能体味其中的苦心。居士：词人自称。擘：同"掰"，用手把东西分开或折断。真有意：意谐"薏"，莲子的心。《容斋随笔》卷十六："世传苏东坡一绝句：莲子擘开须见薏。"此处借指银杏之仁，为双关语，既指银杏有仁，也指人有实实在在的情意。两家新：有人解为"两样新"，即指银杏果肉与核仁的味道一样鲜美；亦有人解释说：古时夫妇互称为"家"。新，清新，"新"与"心"谐音，语意双关，又指夫妻心心相印。而靳极苍先生则独辟蹊径曰："邢昺疏引陆机疏云：'莲青皮，里白，子中有青为薏。味甚苦。'""这个'新'字是'辛'的谐音字，就是那风味会是很苦的。"甚妙，从之。

疑非词，姑且不以词评之。仅说想法如下：

一、此词为两首绝句相加的可能性很大(除上述"不仅前后押两韵部，其中间四句，既不对仗，而且上下阕衔接处，亦不粘连"，"与瑞鹧鸪词体不合"外，四句两"谁"——"谁怜流落江湖上"、"谁教并蒂连枝摘"——若作一词看，既衔接多有隔碍，也是清照所不可能为。只有分为两首，方才情通理顺)，因而理应"存疑"。

二、绝句相加说虽暂无铁证，却极是有理。因而诸如李清照研究会等权威机构以后若出权威本时，理应对此高度重视。窃以为，权威本似应将此词分作两首并归于诗作部分，以免传讹不禁。请考虑。

满庭芳

《花草粹编》、《历代诗馀》等题作《残梅》。

黄墨谷《重辑李清照集·漱玉词》将此词置于"大观二年屏居乡里至建炎元年南渡以前作品"；徐培均《李清照集笺注》言"此词'何逊在扬州'，乃清照就地用典"，"观'手种江梅'句，可知词乃建炎三年(1129)春暮作于江宁"。陈祖美《李清照诗词文选评》将其同《小重山》(春到长门春草青)、《多丽·咏白菊》(小楼寒)系于"重返汴京和婕妤初叹(1106年前后)"。

婕妤之叹，似被陈祖美视为李清照的两大"块垒"之一(另一块垒是政治块垒)，因而在"求证"(解读)其创作时，多作为"定理"用之。这个定理，每每让陈之解读独到、切中隐情；却也常令其忽略了更为重要的块垒，比如政治块垒(前期是党争株连，后期是国破家亡)，比如：作为杰出的女性，李清照跟整个男性社会的矛盾及恩怨。

况且，且不说赵明诚是否有过外遇(或者更有甚者是狎妓、纳妾)，且不说在李清照对自己和赵明诚关系及情感的记叙中，我们所看到的更多的只是恩爱(他们平等相处、同甘共苦以至心心相印，确是那个时代里的夫妻所少有的)，就即使是有过婕妤之患、势必叹之，那也是当时之叹。也即是说，心可终生怨之，但在创作中却不可能动辄提及(因为他们在共同生活的日子里，十之八九，是恩爱的；李清照也断无可能无视眼前的恩爱，不顾内心的思念，而非要一而再、再而三地去为过去了的不快写诗作词、嗟叹埋怨不可)。

陈祖美曰：

> 后人以为此词专咏残梅，实际是作者以之自况。词中的"小阁"和"篆香"，是人们所熟悉的词人的闺房及闺房中陈设之物。至于"无人到"的"人"更是词人专用于对赵明诚的昵称，当与"念武陵人远"、"人何处"的"人"同义。"无人到"，当然是作者埋怨丈夫应该到而不到她身边来。这从此句前后所用两个典故可见一斑：

> 一个是"临水登楼"，一个是"何逊在扬州"。前者是在强调主人公虽然心情很不好，但却不同于写《登楼赋》时的王粲，王粲的襟中块垒是怀才不遇和思乡之戚。而词中的女主人公，也就是生活中的李清照的化身，那时候她并没有什么家国之思。在汴京失陷，她由青州到江宁，产生了家国之思后所写的《鹧鸪天》，就直截了当地说自己也有王粲同样的"怀远"之情。因为这种情感，不存在不可告人的问题，真正使她难以启齿的是藏在"何逊在扬州"背后的典事。词人的苦衷和睿智也恰恰表现在对这一故实的婉转借取上。

> 然而，以往在阐释"何逊在扬州"时，只在杜甫诗中找到其字句的出处，对其在李词中的用意却不求甚解。这就无从了解词人的心情，也找不到其"寂寥"的真正原因。如果联系作者可能有过"婕妤之叹"的身世另以品味，则不难发现：原来词人是借何逊的《咏早梅》诗，来表达自身的难言之隐。因为何逊的诗中有这样几句："朝泣长门外，夕驻临邛杯。应知早飘落，故逐上春来。"这类诗句，即使出自像何逊、杜甫那样著名的男性作者之手，也不外乎"美人香草"之喻。而对于女词人李清照来说，则具有真实感人的身世之慨；她此时当与失宠的陈阿娇和被抛弃的卓文君有某种同病相怜之处，所以她特别声明——自己的内心况味，与不为荆州刘表重用而产生桑梓之念的王粲不同，故"又何必临水登楼"……

这里，如果撇开"婕妤之叹"的假定并换个角度思之，仅用陈祖美先生所用的"证据"，似乎便可得出与之正好相左的结论。

一、词以"残梅""自况"，"况""残梅"而非"腊梅"、"红梅"，是因为词人深感身如残梅、花期即尽(年已暮)；心如梅残、七零八落(心已碎)，是因为词人经历了大的忧患。这忧患并非是"婕妤之患"，而是生命中不能承受("难堪"、"不耐")之患：是"雨藉"，是"风揉"，是有人偏偏雪上加霜、长笛横吹，搅动她的"浓愁"，让她不得不幽居"小阁""藏梅"于内，"锁昼"于外……如此之大的忧患，似乎也就只有国破、家亡、夫死、而自己则因再嫁而蒙羞受侮方能对应。(李清照在《投翰林学士綦崇礼启》里明明白白地记述了此事，言："近因疾病，欲至膏肓，牛蚁不分，

131

灰钉已具……信彼如簧之说，惑兹似锦之言……优柔莫决。呻吟未定，强以同归。视听才分，实难共处，忍以桑榆之晚节，配兹驵侩之下才。身既怀臭之可嫌，唯求脱去；彼素抱璧之将往，决欲杀之。遂肆侵凌，日加殴击，可念刘伶之肋，难胜石勒之拳。局天扣地，敢效谈娘之善诉；升堂入室，素非李赤之甘心……哀怜无告，虽未解骖；感戴鸿恩，如真出己。故兹白首，得免丹书。清照敢不省过知惭，扪心识愧。责全责智，已难逃万世之讥；败德败名，何以见中朝之士。虽南山之竹，岂能穷多口之谈；惟智者之言，可以止无根之谤。"）

也就是说，谓此词作于李清照与张汝舟再婚又离（即绍兴二年，1132年）之后不久当更合适。

（顺便提及：徐培均谓"词乃建炎三年（1129）春暮作于江宁"，不妥，因为是年暮春李清照并不在江宁，而在池阳。《金石录后序》云："己酉春三月罢，具舟上芜湖，入姑孰，将卜居赣水上。夏五月，至池阳。被旨知湖州，过阙上殿。遂驻家池阳，独赴召。六月十三日……遂驰马去。途中奔驰，冒大暑，感疾，至行在，病痁。七月末，书报卧病。余惊怛，念侯性素急，奈何。病痁或热，必服寒药，疾可忧。遂解舟下，一日夜行三百里。比至，果大服柴胡、黄芩药，疟且痢，病危在膏肓。余悲泣，仓皇不忍问后事。八月十八日，遂不起。取笔作诗，绝笔而终，殊无分香卖履之意。葬毕……余又大病，仅存喘息。"）

二、祖美先生对"无人到"的理解——即："无人到"的"人"更是词人专用于对赵明诚的昵称，当与"念武陵人远"、"人何处"的"人"同义——既当且高，但由此所得出的结论——"无人到"，当然是作者埋怨丈夫应该到而不到她身边来——却是既不妥、也未必。

细体词意，词人对于"无人到"是非常清楚的。因为她知道"武陵人远（逝）"，因而不必盼（归来），似更无需怨（不归）。所以在整首词里（也就是整整一天时间里）才一动不动，浑不似在明诚活着时所写的闺怨怀人之作中动辄"理琴"、动辄"把酒"、动辄"倚遍栏杆"、动辄"终日凝眸"、动辄想"云中谁寄锦书"、动辄问"门外谁扫残红"……

尤其是将之同其他两首的"婕好初叹"之作相比，似乎更加不能同语，这里没有"春草"而只有"残梅"；没有"细看取，屈平陶令，风韵正相宜"，而只有"又何必、临水登楼"、"寂寥浑似、何逊在扬州"。

三、祖美先生以"临水登楼"为例，将此词和《鹧鸪天》进行对比的目的显然十分明确，那就是想从正反两个方面来求证李清照的"不可告人"之情。即：

写此词时，李清照"并没有什么家国之思"，因而其"心情很不好"的原因（或"内心况味"）也就有别于王粲之"怀才不遇和思乡之戚"，不是因为"家国之思"，而是因为"不可告人"之情——这是从正面求证。而"产生了家国之思后所写的《鹧鸪天》,就直截了当地说自己也有王粲同样的'怀远'之情。因为这种情感,不存在不可告人的问题"——这是反证。正正反反,似无可疑,却实有疑处,这可疑之处即是,其正也好,其反也罢,都是建立在一个假设的前提之上:《鹧鸪天》写于此词之后。

然而,这个前提却极有可能是个错误的假定。理由如下:

其一,此词中"又何必、临水登楼"语意双关,其本意为:看"手种江梅"就成,不必"临水登楼";其寓意为:不必像陶渊明那样临水吟诗、像王粲那样登楼作赋。而之所以不必了,很可能跟"家国之思"、"难言之隐"都没有关系,而只是如同"没个人堪寄"一样,是觉那个人已不能再读。当然也还极有可能有另外的寓意,这就是——

其二、在《鹧鸪天》(当写于1128)中,词人还有心思借"临水"之陶渊明和"登楼"之王粲说"仲宣怀远更凄凉"、"莫负东篱菊蕊黄";而到写此词时(似为1133年),词人已因经历了巨大的忧患而心灰意冷,所以才说:又何必再提登楼的仲宣、临水的东篱?"怀远"又能怎样,"凄凉"又能怎样,"菊蕊黄"又怎样,"莫负"又怎样?

其三、也许正是因为如此,词人才在此词中守着残梅和它说话(其实是自言自语),安慰它、鼓励它(其实也就是安慰自己、为自己鼓劲),才与当年亦是在扬州的何逊产生共鸣,这共鸣的原因就是梅,其共鸣点即是:何逊在梅树下"彷徨终日",必是跟自己一样寂寥,必是跟自己一样和梅说了许多的话。

综上,且把此词系于1133年暮春。时年李清照50岁。是时,李清照另作《好事近》(风定落花深),可谓"残梅"、"落花"浑似。

　　　　小阁藏春,闲窗锁昼,画堂无限深幽。篆香烧尽,日影下帘钩。手种江梅渐好,又何必、临水登楼? 无人到,寂寥浑似、何逊在扬州。　　　从来,知韵胜,难堪雨藉,不耐风揉。更谁家横笛,吹动浓愁? 莫恨香消雪减,须信道、扫迹情留。难言处,良宵淡月,疏影尚风流。

小阁藏春,闲窗锁昼,画堂无限深幽——梅花在闺房静静开着,关闭的窗子,挡住了外面的阳光。屋子里非常幽静。小阁:小楼,闺人内室。此指女主人公的居室。藏春:春在(小阁)里。藏,在……里头。春,指代梅花。或取自唐人诗句,马怀素诗云:"就暖风光偏着柳,辞寒雪影半藏梅。"李商隐诗云:"已遭江映柳,更被雪藏梅。"词人在这里以"春"代梅,以梅象征春色、抑或自己。闲窗:带棂的窗子。锁昼:

白日里窗户也关着,挡住了外面的阳光。画堂:原为汉代宫中殿堂,《汉书·元后传》:"生成帝于甲馆画堂。"后指雕梁画栋的房舍,亦多被引申为洞房、闺房。唐·崔颢《王家少妇诗》:"十五嫁王昌,盈盈入画堂。"这里当指女主人公居室。无限深幽:非常幽静。"无限"是词人之心理感受,"深"是居室幽静的程度。

篆香烧尽,日影下帘钩——刻着时辰的篆香烧尽了,日影已经到了帘钩下边。篆香:古时,人们点香计时,香上篆刻有子、丑、寅、卯等十二时辰,可燃一昼夜。故名篆香。宋·洪刍《香谱》:"近时尚奇者作香篆,其文准十二辰,分一百刻,凡燃一昼夜已。"烧尽:可知时间已很长。宋·秦观《减字木兰花》:"欲见回肠,断续金炉小篆香。"

手种江梅渐好,又何必、临水登楼——亲手种植的江梅更好,又何必临水登楼观赏呢? 江梅:一种野生的梅花。诗词中用之,多泛指梅花。临水登楼:指晋·陶渊明临水赋《游斜川》诗、汉代建安诗人王粲登楼作《登楼赋》之事。陶渊明《游斜川》诗序:"与二三邻曲,同游斜川。临长流……欣对不足,率共赋诗。"建安诗人王粲依附荆州刘表,不得重用,心忧国家危机,登湖北当阳楼,作《登楼赋》。这里综合两典,说明不必像陶渊明、王粲那样临水赋诗、登楼作赋。

无人到,寂寥浑似、何逊在扬州——无人来往,孤身一人以梅为伴,这种寂寞,简直跟何逊当年在扬州的时候一样。寂寥:寂寞,空虚。汉·刘向《惜贤》:"声嗷嗷以寂寥兮,顾仆夫之憔悴。"浑:简直,几乎。宋·柳永《合欢带》:"一个肌肤浑似玉,更都来、占了千娇。"何逊:东海郯(今山东郯城)人,南朝梁代著名诗人,曾任扬州刺史。《梁书》:"逊尝作扬州法曹,廨舍有梅花一株,常吟咏其下,后居洛思之,请再往。抵扬州,花方盛开,逊对树彷徨终日。"唐·杜甫《和裴迪登蜀州东亭送客逢早梅相忆见寄》曾言此事:"东阁官梅动诗兴,还如何逊在扬州。"

从来,知韵胜,难堪雨藉,不耐风揉——人们向来知道梅花是以风韵而远胜群芳的,也知道它经不住雨的摧残,耐不了风的蹂躏。韵胜:风神韵致,胜过群芳。宋·范成大《梅谱·后序》:"梅花以韵胜,以格高,故以横斜疏瘦,与老枝怪奇者为贵。"难堪:经受不住。堪,经得起,受得住。雨藉:雨的践踏。藉,践踏,欺凌。这里可释为摧残。《庄子·让王》:"杀夫子者无罪,藉夫子者无禁。"不耐:不能忍耐。唐·李白《古风五十九首》:"华鬓不耐秋,飒然成衰蓬。"风揉:风的蹂躏。

更谁家横笛,吹动浓愁——要是再有人吹起呜呜咽咽的横笛,一曲《梅花落》的哀婉之音,搅动它满怀的浓愁,那它就更受不了了。横笛:横吹之笛,即现在的七孔笛。汉代横吹曲中有《梅花落》曲,声调哀婉。这里以横笛指代吹奏《梅花落》曲。宋·吴文英《高阳台·落梅》:"南楼不怕吹横笛,恨晓风千里关山。"

莫恨香消雪减,须信道、扫迹情留——芳香终会飘逝,花瓣总要凋落,你不要怨恨,要知道:你在这个世上的踪迹,可以被扫除得干干净净,但是你留在人间的情韵、情意,却是扫不去的。恨:怨。雪减:洁白如雪的花瓣一片片地凋落。雪,指代白梅花。须信道:唐宋时方言。《诗词曲语词汇释》卷五:"须信道,犹云须知道也。晏殊《渔家傲》词:'莫借醉来开口笑,须信道,人间万事何时了。'"扫迹:像扫地一般将踪迹扫尽。南朝齐·孔德璋《北山移文》:"或飞柯以折轮,乍低枝而扫迹。"唐·杜甫《赠李白》:"山林迹如扫。"这里即指梅花尽谢。情留:即留下情韵、情意。"扫迹情留"同陆游"零落成泥碾作尘,只有香如故"(《卜算子》)词意相近。

难言处,良宵淡月,疏影尚风流——而且还有用语言所不能表达的美好之处,比如良宵月夜,淡淡的月光洒在梅枝上,倩影疏朗,依旧是风流潇洒、楚楚动人啊!难言处:难以用语言表达的意境。疏影:月下梅影疏朗。宋·林逋《山园小梅》:"疏影横斜水清浅,暗香浮动月黄昏。"

以梅自况,梅人无隔。

读梅读人,明白了以下事理:

一边说"又何必、临水登楼",一边仍吟诗写词,既是悖论,也是命运。因为你就是你,你是李清照,你是个词人。

(引申义:写诗作词,不是"无病呻吟",而是有"病"方吟;诗词不是"无用"的物事,对于作者而言,是聊以遣怀,对于读者来说,是终身受益。)

"莫恨香消雪减",不是不该"恨"(怨),而是恨也无用、于事无补。

(引申义:既于事无补,又何必恨?不恨,方能反观自身;反观自身,才能明白怎样安身,如何安慰自身、解放自身。)

"须信道、扫迹情留";"良宵淡月,疏影尚风流"……或许也真的只是李清照的自我安慰、自我鼓励;体味再三,则尤感里头蕴含着巨大的无奈、深深的悲凉。

(引申义:或者这也就是"精神胜利法"吧。其对于人类,尤其是对于那些"难堪雨藉,不耐风揉"的生命个体,是需要的。)

武陵春

词写故土之思,亡国之悲,凄凉之情,为词人代表作之一,当写于绍兴五年(1135)避难金华之时。《诗词杂俎》本《漱玉词》等题作《春晚》,《彤管遗编》等题

> 风住尘香花已尽，日晚倦梳头。物是人非事事休，欲语泪
> 先流。　　闻说双溪春尚好，也拟泛轻舟。只恐双溪舴艋舟，
> 载不动、许多愁。

风住尘香花已尽，日晚倦梳头——风停了，花尽凋谢，尘土里散发出落花的香气；太阳已升得很高了，却懒得去梳头。尘香：落花成尘，犹留馀香。日晚：指太阳已升高了。

物是人非事事休，欲语泪先流——风物依旧，人事已非；人间万事已不可求，有好多的话想说，但没等开口，却已是泪流满面。物是人非：景物依旧，人事已非。三国魏·曹丕《与朝歌令吴质书》：“节同时异，物是人非，我劳如何。”休：完结。晋·陶渊明《归去来兮辞》：“羡万物之得时，感吾生之行休。”

闻说双溪春尚好，也拟泛轻舟——听说双溪的春色还好，也打算去泛舟一游。双溪：水名，在今浙江金华市东南。有东阳、永康两条河水汇流，故名。拟：打算，准备。唐·刘禹锡《赠东岳张炼师》：“云衢不要吹箫伴，只拟乘鸾独自飞。”

只恐双溪舴艋舟，载不动、许多愁——就怕双溪上的小舟，载不动这么多的浓愁。舴艋舟：像舴艋一样的小船。唐·张志和《渔夫》：“钓台渔夫褐为裘，两两三三舴艋舟。”

词以自叙的口吻写春日所见所感，构思新颖，感情深切，表现了词人国破家亡夫死后漂泊无依、孀居异乡的惆怅，悲深婉笃。

上片极言眼前景物之不堪、心情之凄苦。一如《好事近》(风定落花深)，此首亦避开已经发生过的狂风摧花的情形，而直写“风住”之后的所见所感，“风住”较之“风定”就“风作”过去的时间而言，自要长些，惟因其长才更多愁思、更感沧桑；而尘香花尽，作为词人自己的写照，较之“落花深”及“拥红堆雪”，无疑亦更显得空无、显得寂寥。唯此，在写《好事近》时，词人还有心情去为帘外落花扼腕长叹，还不时回想起以往“海棠开后”的日子，而到现在，则是“物是人非事事休”，什么也懒得去做，甚至懒得去想；然情为愁闷，自需诉说，可是话未出口，已是泪流千行。

下片进一步写悲愁深重。写愁深却先让峰回路转、“亮色”乍现——“闻说双溪春尚好，也拟泛轻舟”，看似要借此解愁、尽力开脱，实是要欲抑先扬，另起波澜，并由“只恐双溪舴艋舟，载不动、许多愁”道出愁之深重。其间，“闻说”、“也拟”、“只

恐”可谓一咏三叹，转折传神，尽显悲凉无助。

全词用笔率直而又曲折，通篇为日常事、口头语，言浅意深，表现出了词人的艺术技巧已入化境；“婉转哀啼，令人读来如见其人，如闻其声。本非悼亡，而实悼亡，妇人悼亡，此当为千古绝唱。”（靳极苍《唐宋词百首详释》）

转调满庭芳

题解

徐培均《李清照集笺注》案云：“词云‘寂寞尊前席上，惟愁海角天涯’，盖明诚逝世后，词人晚年孀居，席上客稀，故云寂寞也，甫自金华逃难归来，惊魂未定，故仍惟愁海角天涯’也。因知此词当为绍兴中定居杭州时所作。”

李清照从金华回到杭州，约为宋高宗绍兴五年（1135）夏五月。此前春三月，她曾在金华写下名篇《武陵春》，此后则又相继写下了《永遇乐》、《清平乐》、《声声慢》等不朽之作。读此首并于此间所述诸作相较，或可依徐培均《李清照年谱》说，将之系于绍兴七年（1137）春。时年李清照五十四岁。

芳草池塘，绿阴庭院，晚晴寒透窗纱。玉钩金鏁，管是客来吵。寂寞尊前席上，惟□□、海角天涯。能留否？酴醾落尽，犹赖有□□。　当年、曾胜赏，生香熏袖，活火分茶。□□龙骄马，流水轻车。不怕风狂雨骤，恰才称、煮酒笺花。如今也，不成怀抱，得似旧时那。

新解

芳草池塘，绿阴庭院，晚晴寒透窗纱——池塘边芳草萋萋，庭院里布满绿荫，傍晚时分，虽雨后天晴，但寒凉之气还是穿过窗纱而入，屋子里有些清冷。晚晴：指今晚雨后，天气放晴。唐·李商隐《晚晴》：“天意怜幽草，人间重晚晴。”

玉钩金鏁，管是客来吵——许多的日子，都是玉钩金锁为伴，此刻，却传来敲击门环声，准是客人来了。玉钩：玉制的帘钩；帘钩之美称。他本多作“□□”（阙字，以下同），王仲闻《李清照集校注》（以下称王本）作“玉钩”，并注云：“各本《乐府雅词》原缺，据文津阁《四库全书》本《乐府雅词》补。惟此句‘玉钩金鏁’，与下句不甚连接，疑有错误，或馆臣臆补。”金：金制的锁头。鏁：通“锁”，唐·刘禹锡《西塞山怀古》：“千寻铁鏁沉江底，一片降幡出石头。”管是：准是。宋时方言。管，准，定。宋·黄庭坚《卜操作数》：“试问得君多少情，管不解、多少恨。”吵（shā）：

语助词，犹也、了。宋·黄庭坚《丑奴儿》："傍人尽道，你敢又还，鬼那人呦。"

寂寞尊前席上，惟□□、海角天涯——在郁郁寡欢的酒席宴上，最让人感伤和愁苦的，只是沦落天涯。尊：同"樽"，酒器。惟□□：一作"惟愁"。王本注云："文津阁《四库全书》本《乐府雅词》作'惟愁'，仍缺一字，疑非，故未补。"徐培均《李清照集笺注》案云："据《钦定词谱》卷二十四，黄公度本词此句'长松偃蹇挐虬'，字数、平仄与此相同，可证不误。"海角天涯：大海的尽头、天空的边际，形容地方极为偏远。角，尽处，角落。涯，边际。唐·白居易《春生》："春生何处暗周游，海角天涯遍始休。"

能留否？酴醿落尽，犹赖有□□——春又尽了，能留住吗？酴醿花已然落尽，所幸还有别的花吧。酴醿：或作荼蘼，丛生灌木，夏初开花，花白。张邦基《墨庄漫录》卷九："酴醿花或作荼蘼，一名木香，有二品：一种花大而棘、长条而紫心者为酴醿；一品花小而繁，小枝而檀心者为木香。"犹：还。赖：幸。唐·钱起《罢章陵会山居过中峰道者》："赖遇无心云，不关归来晚。"□□：文津阁《四库全书》本《乐府雅词》作"梨花"。王本注云："按季节，酴醿花开在梨花之后。江南有二十四番花信风，酴醿亦在梨花之后，此处作'梨花'不妥。"

当年、曾胜赏，生香熏袖，活火分茶——想起了当年，曾快乐地游玩赏春，也曾点燃最好的香，香熏衣袖；也曾烧旺炭火，烹茶品茗。胜赏：快意地赏玩。北魏·郦道元《水经注》："胜赏神乡，秀情超拔。"胜，良、美好。南朝梁·刘勰《文心雕龙》："文隽胜篇，不盈十一；篇章秀句，裁可百二。"生香：上等麝香。《本草纲目》："麝香有三等：第一生香，名遗香，乃麝自剔出者。"活火：有火焰的炭火。宋·尤袤《全唐诗话》卷二："(李约)性又嗜茶，能自煎。曰：'茶须缓火炙，活火煎。'活火，炭有焰者。"宋·苏轼《汲江煎茶》："活水还须活火烹，自临钓石取深清。"分茶：宋代流行的一种沏茶技巧、一种茶戏或茶道，主要做法是：用沸水冲茶，使茶乳变幻出各种如画的物象。宋·赵万里《澹庵坐上观显上人分茶》："分茶何似煎茶好，煎茶不似分茶巧。"

□□龙骄马，流水轻车——故都暮春，放眼望去，轻车如流水，骄马如游龙。□□：文津阁《四库全书》本《乐府雅词》作"极目犹"。赵万里辑《漱玉词》注云："与律不合，盖馆臣臆改。"徐培均《李清照集笺注》云："《钦定词谱》卷十三释《转调踏莎》云：'转调者，摊破句法，添入衬字，转换宫调自成新声耳。'据此，则此词下片'极目'二句，似将原来'仄平仄(句)平平仄仄平平(韵)'二句摊破，添入衬字。如此，则赵万里所云不能成立矣。"流水轻车：轻快的车如流水般络绎不绝。南朝宋·范晔《后汉书·明德马皇后传》："车如流水，马如游龙。"

不怕风狂雨骤，恰才称、煮酒笺花——即使雨骤风狂，也没有沮丧，而且相反，正好才更适宜饮酒赋诗。恰才称：正好才适宜。恰，正好。唐·杜甫《南郊》："秋水才深四五尺，野航恰受两三人。"煮酒：温酒，烫酒。宋·真山民《夜饮赵园》："风暖旗亭煮酒香，醉乡始悟是他乡。"笺花：他本多作"残花"，徐培均注云："似应作'煮酒笺花'，谓对酒咏花也。"笺是。笺花：在纸上写诗咏花。

如今也，不成怀抱，得似旧时那——可是时至今日，难道心绪还能和旧时一样吗？不成：难道。宋·周邦彦《满路花》："知他那里，争信人心切。除共天公说，不成也还，似伊无个分别。"怀抱：抱负，胸襟，心绪。唐·李白《于五松山赠南陵常赞府》："远客投名贤，真载写怀抱。"得似：怎似。宋·杨万里《诏追供职省学》："帝城万事好，得似早还家。"得，怎，可，能够。那：语助词，用在疑问句末，相当于"么"、"吗"。

词写早年汴京生活的优裕和晚年流落异域的落寞伤情，充满沦落之苦、故国之忧。因文多处缺遗，势必影响整体把握，但大体以《永遇乐》之抒情背景及心理感受理会，当是合适的。也就是说，此词所反映的心境及表现手法均极类《永遇乐》，都是抚今追昔、于对比中写景抒情；都是写故国沦亡的忧戚和寂寞。

上片主要写暮春月夜亲友宴聚的情景。先是描摹幽暗、寒凉的暮春夜景，后是叙写沦落天涯海角的寂寞无助。

下片，先忆当年——襟袖生香，烹品香茗，车似流水，马如游龙，即使是在"狂风骤雨"中也不因之有丝毫的沮丧，照样是煮酒咏花，开怀畅饮，尽情欢乐——后写如今，以"如今也，不成怀抱，得似旧时那"结拍，透露了无限的悲伤之情。

永遇乐

词借南渡前后过元宵节之不同情景的对比，抒写离乱之后愁苦寂寞的情怀，充满盛衰之感、身世之悲。当为晚年避居临安期间所作。

黄墨谷《重辑李清照集·漱玉词》云："此词作于晚年，地点在临安，约在绍兴二十年（1150年）间。"而陈祖美则言："这首词具体当作于何时呢？笔者认为它是作于宋绍兴八年（1138）、南宋定都临安前后的一段时间，而且就是针对定都问题这件大事而发的。"

黄、陈之说，似乎都不如徐培均之"笺注"在理。

徐培均《李清照集笺注》云：李清照建炎间生活动荡不定，绍兴二年始赴杭州，绍兴四年冬十月，又避地金华，此一时期，皆"流荡无依"，恐无心情赋此词。逮至绍兴五年（1135）五十二岁后，始定居杭州，而时局又较安定。然考《宋史·高宗本纪》

五，"绍兴五年春正月乙巳朔，日有食之。帝在平江府(今苏州)。金人去濠州。""六年春正月辛未，蠲贫民户帖钱之半，无物产者悉除之。""七年春正月癸亥朔，帝在平江，下诏移跸建康。"又《高宗本纪》六："八年春正月戊子朔，帝在建康。丙申，减临安府夏税折输钱。""九年春正月壬午朔，帝在临安。丙戌，以金国通和，大赦。"综上所述，绍兴五年至八年正月间，高宗皆在外地，且经济穷困，杭州不可能歌舞升平，庆祝元宵。直到绍兴九年金国通和，始有欢度元宵之可能。时清照已届五十六岁。揆之张端义"南渡以来，常怀京、洛旧事，晚年赋元宵《永遇乐》词"之说，词当作于本年之元宵。

兹从徐说，依此解之。

落日熔金，暮云合璧，人在何处？染柳烟浓，吹梅笛怨，春意知几许？元宵佳节，融和天气，次第岂无风雨？来相召、香车宝马，谢他酒朋诗侣。　　中州盛日，闺门多暇，记得偏重三五。铺翠冠儿，捻金雪柳，簇带争济楚。如今憔悴，风鬟霜鬓，怕见夜间出去。不如向、帘儿底下，听人笑语。

新解

落日熔金，暮云合璧，人在何处——就要落山的太阳，好像熔化了的黄金，灿烂绚丽；傍晚的云彩聚拢，犹如合成的玉璧。景致是美好的，可我是在什么地方啊！我的亲人，你又在哪里呢？落日熔金：将要落山的太阳好像熔化的黄金。宋·廖世美《好事近》："落日水熔金，天淡暮烟凝碧。"暮云合璧：形容日落后，红霞消散，暮云像碧玉般合成一片。合璧，圆形而中间有孔的玉叫璧，半圆形的叫半璧，两个半璧合成一个圆形叫合璧。南朝梁·江淹《拟休上人怨别》："日暮碧云合，佳人殊未还。"人在何处：我在哪里？亲人又在哪里？人：指词人自己，亦指亡夫赵明诚。这里是将目下所存在的对"人"字的两种解释合二为一。第一种："人"指赵明诚，即如《点绛唇》中"人何处，连天芳草，望断归来路"所指。第二种："人"为词人自己，即言我在什么地方。就此，沈祖棻曾在《宋词赏析》中云："此'人'字，注家或以为是指她死去的丈夫，即王维《九月九日忆山东兄弟》中'每逢佳节倍思亲'之意，但从全篇布局今之临安与昔之汴京对比来看，则'人'字似应指自己，'何处'则指临安。分明身在临安，却反而明知故问'人在何处'，就更加反映出她流落他乡、孤独寂寞的境遇和心情来，而下文接写懒于出游，就使人读之怡然理顺了。"而喻朝刚则在《宋词精华新解》中云："或以为这个'人'字是指作者自己，抒写其流落天涯之感。这样理解也是可以说得通的。不过联系上句'暮云合璧'看，是化用江淹诗'日暮璧云合，佳人殊未还'句意，表达怨别怀人之情。这与辛弃疾《水龙吟》(楚天千里清秋)中化用桓温诗句'树犹如此,人何以堪'手法正自相同。虽然只用了上句,但其意却在下句,从而使词意含而不露,更加耐人寻味。"沈、喻所说,都很到位,似不必拘于一说,兼容为是。

染柳烟浓,吹梅笛怨,春意知几许——眼前杨柳茂盛,春梅盛开,然而又有多少春的意趣呢?染柳烟浓:即"烟染柳浓",指在暮色的笼罩下,柳色愈见深浓。吹梅笛怨:即"笛吹梅怨",注者多解之为笛子吹出《梅花落》幽怨的曲调。似不合。靳极苍先生所解为好:"吹梅"是因为见梅花开想到《小梅花》乐曲。唐大角曲里有《大梅花》《小梅花》等乐曲。宋·秦观《如梦令》:"指冷玉生寒,吹彻小梅春透。"这儿的"怨"字,该是《小梅花》这种曲调的正声,与"烟浓"对用,可知这句不能解作是作者吹《小梅花》乐曲的笛声哀怨,而只是用这句表示春梅盛开,和上句合起来表示春意深了。知几许:不知深到了什么程度。几许,几分,多少或怎么样的意思。这里可作"多深"解。

元宵佳节,融和天气,次第岂无风雨——元宵节到了,天气融和宜人,可是转眼间,难道不会忽然来一场风雨吗?融和:暖和。次第:转眼之间,紧接着。在这里系表进展之词。南唐·冯延巳《忆江南》:"东风次第有花开,恁时须约却重来。"

来相召、香车宝马,谢他酒朋诗侣——虽然平时一起饮酒作诗的朋友们,用华美的马车来接我去欢度佳节,但我却谢绝了他们的邀请。召:邀请。唐·韩愈《欧阳生哀辞》:"观游宴飨,必召与之。"香车宝马:指华美的马车。唐·韦应物《长安道》:"宝马横来下建章,香车却转避驰道。"谢他:辞谢,谢绝。他,虚指,无实际含义。

中州盛日,闺门多暇,记得偏重三五——想起在汴京的那些繁盛的日子,妇女们闲暇得很,记得那时候特别看重元宵佳节。中州:今河南省,此处指代北宋都城汴京(今开封市)。河南为古豫州地,居九州之中心,故称中州。盛日:繁盛时期。闺门:内室之门,即女性居处。这里指代贵族妇女。偏重:特别重视。宋时元宵是盛大的节日,所以说偏重。三五:古人常称阴历十五为"三五",此处代指正月十五元宵节。宋·柳永《倾杯乐》:"元宵三五,银蟾光满。"

铺翠冠儿,捻金雪柳,簇带争济楚——那时候,女伴们相偕观灯,戴上饰有翡翠羽毛的帽子,头上插满用金线捻丝做成的绢花,一个个打扮得整整齐齐,花枝招展。铺翠冠儿:饰有翡翠羽毛的帽子。是北方妇女元宵节应时的装饰品。《乐府雅词·拾遗》卷下无名氏《南歌子》:"戴顶烧香铺翠小冠儿。"铺,贴,装饰。翠,翡翠。捻金雪柳:用金线捻丝做成的绢花之类的装饰物,亦是元宵节女子的应时装饰。雪柳,用素绢和银纸做成的头饰。宋·周密《武林旧事》卷二:"元夕节物,妇人皆戴珠翠、闹蛾、玉梅、雪柳、菩提叶、灯球。"簇带争济楚:头上插戴许多的装饰品,整齐漂亮。簇带,满头插戴,即戴满。簇,丛聚。带,通"戴"。济楚,整齐漂亮。宋·周邦彦《红窗迥》(仙吕):"有个人人,生得济楚。""簇带"与"济楚"均为宋时方言。

如今憔悴,风鬟霜鬓,怕见夜间出去——可如今的我呢? 容颜憔悴,头发蓬乱,两鬓皆白,懒得在元宵节这天夜里出去。风鬟霜鬓:头发蓬乱,双鬓已白,形容颓唐衰老的样子。风鬟:头发蓬松散乱的样子。鬟,古代妇女梳的环形发髻。《唐传奇·柳毅传》:"见大王爱女,牧羊于野,风鬟雨鬓,所不忍睹。"怕见:懒得,宋时口语。

不如向、帘儿底下,听人笑语——唉,不如独自一人,在帘儿底下,听那些呆儿痴女的欢声笑语吧。

宋时,元宵乃最盛大的节日,因而词家亦多写及。苏轼有《木兰花令》:

> 元宵似是欢游好。何况公庭民讼少。万家游赏上春台,十里神仙迷海岛。
> 平原不似高阳傲。促席雍容陪语笑。坐中有客最多情,不惜玉山拼醉倒。

辛弃疾有《青玉案》(元夕):

> 东风夜放花千树。更吹落、星如雨。宝马雕车香满路。凤箫声动,玉壶光转,一夜鱼龙舞。　　蛾儿雪柳黄金缕。笑语盈盈暗香去。众里寻他千百度。蓦然回首,那人却在,灯火阑珊处。

——苏、辛皆大家,对元宵节盛况的铺陈渲染不可谓不到位(辛词中"众里寻他千百度"及以下几句亦系名句,广为流传);但同李清照此首相比,无论是在构思立意,还是在词之内涵上,恐还是多有不及。

或亦唯其如此,南宋词人刘辰翁虽也曾和辛弃疾《元夕》作,但毕竟对李清照此首则更为推崇。他曾"依其声"作《永遇乐》(璧月初晴)并序云:

> 余自乙亥上元诵李易安永遇乐,为之涕下。今三年矣,每闻此词,辄不自堪。遂依其声,又托之易安自喻。虽辞情不及,而悲苦过之。

> 璧月初晴,黛云远淡,春事谁主。禁苑娇寒,湖堤倦暖,前度遽如许。香尘暗陌,华灯明昼,长是懒携手去。谁知道,断烟禁夜,满城似愁风雨。　　宣和旧

日，临安南渡，芳景犹自如故。绁帙流离，风鬟三五，能赋词最苦。江南无路，鄜
州今夜，此苦又谁知否。空相对，残缸无寐，满村社鼓。

——"临安南渡，芳景犹自如故……江南无路，鄜州今夜，此苦又谁知否"，显是读
李清照词三年之感同身受；而南宋词坛另一大家姜夔之《鹧鸪天》（元夕不出），则
无疑亦深得李词精神：

> 忆昔天街预赏时。柳悭梅小未教知。而今正是欢游夕，却怕春寒自掩扉。
> 帘寂寂，月低低。旧情惟有绛都词。芙蓉影暗三更后，卧听邻娃笑语归。

"却怕春寒自掩扉"及"卧听邻娃笑语归"，亦当出自"次第岂无风雨"、"听人
笑语"。

所有这些，都证明了李清照此词的影响是大的。

此首，无疑亦是词人晚年创作中具有"丰碑"意义的作品。值得认真研读。

词之上片描绘元宵节傍晚时分的景物和自己的心境。"落日熔金，暮云合璧"，
可谓意境开阔，大气非凡，辞采绚丽；而"人在何处"一句陡转，则更显奇崛——景
色虽好，可我是在什么地方？我的丈夫、我中原的父老、半壁江山又在哪里？这一
发问，实是无比哀怆的叹息，情怀惨淡，悲凉至极。

"人在何处？"是上片中的第一问，接下来的两问是："春意知几许？"（这时节，
到底有多少春意呵）、"次第岂无风雨？"（转眼间，难道不会忽然来一场风雨吗？）

词人亦正是通过这样"三问"，在谋篇布局上组成了结构相类似的三个小
节——问句前都是两个四字句，是实写，是描绘客观景色的宜人，紧接着的问句，
则是反诘，是说词人的忧虑或主观感受——这"三问"，就其意义而言，则是消解了
在它们之前浓墨重彩所描绘的"落日熔金"的壮丽景象、"染柳烟浓"的深浓春意，
以及"元宵佳节"的"融和天气"，使得那景象、那春意、那天气，反倒成了词人巨
痛深忧的反照，进而有力地表现出词人多年来颠沛流离、饱经折磨、伤痕累累的特
殊心境……总之，这寓意层递的"三问"即托出了本篇的主题：时逢佳节，天气亦
好，词人却无心赏玩。因此，虽有"酒朋诗侣"用"香车宝马"来请她去观灯赏月，
最终都婉言辞谢了。表面上的理由是怕"次第"忽来"风雨"，实际上则是因为国
难当前、江河日下，自己早已失去了赏灯玩月的心境。如果是在太平盛世的当年，
情况就大不相同了。这样，词人的思绪，亦就很自然地转到了对当年汴京过元宵
节情景的回忆上来。

于是，词的下片追昔抚今，借对"中州盛日"，"闺门"欢度"三五"的追忆，跟

"风鬟霜鬓,怕见夜间出去"的"如今"形成鲜明对比,抒写了自己闭门幽居,悲不自胜的感受以及沉痛悲苦的心情。

据《大宋宣和遗事》记载,当年,过元日、元宵节是极尽铺张之能事的:"从腊月初一直点灯到正月十六日。"真是"家家灯火,处处管弦"。其中提及宣和六年正月十四日夜的景象:"京师民有似云浪,尽头上带着玉梅、雪柳、闹蛾儿,直到鳌山看灯。"这首词里的"铺翠冠儿,捻金雪柳,簇带争济楚",写的便正是词人当年同"闺门"女伴,盛装出游的情景,是写实,而非虚构。可是,好景不再,金兵入侵,家破人亡,自己只落得漂泊异地、形单影只。如今人老了,憔悴了,白发蓬乱,只能躲在"帘儿底下,听人笑语"……其间,该有着怎样的沧桑、怎样的悲苦、怎样的孤独、怎样的酸楚!

总之,此首融入了词人太多的家国之恨、沦落之苦、身世之悲,情悲意幽,感人至深。不仅如此,词之叙写亦跌宕有致,语言则极是质朴自然,于朴素中见清新、平淡中见工致。是以宋·张端义在《贵耳集》中曾云:易安居士李氏,赵明诚之妻。《金石录》亦笔削其间。南渡以来,常怀京、洛旧事,晚年赋《元宵·永遇乐》词云:"落日熔金,暮云合璧。"已自工致。至于"染柳烟轻,吹梅笛怨,春意知几许",气象更好。后叠云:"于今憔悴,风鬟霜鬓,怕见夜间出去。"皆以寻常语度入音律。炼句精巧则易,平淡入调者难。山谷谓以故为新,以俗为雅者,易安先得之矣。

怨王孙

词写对丈夫的无尽思念,以及词人索然独居的寂寞无助。《草堂诗馀》、《草堂诗馀隽》、《汇选历代名贤词府全集》、《花草粹编》、《古今诗馀醉》、《古今词统》、《崇祯历城县志》、《诗词杂俎》本《漱玉词》作易安词并题作《春暮》,《诗馀谱式》等题作《春景》,《古今名媛汇诗》、《古今女史》题作《暮春》。明·杨金本《草堂诗馀》无题并作无名氏词。赵万里校辑《宋金元人词·漱玉词》、王仲闻《李清照集校注》则俱列入"存疑之作"。

综观全词,似作李清照词为宜。

靳极苍、范英豪等诸家将其列入南渡前作,恐不妥。一如徐培均"笺注"所说:"此词云:'玉箫声断人何处,春又去。'与《永遇乐》'人在何处?染柳烟浓,吹梅笛怨,春意知几许'相似,皆含悼亡之意。盖作于赵明诚卒后某年暮春。"

陈祖美曾将《孤雁儿》作为"赵明诚十周年祭",虽不妥,但其思路却值得肯定,依李清照之情、之创作,在赵明诚亡故十周年时,是该有词作为祭的。我说《孤雁儿》不是，是因为"吹箫人去玉楼空，肠断与谁同倚"是"悼词"，是以当作于明诚新亡之际。而此首之"玉箫声断人何处？春又去，忍把归期负"，悼亡之意显然却又有过了多年的意味，当有可能就是真正的"十周年祭"。

权将之系于绍兴九年(1139)暮春，时年李清照五十六岁。

梦断漏悄，愁浓酒恼。宝枕生寒，翠屏向晓。门外谁扫残红？夜来风。　玉箫声断人何处？春又去，忍把归期负。此情此恨，此际拟托行云，问东君。

梦断漏悄，愁浓酒恼——从梦中醒来，听到滴漏微弱的声音，心头更笼罩上厚厚的忧愁，以至于想，酒既不能消愁，为什么昨晚竟喝了那么多。漏悄：漏声渐止，指天将明。漏：即漏壶，古时用水计时之器。悄，轻声。宋·苏轼《蝶恋花》："笑渐不闻声渐悄，多情却被无情恼。"恼：忧虑，苦闷，因心情不好，连饮酒都使人不适，愁绪更浓。唐·李白《赠段七娘》："千杯绿酒何辞醉，一面红妆恼杀人。"

宝枕生寒，翠屏向晓——躺在床上，觉得枕头渐生寒意，朝霞初现，晨出洒在翠屏之上。宝枕：华美的枕头。翠屏：青绿色的屏风，一说用翠羽装饰的屏风。向晓：拂晓。唐·王昌龄《宿裴氏山庄》："西风下微雨，向晓白云收。"

门外谁扫残红，夜来风——门外，是谁在打扫昨夜凋落一地的花瓣？是自夜里就刮起来的风吧。残红：指凋落的花瓣。唐·白居易《微之宅残牡丹》："残红零落无人赏，雨打风吹花不全。"夜来：即指昨夜。

玉箫声断人何处，春又去，忍把归期负——箫声已断，不知人在哪里。又是一年了，你怎么就忍心撇下我，一去不回！玉箫声断：谓吹箫人已去，即言丈夫亡故、音讯已断。汉·刘向《列仙传》载：秦穆公女弄玉喜吹箫，嫁给了善吹箫的萧史。萧史吹箫，能致孔雀、白鹤于庭。婚后日教弄玉作凤鸣。居数年，吹似凤声，凤凰来止其屋。秦穆公便为他们造了凤台，夫妻止其上，不下数年，一朝双双乘凤而去……是以后人用此典，即以吹箫人喻指夫婿。春又归：又是一年了。忍：怎忍、岂忍的省略。犹含"狠心"之意。负：背弃，违背。唐·李白《白头吟》："古来得意不相负，只今惟见青陵台。"

此情此恨，此际拟托行云，问东君——这样的情，这样的恨，真的无法排遣，在这样的时刻，所爱的人究竟在哪里？看来只能是托付于行云，让它去问问将至的日神了。拟：准备，打算。托：托付，委托。行云：流云。东君：指太阳神，因太阳从东方升起，故称。后亦代指司春之神。

145

读此首让我不禁想起了苏东坡悼念亡妻的《江城子》：

> 十年生死两茫茫，不思量，自难忘。千里孤坟，无处话凄凉。纵使相逢应不识，尘满面，鬓如霜。　　夜来幽梦忽还乡。小轩窗，正梳妆。相顾无言，唯有泪千行。料得年年肠断处，明月夜，短松冈。

李清照之于赵明诚，亦如苏东坡之于王弗，都可谓伉俪情深。所以十年为祭，其哀其伤，极为相像。

此首上片，一如苏词下片，亦是由梦写起，所不同的是：苏词写梦中回乡、梦中相见、梦后感受；而此首则是从梦醒起句，叙写周遭的清寂、自己的孤独无助以及对于丈夫绵绵不尽的思念。"梦断"之际，显然也就是"年年肠断处"；而"门外谁扫残红？夜来风"则尤凝无限情恨，意味深长。

词之下片写离情，诉别恨，悼亡夫，则同苏词上片殊为一样："玉箫声断人何处？春又去，忍把归期负。"看似由情生怨，实是以怨衬情，幽幽哀怨，深深思念，即如"十年生死两茫茫，不思量，自难忘"；"此情此恨，此际拟托行云，问东君"，则分明也是在说"无处话凄凉"。其间，此情、此恨、此际三个"此"字迭用，语势急促，更似凄切呼号，不胜哀伤。

清平乐

此首为李清照后期之作自是无疑，然"后"至何年，却又看法不一。

徐培均先生将其系于1129年并案云：此词载《梅苑》（卷九）。下阕云："今年海角天涯，萧萧两鬓华发。"盖写追随帝踪，漂流两浙也。

诸葛忆兵亦持类似看法：词中说到"今年海角天涯"，应该是词人于建炎四年（1130）雇舟出海、追赶朝廷到海滨城市温州等地的创作。

二人系年虽小有出入，但所依却是同一句子。

也就是说，倘若想立他说，必须先破解此句。

于是陈祖美先生便提出了破解此句的两个字，曰"距离"——

词人一再提及的"海角天涯"，似有以下含义：其一当指"心理"距离和感受；其二当指"社会政治"距离。词人所向往和亲近的是故都汴京，今居江南，远离汴京，故谓之"海角天涯"；其三当指"感情"距离。当时一班苟安之辈以享乐为能事，此间乐，不思汴，而词人面对半壁江山，为之不胜忧戚，倍感寂寞，忧愁流年。

此说不仅独到，显然亦可以成立。

不过，这里需要说明的是，祖美先生之所以要以"距离说"来否定此词作于"追帝"之时，其实仍是为了证明自己所发现的"婕妤之叹"。

祖美先生说：

> 从本文的具体词句来看，此词上片的时间跨度约有二十六七年。前二句是说词人在汴京待字和出嫁不久，那时每当雪如飞絮，梅吐清芬，她便以应时香梅作饰物插在自己秀发上，那是多么令人陶醉的情景！"挼梅"以下两句所回顾的是中年时光，"梅花"已由娇贵的头饰变为她手中挼搓的遣愁之物。然而，此物遣愁愁更愁，她那沾满泪水的"罗衣"所饱含的正是与班姑相类似的"婕妤之叹"。

这里，我只想再一次说：也许真的不是这样。一如我在前边已经说过的；且不说李清照对亡夫其实情深意重（这一点仅由整理、作序以至1143年上表《金石录》便可佐证），也不说以李清照的人品和才情，会不会临了都不肯放过已经过世多年的丈夫（假设他果然嫖妓、纳妾的话），就只说"中年时光"到底怎样界定：家破、国亡、夫死以及和张汝舟再婚并身陷囹圄，是不是仍在这段"时光"之中？如是，则对于李清照来说，还能有比这些更愁的愁吗？

或许也正是基于这样的疑问，加之对于陈祖美先生关于此首为"总结性的追忆之作，即使并非绝笔，也不会是早、中期所作"的赞同，我觉着此首的创作距"追随帝踪"之日，当晚许多年。

结合词人晚期所写的《转调满庭芳》（芳草池塘）、《永遇乐》（落日熔金）、《怨王孙》（梦断漏悄）——这些均有"总结性追忆"性质、且基调大致相同的词作，或可将此词系年于1139或此后一两年间？

暂系于此。

年年雪里，常插梅花醉。挼尽梅花无好意，赢得满衣清泪！
今年海角天涯，萧萧两鬓生华。看取晚来风势，故应难看梅花。

年年雪里，常插梅花醉——以前，每年都要去踏雪赏梅，摘下梅花插在头上，并为它的香气而深深陶醉。年年：指南渡前的每年。醉：指陶醉。唐·宋之问《送赵六贞固》："目断南浦云，心醉东郊柳。"

挼尽梅花无好意，赢得满衣清泪——后来，虽梅枝在手，却没心情去玩赏了，只是漫不经心地把梅花片片揉碎，花片如同清泪，落了一身。挼(ruó)：用手揉搓。南唐·冯延巳《谒金门》："闲引鸳鸯芳径里，手挼红杏蕊。"意：情趣。南朝梁·刘勰《文心雕龙·神思》："登山则情满于山，观海则意溢于海。"赢得：获得。这里可作"落得"解。唐·杜牧《遣怀》："十年一觉扬州梦，赢得青楼薄幸名。"清泪：比喻坠落的花瓣。

今年海角天涯，萧萧两鬓生华——今年孤身漂泊在海角天涯，头发稀疏，两鬓花白。海角天涯：大海的尽头，天空的边际。形容地方极为偏远。角，尽处，角落。涯，边际。唐·白居易《春生》："春来何处暗周游，海角天涯遍始休。"萧萧：头发稀疏的样子。宋·苏轼《次韵韶守狄大夫见赠二首》："华发萧萧老遂良，一身萍挂海中央。"生华：长出花白的头发。宋·苏轼《念奴娇·赤壁怀古》："故国神游，多情应笑我，早生华发。"

看取晚来风势，故应难看梅花——看来晚上要刮大风，自然不忍再去看梅了。看取：看来。取，相当于"着"、"得"，这里可作"来"讲。唐·李白《长相思》："不信妾肠断，归来看取明镜前。"故应：自然应该是，所以是。宋·苏轼《次韵答与忠玉》："只有西湖似西子，故应宛转为君容。"难看：不忍心看。

此首以梅为抒情线索，含蓄地概括了李清照一生的遭际和情怀：早年的欢乐，中年的悲戚，暮年的沦落，均在梅中——得以照应，实可谓人与梅通、梅为人忧，抑或人即是梅，梅即是人，人与梅，已是浑然一体，难解难分：

那是在天真烂漫的少女时代，或者也就是十七岁的那年(1100)吧，或许也就是赵明诚来家求婚的当天或此后不久，词人写下了《点绛唇》(蹴罢秋千)，第一次把梅花引进了词中——

"倚门回首，却把青梅嗅。"

——由此真切而又生动地再现了少女初次萌动的爱情。

一年过去，婚事已订，词人就要同赵明诚成亲了，那些晦暗不明的愁情闺怨，为"香脸半开"、"玉人浴出"、"造化有意"的自信欢情一扫而空,于是词人欣然提笔,再次以梅咏人,借赏梅而自赏,写下了《渔家傲》(雪里已知春信至):

> 雪里已知春信至,寒梅点缀琼枝腻,香脸半开娇旖旎,当庭际,玉人浴出新妆洗。

自此而后,梅对于词人,似乎也就有了更为特殊的意义——

> 红酥肯放琼苞碎,探著南枝开遍未?不知酝藉几多时,但见包藏无限意。(《玉楼春》)

——或是"柳眼梅腮,已觉春心动"(《蝶恋花》);或是"春到长门春草青,江梅些子破,未开匀"(《小重山》)。

或是"玉瘦香浓,檀深雪散,今年恨、探梅又晚"(《殢人娇·后亭梅花开有感》);或者是"醉莫插花花莫笑,可怜春似人将老"(《蝶恋花·上巳召亲族》)。

当然还有——

> 庭院深深深几许?云窗雾阁春迟。为谁憔悴损芳姿。夜来清梦好,应是发南枝。 玉瘦檀轻无限恨,南楼羌管休吹。浓香吹尽有谁知。暖风迟日也,别到杏花肥。(《临江仙·梅》)

> 藤床纸帐朝眠起,说不尽、无佳思。沉香断续玉炉寒,伴我情怀如水。笛声三弄,梅心惊破,多少春情意。 小风疏雨萧萧地,又催下、千行泪。吹箫人去玉楼空,肠断与谁同倚?一枝折得,人间天上,没个人堪寄。(《孤雁儿》)

> 夜来沉醉卸妆迟,梅萼插残枝。酒醒熏破春睡,梦远不成归。 人悄悄,月依依,翠帘垂。更挼残蕊,更撚馀香,更得些时。(《诉衷情》)

> 小阁藏春,闲窗锁昼,画堂无限深幽。篆香烧尽,日影下帘钩。手种江梅渐好,又何必、临水登楼?无人到,寂寥浑似、何逊在扬州。 从来,知韵胜,难堪雨藉,不耐风揉。更谁家横笛,吹动浓愁?莫恨香消雪减,须信道、扫迹情留。难言处,良宵淡月,疏影尚风流。(《满庭芳》)

——的确，这么多的梅开梅残，这么长的人生之路，这么大起大落的悲欢哀乐，词人却举重若轻，以一阕《清平乐》便总而括之，其才其情，确为他人难以企及也！

声声慢

题解

此首堪称千古绝唱，这点似无疑义，有疑义者，惟在系年。

清·俞正燮认为该词是李清照早期作品，陈祖美则以为"此词当写于正值中年的青、莱时期"；王仲闻认为必为晚年之作，而黄墨谷则在《重辑李清照集》此词编年中确认："此词当作于建炎三年秋，是年八月十八日赵明诚卒，系悼亡之作。"

细品诸家，还是认为徐培均先生所说总体得理：

> 清照悼亡之作，应为《孤雁儿》，词云："吹箫人去玉楼空，肠断与谁同倚。一枝折得、人间天上，没个人堪寄。"乃写新寡之伤痛；黄大舆《梅苑》于本年冬编成，中收此词，可作佐证（李杜案：此证不力）。而此首所作时间应更晚。起云"寻寻觅觅，冷冷清清"，盖云室内空无一物，此必在绍兴十六年（1146）前后。在建炎三、四年金人南侵中，清照古器物一部分运往洪州，不久损失，绍兴元年卜居越州土民钟氏宅又被窃一部分。故到晚年流荡无依，家徒四壁，遂有此深愁惨痛发之于词（李杜再案：此说机智）。考曾慥于绍兴十六年编《乐府雅词》成，中收清照词二十三首而未及其词。可见尚未写出、或写出不久而流播未广。否则如此精品，恐有遗珠之憾。因系此词于绍兴十七年（李杜又案：此系可立）。

故步徐说将此词系于1147年，是年李清照64岁。

> 寻寻觅觅，冷冷清清，凄凄惨惨戚戚。乍暖还寒时候，最难将息。三杯两盏淡酒，怎敌他晓来风急！雁过也，正伤心，却是旧时相识。 满地黄花堆积。憔悴损，如今有谁堪摘？守着窗儿，独自怎生得黑。梧桐更兼细雨，到黄昏，点点滴滴。这次第，怎一个愁字了得。

新解

寻寻觅觅，冷冷清清，凄凄惨惨戚戚——四处寻觅，找到的却仍是一片清冷，让人更感凄惨、忧苦之极。寻寻觅觅："寻觅"（寻找）的重叠，意指内心空虚寂寞，茫然寻找感情和精神的寄托。冷冷清清："冷清"的重叠，意指找到的却仍然是周围景物和气氛的一片冷清。凄凄惨惨戚戚："凄惨"和"戚"（忧愁）的重叠，意指心境的凄凉、愁苦、悲伤。

乍暖还寒时候，最难将息——秋日天气多变，一会儿回暖，一会儿又冷了起来；这时候，最难将养、调息。乍暖：忽然暖和起来。乍，突然，骤然。宋·欧阳修《浣溪沙》："乍雨乍晴花自落。"还寒：立即又转寒。还，即"旋"，立即。将息：将养、调息。为唐宋时民间方言。

三杯两盏淡酒，怎敌他晓来风急——酒淡无味，喝上三杯两盏，又怎能抵挡住拂晓的急风寒冷！盏：小杯子。淡酒：指酒味淡。或说一般多指早酒，古人在卯时（晨五时至七时）饮酒，称"卯酒"，亦称"扶头酒"。怎敌：怎能抵挡。晓来风急：诸本多作"晚来风急"，但《草堂诗馀别集》、朱彝尊、汪森编《词综》及张惠言《词选》等作"晓来"。俞平伯《唐宋词选释》注云："晓来"，各本多作"晚来"，殆因下文"黄昏"云云。其实词写一整天，非一晚的事，若云"晚来风急"，则反而重复。上文"三杯两盏淡酒"是早酒，即《念奴娇》词所谓"扶头酒醒"；下文"雁过也"，即彼词"征鸿过尽"。

雁过也，正伤心，却是旧时相识——大雁飞过，确实让人伤心，何况原本是我旧时相识的大雁。正：确实。却是：原来是。旧时相识：词人自北南来，大雁亦自北飞来，况词人早年在寄给赵明诚的词《一剪梅》中有句："云中谁寄锦书来，雁字回时，月满西楼。"故如是说。

满地黄花堆积。憔悴损，如今有谁堪摘——凋残的菊花堆了一地，枝头上的亦枯萎得不成样子，有哪一枝能够采摘？黄花：菊花。憔悴损：憔悴之极。损，极点。有谁：有何，有什么。堪摘：能够采摘，可以采摘。堪，能够，可以。

守着窗儿，独自怎生得黑——待在窗前，独自一人，怎么才能挨到天黑？怎生：怎样，怎么。生：语助词。得：到，挨到。

梧桐更兼细雨，到黄昏，点点滴滴——秋雨绵绵。黄昏时分，万籁俱寂，唯有梧桐树滴下的雨点落个不停，点点滴滴打在心上。更兼：又加之。

这次第，怎一个愁字了得——这一连串的情景，哪里是一个愁字能说尽啊！这次第：这光景，这一连串的情形。了得：了结，概括完毕。

在此我只想（或也是只能）说：此首无论是从思想、还是就艺术而言，无疑都已达到独步千古的高度。

是千古绝唱。或者也可以说是李清照词作之"绝笔"。

绝笔词义有二：一是指辞世前最后所写的文字或字画；二是指最好的诗文或字画。

对于《声声慢》而言，绝笔之二义似乎并存。

也就是说，它既是李清照最好的词，是宋词中最好的词；同时很可能也是李清照最后的词。

"愁"太愁了，怎几阕词可以了得！

"绝"太绝了，以致词人自己亦不能再超越。

事实也许就是这样，综观古今中外大家们的创作，当他们的创作达到"独步"或"绝唱"而又无力突破、无法超越时，似乎也就只有两条路可走：一是搁笔，一是自杀。

所以李清照选择了前者，而海明威、斯·茨威格等则选择了后者。

前前后后，无高无下，一样伟大，一样绚烂。

至于此首之绝处、妙处，古人今人、鸿儒方家们似已说透；就我辈而言，是万万无法"新评"了。

是以谨引他人论述作结——

宋·张端义《贵耳集》：炼句精巧则易，平淡入调则难。且《声声慢》"寻寻觅觅，冷冷清清，凄凄惨惨戚戚"，此乃公孙大娘舞剑手，本朝非无能词之士，未曾有一下十四叠字者，用《文选》诸赋格。后叠又云："梧桐更兼细雨，到黄昏点点滴滴。"又使叠字，俱无斧凿痕。更有一奇字云："守着窗儿，独自怎生得黑？""黑"字不许第二人押。妇人有此文笔，殆间气也。

明·杨慎《词品》：宋人中填词，李易安亦称冠绝，使在衣冠，当与秦七、黄九争雄，不独雄于闺阁也……《声声慢》一词，最为婉妙……山谷所谓以故为新，以俗为雅者，易安先得之矣。

清·刘体仁《七颂堂词释》：易安居士"最难将息"、"怎一个愁字了得"，深妙稳雅，不落蒜酪，亦不落绝句，真此道本色当行第一人也。

梁启超《中国韵文里头所表现的情感》：这首词写从早到晚一天的实感，那种茕独恓惶的景况，非本人不能领略；所以一字一泪，都是咬着牙根咽下。

龙榆生《词学十讲》：这里面不曾使用一个典故，不曾抹上一点粉泽，只是一个历尽风霜、感怀今昔的女词人，把从早到晚所感受到的"忽忽如有所失"的怅惘情怀如实描绘出来，看来都只寻常言语，却使后人惊其"遒逸之气，如生龙活虎"，能"创意出奇"，达到语言艺术的高峰。

夏承焘《李清照词的艺术特色》：但她却有一个特点，是多用双声叠韵字；举

《声声慢》一首为例，用舌声的共十五字，用齿声的四十二字，全词九十七字，而这两声却多至五十七字，占半数以上。尤其是末了几句："梧桐更兼细雨，到黄昏，点点滴滴。这次第，怎一个愁字了得！"二十多个字里舌齿两声交相重叠，这应是有意用啮齿叮咛的口吻，写自己忧郁恼况的心情。

吴小如：这首词大气包举，别无枝蔓，逐件事一一说来，却始终紧扣悲秋之意，真得六朝抒情小赋之神髓。而以接近口语的朴素清新的语言谱入新声，又确体现了倚声家不假雕饰的本色，诚属难能可贵之作了。

◎ 附　录

李清照年谱简编

李清照，自号易安居士。山东章丘明水人。父李格非，字文叔，熙宁九年进士，以文章受知于苏轼，为"后四学士"之一。母王氏，状元王拱辰之孙女，亦善文。

宋神宗元丰七年(1084)，一岁

时年苏轼四十七岁，苏辙四十五岁，黄庭坚三十九岁，秦观三十五岁，周邦彦二十八岁。

宋哲宗元祐元年(1086)，三岁

格非官太学，以文章受知于翰林学士苏轼。

宋哲宗元祐七年(1092)，九岁

格非官校对黄本书籍，李清照随父居汴京。

宋哲宗绍圣二年(1095)，十二岁

格非召为校书郎，撰《洛阳名园记》。

宋哲宗元符元年(1098)，十五岁

是年春，清照作《春残》诗。

宋哲宗元符二年(1099)，十六岁

作《如梦令》(常记溪亭日暮)、《双调忆王孙》(湖上风来波浩渺)。

宋哲宗元符三年(1100)，十七岁

先后作《如梦令》(昨夜雨疏风骤)、《点绛唇》(蹴罢秋千)、《浣溪沙》(莫许杯深琥珀浓)、《浣溪沙》(淡荡春光寒食天)、《浣溪沙》(髻子伤春慵更梳)诸词。

宋徽宗建中靖国元年(1101)，十八岁

在汴京与太学生、诸城赵明诚结婚。

李清照《金石录后序》："余建中辛巳，始归赵氏。"

赵明诚，字德甫，时年二十一岁。系吏部侍郎赵挺之的小儿子。

是年，李格非为礼部员外郎，居京师。

苏轼卒。

陈师道卒。

清照作《渔家傲》(雪里已知春信至)、《鹧鸪天》(暗淡轻黄体性柔)、《浣溪沙》(绣面芙蓉一笑开)、《丑奴儿》(晚来一阵风兼雨)、《庆清朝》(禁幄低张)诸词。

宋徽宗崇宁元年(1102)，十九岁

蔡京为尚书左丞，赵挺之为尚书右丞。禁元祐学术，立"元祐党籍碑"于端礼门。司马光、文彦博、苏轼、李格非、张耒等120人，被打为奸党。赵挺之旋进为尚书左丞。

李清照上诗赵挺之救父。有句云："何况人间父子情。"

是岁，秦观卒。

宋徽宗崇宁二年(1103)，二十岁

赵明诚出仕。李清照《金石录后序》有记，初仕何职，不可考。

春，清照有《怨王孙》(帝里春晚)词。

赵挺之除中书侍郎。

宋徽宗崇宁三年(1104)，二十一岁

作《一剪梅》(红藕香残玉簟秋)、《醉花阴》(薄雾浓云愁永昼)、《玉楼春》(红酥肯放琼苞碎)诸词。

赵明诚官京师。

九月，赵挺之自右光禄大夫、中书侍郎，除门下侍郎。

宋徽宗崇宁四年(1105)，二十二岁

三月，赵挺之自门下侍郎授右银青光禄大夫、尚书右仆射兼中书侍郎。

清照再次上诗救父，有"炙手可热心可寒"句。

十月，赵明诚授鸿胪少卿。

黄庭坚卒。格非有诗挽之。

宋徽宗崇宁五年(1106)，二十三岁

正月，叙复元祐党人，黄庭坚、晁补之、李格非与监庙差遣。

赵明诚在鸿胪直舍。

清照作《蝶恋花》(暖雨晴风初破冻)、《小重山》(春到长门春草青)、《鹧鸪天》(枝上流莺和泪闻)诸词。

宋徽宗大观元年(1107)，二十四岁

三月，赵挺之罢右仆射，以特进、观文殿大学士、佑神观使留京师。五日后病卒，年六十八，赠司徒，官给葬事，谥清宪。挺之卒后三日，蔡京即诬陷之。七月，赵挺之被追夺赠官。

秋，清照与赵明诚归青州屏居。作《多丽·咏白菊》(小楼寒)词。

宋徽宗大观二年(1108)，二十五岁

居青州。

八月秋分，晁补之五十六岁生日，清照献寿词《新荷叶》(薄露初零)。

重阳，赵明诚同妹婿李擢游仰天山。

宋徽宗大观三年(1109),二十六岁

居青州。

端午,赵明诚与兄道甫、妹婿李擢等再游仰天山。

宋徽宗大观四年(1110),二十七岁

居青州。

有《浣溪沙》(小院闲窗春已深)词。

秋九月,晁补之卒,年五十八。

宋徽宗政和元年(1111),二十八岁

居青州。

宋徽宗政和二年(1112),二十九岁

居青州。

宋徽宗政和三年(1113),三十岁

居青州。作《分得知字》诗及《词论》。闰四月八日,赵明诚登泰山。

宋徽宗政和四年(1114),三十一岁

居青州。

秋,赵明诚题《易安居士画像》,题云:"易安居士三十一岁之照。清丽其词,端庄其品,归去来兮,真堪偕隐。政和甲午新秋,德父题于归来堂。"

宋徽宗政和五年(1115),三十二岁

居青州。

宋徽宗政和六年(1116),三十三岁

居青州。

作《念奴娇·春情》(萧条庭院)、《点绛唇》(寂寞深闺)词。

宋徽宗政和七年(1117),三十四岁

居青州。

九月,赵明诚编《金石录》始成,刘跂为之作《后序》。序曰:"……今德甫之藏既甚富,又选择多善,而探讨去取,雅有思致,其书诚有补于学者。亟索余文为序,窃获附姓名于篇末,有可喜者,于是乎书。政和七年九月十日,河间刘跂序。"

宋徽宗重和元年(1118),三十五岁

居青州。

宋徽宗宣和元年(1119),三十六岁

居青州。

宋徽宗宣和二年(1120),三十七岁

居青州。

宋徽宗宣和三年(1121),三十八岁

明诚起知莱州。

作《凤凰台上忆吹箫》(香冷金猊)词。

秋,自青州赴莱州,途经昌乐,作《蝶恋花·晚止昌乐馆寄姊妹》(泪湿罗衣脂粉满)词。

八月十日,到莱。作《感怀》诗一首,诗前有序曰:"宣和辛丑八月十日到莱。平生所见,皆不在目前。几上有《礼韵》,因信手开之,约以所开为韵作诗。偶得'子'字,因以为韵,作感怀诗。"

是岁,周邦彦卒。

宋徽宗宣和四年(1122),三十九岁

在莱州。

有《晓梦》诗。

宋徽宗宣和五年(1123),四十岁

在莱州。

宋徽宗宣和六年(1124),四十一岁

明诚移知淄州,清照随往。

宋徽宗宣和七年(1125),四十二岁

在淄州。

是岁,金兵大举南侵。徽宗传位于钦宗。

宋钦宗靖康元年(1126),四十三岁

在淄州。

夏,明诚得白居易书《楞严经》,与清照共赏。

宋钦宗靖康二年、高宗建炎元年(1127),四十四岁

三月,赵明诚奔母丧至江宁。

作《殢人娇·后亭梅花开有感》(玉瘦香浓)。

是年,金人虏徽、钦二帝北去,赵构(高宗)即位于南京(今河南商丘)。

宋高宗建炎二年(1128),四十五岁

春,清照抵江宁。

作《菩萨蛮》(风柔日薄春犹早)、《蝶恋花·上巳召亲族》(永夜厌厌欢意少)、《青玉案》(一年春事都来几)诸词。

九月,赵明诚起知江宁。

又作《青玉案》(征鞍不见邯郸路)、《鹧鸪天》(寒日萧萧上锁窗)词。

宋高宗建炎三年(1129),四十六岁

正月,作《菩萨蛮》(归鸿声断残云碧)、《临江仙并序》(庭院深深深几许)、《临江仙》(庭院深深深几许? 云窗雾阁春迟)诸词。

三月,赵明诚罢守江宁。夫妻二人具舟西上芜湖,入姑孰。途经乌江县,清照赋诗吊项羽。

五月,至池阳,明诚奉旨知湖州,暂安家池阳。

六月十三日,明诚离池阳,独赴行在(建康),途中感疾。

清照作《行香子·七夕》(草际鸣蛩)词。

八月十八日,赵明诚病逝。年四十九岁。清照撰祭文,悼念明诚。全文已佚,仅存断句:"白日正中,叹庞翁之机捷;坚城自堕,怜杞妇之悲深。"葬毕明诚,清照大病。

暮秋,作悼亡词《南歌子》(天上星河转)、《忆秦娥》(临高阁)。

冬初,又作《孤雁儿并序》(藤床纸帐朝眠起)词。

宋高宗建炎四年(1130),四十七岁

追随高宗辗转浙东。

正月,至台州章安镇。二月至温州。四月到越州。

先后作《浪淘沙》(帘外五更风)、《诉衷情》(夜来沉醉卸妆迟)、《渔家傲》(天接云涛连晓雾)诸词。

十一月,至衢州。

宋高宗绍兴元年(1131),四十八岁

三月,从衢州到越州,卜居土民钟氏宅,所携文物被盗五簏。

有《添字采桑子》(窗前谁种芭蕉树)词。

宋高宗绍兴二年(1132),四十九岁

正月,高宗至临安,清照随后亦赴杭。

三月,张九成中进士第一人,李清照作一联嘲之:"露花倒影柳三变,桂子飘香张九成。"

有《偶成》诗悼明诚。夏,再适张汝舟,九月离异。

张汝舟以清照讼其妄增举数入官而贬官柳州,清照依宋《刑统》,当徒二年。翰林学士綦崇礼从中援手,清照得免,作《投翰林学士綦崇礼启》以谢之。

作《摊破浣溪沙》(病起萧萧两鬓华)、《摊破浣溪沙》(揉破黄金万点轻)。冬末,作贺寿词《长寿乐·南昌生日》(微寒应候)。

宋高宗绍兴三年(1133),五十岁

居临安。

春暮,作《好事近》(风定落花深)、《满庭芳》(小阁藏春)词。

五月,作《上枢密韩公工部尚书胡公》。

宋高宗绍兴四年(1134),五十一岁

秋,避难金华。作《金石录后序》,成《打马图经》,又作《打马赋》及《打马图经

命辞》。

宋高宗绍兴五年(1135),五十二岁

春,作《武陵春》词、《题八咏楼》诗。

是年内,由金华返临安,途中又作《钓台》诗。

宋高宗绍兴七年(1137),五十四岁

春,作《转调满庭芳》(芳草池塘)词。

宋高宗绍兴八年(1138),五十五岁

三月十五日,张琰序李格非《洛阳名园记》。序中述李清照上诗救父事。

宋高宗绍兴九年(1139),五十六岁

春正月初五,宋、金和议成,大赦天下。

元宵,清照作《永遇乐》(落日熔金)词。

暮春,又作《怨王孙》(梦断漏悄)词。

宋高宗绍兴十年(1140),五十七岁

辛弃疾诞生。

朱弁作《风月堂诗话》成。卷上记:"李清照,赵明诚妻,李格非女也。善属文,于诗尤工。晁无咎多对士大夫称之。如'诗情如夜鹊,三绕未能安','少陵也自可怜人,更待来年试春草'之句,颇脍炙人口。"

宋高宗绍兴十一年(1141),五十八岁

作《清平乐》(年年雪里)词。

宋高宗绍兴十三年(1143),六十岁

立春,学士院始进帖子词。清照撰《皇帝阁春帖子》及《贵妃阁春帖子》。

夏四月,作《端午帖子》词。

宋高宗绍兴十六年(1146),六十三岁

正月,曾慥《乐府雅词》成,卷上录李清照词二十三首:《南歌子》(天上星河转)、《转调满庭芳》(芳草池塘)、《渔家傲》(天接云涛连晓雾)、《如梦令》(常记溪亭日暮)、《如梦令》(昨夜雨疏风骤)、《多丽》(小楼寒)、《菩萨蛮》(风柔日薄春犹早)、《菩萨蛮》(归鸿声断残云碧)、《浣溪沙》(莫许杯深琥珀浓)、《浣溪沙》(小院闲窗春已深)、《浣溪沙》(淡荡春光寒食天)、《凤凰台上忆吹箫》(香冷金猊)、《一剪梅》(红藕香残玉簟秋)、《蝶恋花》(泪湿罗衣脂粉满)、《蝶恋花》(暖雨晴风初破冻)、《鹧鸪天》(寒日萧萧上锁窗)、《小重山》(春到长门春草青)、《双调忆王孙》(湖上风来波浩渺)、《临江仙》(庭院深深深几许?云窗雾阁常扃)、《醉花阴》(薄雾浓云愁永昼)、《好事近》(风定落花深)、《诉衷情》(夜来沉醉卸妆迟)、《行香子》(草际鸣蛩)。

宋高宗绍兴十八年(1148),六十五岁

胡仔为《苕溪渔隐丛话》前集作序。该书前集卷六十记清照再适张汝舟事，后集卷三十三记清照作《词论》事。

宋高宗绍兴十九年(1149)，六十六岁

三月，王灼《碧鸡漫志》成，卷二记清照丧夫再适事。

宋高宗绍兴二十年(1150)，六十七岁

清照为《金石录·汉巴官铁量铭》加注。注云："此盆色类丹砂……余绍兴庚午岁亲见之，今在巫山县治。韩晖仲云。"

宋高宗绍兴二十一年至二十五年(1151—1155)，六十八至七十二岁

表上《金石录》于朝。

宋高宗绍兴二十六年(1156)

李清照卒于是年或是年以后。享年至少七十三岁。

历代李清照词选本举要

1.南宋·曾慥编《乐府雅词》，收李清照词23首。

2.明·毛晋《诗词杂俎》本《漱玉词》一卷，收词17首。

3.《四库全书》本《漱玉词》一卷，收词17首，附以《金石录序》一篇。

4.王鹏运《四印斋所刻词》光绪七年(1881)本《漱玉词》一卷，收词50首；又光绪十五年(1889)刊"补遗"本，收词8首。

5.近人李文裿辑《漱玉集》五卷，收词78首。

6.近人赵万里辑《宋金元人词》，1931年铅字排印本。

7.中华书局上海编辑所编《李清照集》，中华书局1962年版。

8.王延梯编注《漱玉集注》，山东人民出版社1963年版。

9.唐圭璋编辑《全宋词》之李清照词，中华书局1965年版。

10.王学初《李清照集校注》，人民文学出版社1979年版。

11.黄墨谷《重辑李清照集》，齐鲁书社1981年版。

12.徐北文主编《济南名士丛书·李清照全集评注》，济南出版社1990年版。

13.陈祖美选注《中国诗苑英华·李清照卷》，山东大学出版社1997年版。

14.刘瑜《李清照全词》，山东友谊出版社1998年版。

15.《李清照集》，杨合林编著，岳麓书社1999年版。

16.徐培均《李清照集笺注》，上海古籍出版社2002年版。

李清照研究主要著作

1.《李清照》,傅东华著,上海商务印书馆1931版。

2.《李清照词欣赏》,姜尚贤著,(台南)一鸣书局1956年版。

3.《李清照评传》,胡品清著,(美)波士顿特怀恩1966年版。

4.《李清照诗词选》(英文),肯尼思·雷克斯罗思,钟铃译著,(美)纽约新向1979年版。

5.《李清照诗词选注》,刘忆萱选注,上海古籍出版社1981年版。

6.《李清照》,徐培均著,上海古籍出版社1981年版。

7.《李清照评传》,王延梯著,陕西人民出版社1982年版。

8.《女词人李清照》,余雪曼著,(香港)雪曼艺文院1982年版。

9.《李清照》,程千帆、徐有富著,江苏人民出版社1982年版。

10.《李清照》,钱世明著,百花文艺出版社1983年版。

11.《李清照和她的作品》,王光前著,(高雄)前程出版社1983年版。

12.《李清照诗词评释》,蓝天等评注,广东人民出版社1983年版。

13.《李清照》,蔡国黄著,中华书局1983年版。

14.《李清照研究论文集》,济南市社会科学研究所编,中华书局1984年版。

15.《李清照资料汇编》,褚斌杰等编,中华书局1984年版。

16.《李清照词赏析》,郑孟彤编著,黑龙江人民出版社1984年版。

17.《李清照诗词评注》,侯健、吕智敏评注,山西教育出版社1985年版。

18.《李清照及其作品》,平慧善著,时代文艺出版社1985年版。

19.《李清照传记资料》,朱传誉主编,(台北)天一出版社1985年版。

20.《李清照词鉴赏》,唐圭璋主编,齐鲁书社1986年版。

21.《李清照研究论文选》,济南市社会科学研究所编,上海古籍出版社1986年版。

22.《李清照名篇赏析》,温绍堃、钱光培编选,北京十月文艺出版社1987年版。

23.《李清照研究丛稿》,王瑶著,内蒙古人民出版社1987年版。

24.《李清照传》,若童著,(台北)国际文化事业公司1988年版。

25.《李清照诗词选》,孙崇恩选注,人民文学出版社1988年版。

26.《李清照诗文词选译》,平慧善选译,巴蜀书社1988年版。

27.《李清照词赏析》,李汉超主编,中国妇女出版社1988年版。

28.《漱玉词欣赏》,刘瑜著,黄河出版社1988年版。

29.《李清照新论》,刘瑞莲著,山西人民出版社1990年版。

30.《李清照词赏析》,刘瑜著,广西教育出版社1990年版。

31.《李清照研究论文集》,孙崇恩、傅淑芳主编,齐鲁书社1991年版。

32.《李清照评传》,周玉清著,成都科技大学出版社1991年版。

33.《李清照作品赏析集》,陈祖美主编,巴蜀书社1992年版。

34.《李清照》,臧嵘著,新蕾出版社1993年版。

35.《二安词选·李清照辛弃疾词评注》,徐北文、石万鹏评注,济南出版社1994年版。

36.《李清照诗词选》,孙崇恩选注,人民文学出版社1994年版。

37.《李清照年谱》,于中航编著,(台北)台湾商务印书馆1995年版。

38.《李清照·秦观诗词精选180首》,贾炳棣选注,山西古籍出版社1995年版。

39.《李清照评传》,陈祖美著,南京大学出版社1995年版。

40.《李清照诗词》,伊琳编著,济南出版社1995年版。

41.《词坛女杰:李清照》,金仕善著,武汉大学出版社1995年版。

42.《李清照》,赵海梅著,中国华侨出版社1996年版。

43.《李清照》,赵云编著,中国国际广播出版社1996年版。

44.《旷代才女:李清照全传》,喻朝刚、周航著,长春出版社1996年版。

45.《李清照——旷世才女》,邓超群著,长江文艺出版社1998年版。

46.《李清照·朱淑真诗词合注》,张显成等编著,巴蜀书社1999年版。

47.《李清照词选注》,于天文选注,吉林文史出版社2000年版。

48.《中国古典文学荟萃·清照词》,北京燕山出版社2001年版。

49.《李清照》,范英豪注评,黄山书社2001年版。

50.《李清照新传》,陈祖美著,北京出版社2001年版。

51.《四大才女之李清照全传》,朱翔编著,光明日报出版社2002年版。

52.《李煜李清照词详解》,靳极苍著,山西古籍出版社2002年版。

53.《李清照诗词文选评》,陈祖美撰,上海古籍出版社2002年版。

54.《李清照词新释新评》,陈祖美编著,中国书店2003年版。

55.《李清照诗词选》,诸葛忆兵选注,中华书局2005年版。

《李清照集》名言警句

△水光山色与人亲,说不尽、无穷好。(《双调忆王孙》)(第002页)

△试问卷帘人,却道海棠依旧。知否,知否? 应是绿肥红瘦。(《如梦令》)(第005页)

△共赏金尊沉绿蚁,莫辞醉,此花不与群花比。(《渔家傲》)(第017页)

△眼波才动被人猜。(《浣溪沙》)(第023页)

△云中谁寄锦书来？雁字回时，月满西楼。(《一剪梅》)(第034页)

△花自飘零水自流。一种相思，两处闲愁。此情无计可消除。才下眉头，却上心头。

(《一剪梅》)(第034页)

△莫道不销魂，帘卷西风，人似黄花瘦。(《醉花阴》)(第038页)

△连天芳草，望断归来路。(《点绛唇》)(第062页)

△多少事，欲说还休。新来瘦，非干病酒，不是悲秋。(《凤凰台上忆吹箫》)(第064页)

△好把音书凭过雁，东莱不似蓬莱远。(《蝶恋花》)(第069页)

△遥想楚云深，人远天涯近。(《生查子》)(第075页)

△故乡何处是？忘了除非醉。(《菩萨蛮》)(第077页)

△醉莫插花花莫笑，可怜春似人将老。(《蝶恋花》)(第079页)

△相思难表，梦魂无据，惟有归来是。(《青玉案》)(第081页)

△盐絮家风人所许。(《青玉案》)(第083页)

△暖风迟日也，别到杏花肥。(《临江仙》)(第092页)

△甚霎儿晴，霎儿雨，霎儿风。(《行香子》)(第095页)

△旧时天气旧时衣，只有情怀，不似旧家时！(《南歌子》)(第098页)

△藤床纸帐朝眠起，说不尽，无佳思。(《孤雁儿并序》)(第102页)

△一枝折得，人间天上，没个人堪寄。(《孤雁儿并序》)(第102页)

△更挼残蕊，更撚馀香，更得些时。(《诉衷情》)(第108页)

△枕上诗书闲处好，门前风景雨来佳。(《摊破浣溪沙》)(第115页)

△物是人非事事休，欲语泪先流。(《武陵春》)(第136页)

△只恐双溪舴艋舟，载不动、许多愁。(《武陵春》)(第136页)

△不如向、帘儿底下，听人笑语。(《永遇乐》)(第140页)

△寻寻觅觅，冷冷清清，凄凄惨惨戚戚。(《声声慢》)(第150页)

△雁过也，正伤心，却是旧时相识。(《声声慢》)(第150页)

△守着窗儿，独自怎生得黑。(《声声慢》)(第150页)

△这次第，怎一个愁字了得。(《声声慢》)(第150页)

图书在版编目（CIP）数据

李清照集 / （宋）李清照著；李杜解评 . —2 版 .
—太原：三晋出版社，2008.9（2024.5 重印）
（中国家庭基本藏书·名家选集卷）
ISBN 978 - 7 - 5457 - 0005 - 3 - 01

Ⅰ . 李… Ⅱ . ①李…②李… Ⅲ . ①古典诗歌—作品集—
中国—宋代②宋词—选集 Ⅳ . I222.744 I222.844

中国版本图书馆 CIP 数据核字（2008）第 157729 号

李清照集

著　　者：（宋）李清照		解 评 者：李　杜	
责任编辑：宁志荣		审 订 者：宁志荣	
封面设计：敬人工作室		版式设计：敬人工作室	
责任校对：宁志荣		责任印制：李佳音	

出版发行：山西出版集团·三晋出版社
地　　址：太原市建设南路 21 号
电　　话：（0351）4956036（咨询）　　4922268（邮购）
传　　真：（0351）4922102
网　　址：www.sxskcb.com
邮　　编：030012

印刷装订：山西新华印业有限公司
（本书如有破损、缺页、装订错误，请与本社联系调换）

开　本：787mm×960mm　　1/16
字　数：200 千字
印　张：11.75
版　次：2008 年 9 月第 2 版
印　次：2024 年 5 月第 2 次印刷
书　号：ISBN 978 - 7 - 5457 - 0005 - 3 - 01
定　价：46.00 元